ジョイス・キャロル・オーツのアメリカ

――家族、女性、性、黒人問題から読み解く

吉岡 葉子 著

開文社出版

プリンストン大学研究室でのオーツ氏
2003 年 9 月、筆者撮影

目次

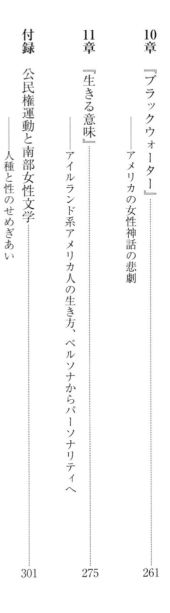

はしがき

アメリカの本当の姿とは、どのようなものだろうか。アメリカの人々の本当の生活、彼らの心の内はどのようなものだろうか。「自由と平等と機会の国」アメリカ、「成功の夢が叶う国」アメリカは、この国を一つに団結させるために必要な政治標語ではあろうが、アメリカ人にとってどこまで真実なのだろうか、ずっと知りたいと思っていた。一九六〇年初頭の公民権運動の頃ケネディ大統領が演説の中で「この国は決して豊かではない」と訴えていた言葉が頭から離れない。二五年ほど前、メンフィスのミシシッピ河を行く船上で、ツアーに参加していた年配の女性が、「自分の息子も含めて、この国の若者は親を捨てて出て行ったきり帰ってこない。この国の道徳は間違っている」と嘆きながら話してくれた。同じ頃北部のニューヨーク州シラキュースで、三十才代の女性が「私に暴力を振るって刑務所に入っている夫がもうすぐ出所してくるのだけれど、恐い」とバスを待つ私に話しかけてきたことが忘れられない。シラキュースでは仕事がなくて、夜間の短大を出てやっとホテルの仕事が手に入ったと付け加えた。

ニューヨーク州北部過疎地の底辺層出身の女性作家J・C・オーツが鋭く活写するアメリカは、今まで語られることも描かれたこともなかった、知られざるもう一つのアメリカであり、アメリカの弱者が貧困、差別、暴力、疎外感と無力感に苦しむ姿である。

一九六〇年代の初期の作品、『北門の傍らで』『悦楽の園』『かれら』は、敬愛する両親の時代を直撃した一九三〇年代の大恐慌直下からその後長引いた大不況が時代背景になっている。『北門の傍らで』は大恐慌後の家族崩壊、世代間の親子間係の断絶が中心に描かれ、環境決定論的な宿命感が立ち込めている。『悦楽の園』は大恐慌で農園を失い、季節労働者となった男の娘が富と家名を手に入れるために底なしの欲望に取りつかれ、それらを手に入れたあとは、息子を死に追い詰めるほどのさらなる悪行と精神の荒廃の果てに、最後は生き地獄にある。他方、短編「田園の血」と「私はいかにしてデトロイト矯正院から世の中を考え再出発したか」では、家族間の心の交流の途絶えた富裕層の娘たちの心の疲弊と孤独、さらに外の世界で受ける性的暴行、といった少女たちに負わされている二重の犠牲の意味を問うている。

全米図書賞受賞の『かれら』は、貧しい白人一家が一九三六年の大恐慌から一九六七年の「デトロイト暴動」勃発までの長い過酷な年月を、家族は離散しながらもめいめいの生き方で、生き延びる過程を写実的に追った家族大河小説である。生き延びることへの強い執念、人間の肉体や生命力への信頼、家族の絆の必要性、といったオーツの価値観がこの作品には率直に表れている。

最初の小説、『堕落に打ち震えて』は作品としては未完成な部分はあるが、オーツの文学に出てくる多くの特徴やきわめてアメリカ的な人物像の原型が見出せる意味で、オーツ文学の萌芽として捉えた。この作品から現れているように、若い女性作家が描く迫真の暴力の過激性は、衝撃的で、その後の作品の多産性と共に、長らく批判の的であった。一九七〇年代から八十年代にかけて時代の趨勢であったフェミニズムにも距離を置いていた。（ただ、『堕落に打ち震えて』『マーヤ——ある人生』『これだけは覚えていてほしい』『苦いから、私の心臓だからこそ』『扉を閉ざして』の女性主人公たちは、カトリック教徒、感受性の強さ、洞察力、精神的強靭さ、自己形成への強いこだわり、性的言及・性被害などにおいて共通しており、オーツの分身として描かれているのはほぼ明白で、この辺にオーツのフェミニズムの特異性あるいは主張があるようだ。）オーツの描く少女や女性が性被害に無抵抗であることやあまりに真に迫った彼女たちの恐怖の描写に対して、また女性という因習的な固定観念に縛られたままでいるオーツの女性たちの受動性や非社会性に対して、女性研究者たちからも不満が聞かれた時期があった。おそらく、「社会・歴史の証人」であることを作家の使命と考えるオーツは、差別や暴力の現状や固定観念に縛られている現実をまずはっきりと知らしめ、その事実を告発することこそが第一歩と考えたのであり、それほど強者社会・男性社会アメリカにあっては、女性・少女・老人・黒人といった弱者への（性）差別や（性）暴力は根深いということだろう。

しかしながら、一九八〇年代後半にアメリカで起こった家族再考の高まりの中で新たな家族像や人間群像を提示した短編集『密会』においては、五十才代に入ったオーツの女性としての清新さ、人間的な寛容さと達観、作家としての円熟がうかがえる。オーツは作家になって以来頑なに自分を見せない側面があったらしいが、公的な存在として表に出るにつれて意識も変化し、自分の過去、育った環境、両親のことなどを包み隠さずに回想して、自伝的な二作品『マーヤ――ある人生』『これだけは覚えていてほしい』を書き上げた。過去を真摯に顧みることで、客観的で、冷静で、思索的な視点を自ずと得て、今までのオーツの作品にはなかった人生を感じさせる奥行きと真実味が醸し出されている。

さらにオーツが作家として飛躍し、アメリカの重要な作家として再評価されたのが『苦いから、私の心臓だからこそ』である。オーツ本来の力強い写実的手法で黒人問題に真正面から切り込み、白人と黒人の Soul Mate ／魂の友という究極の人間愛を提言し、希求している。さらに、半年後に書き上げた『扉を閉ざして』では、白人と黒人の性愛を含む、男女の真実の愛が成就している。

一九八〇年代から九〇年代初頭にかけて、レーガン大統領（1981-89）、ジョージ・ブッシュ大統領（1989–93）と一二年間続いた共和党政権での政治・司法の偽善や腐敗、富裕階級の利己主義と冷酷さ、黒人差別や性差別の目に余る増大ぶりは、民主党支持のオーツにとって「一つの時代の終焉」とまで感じられた。そこで、一九六九年にエドワード・ケネディが起こした、政治と性、政治と道徳などについて大論争を呼んだチャパキディック事件を執筆時の一九九〇年によみがえらせて、『ブラックウォーター』を一気に書き上げた。最初はエドワード・ケネディへの道徳的な憤りに駆られて書かれたこの作品は、しかしながら、アメリカの男性優位社会が生んだアメリカ女性神話（Colette Dowling が同題名で一九八一年に出版し、唱えた「シンデレラ・コンプレックス」説）の悲劇として、もっと文化的に深く切り込んでいる。

『生きる意味』は引き続き政治の不正、政治と性を取り上げてはいるが、中心にあるのはオーツの大きな関心であるマイノリティの民族性についてであり、アイルランド系アメリカ人男性が出自を隠し、多数派に同化し、主流の一員を装ってきたそれまでの盲目的な生き方に目覚め、不正を暴くまでを追っている。

代表作『かれら』がデトロイト暴動に衝撃を受けて書かれたように、南部における公民権運動、黒人差別、人種と性はアメリカの作家オーツにとって切っても切り離せない問題である。また、公民権運動時代に南部の女性作家たちが南部人として、作家として、倫理的勇気をもって対峙した姿勢はオーツ自身の生き方でもある。このような意味において「公民権運動と南部女性文学——人種と性のせめぎあい」を付録として載せている。

公民権運動時代から実質的には改善されていないように見える黒人への差別と暴力、女性への性強要や性暴力、警察の暴力、格差の広がりなどのうちの一部分が、昨今明るみにされ、糾弾されている。だがオーツは半世紀も前から、未来を見据える先見性と慧眼をもって、国家戦略や社会・時代の変遷などが常に生み出す威力・脅威の中での個人の生き方、人々や民族同志の融和のあり方などを模索し続けてきた。拙著では触れられていない彼女の他の多くの作品においても、アメリカの抱える諸問題への突破口が提言されているかもしれない。アメリカの全貌を知る上で、また二一世紀の世界的に先の見えない不透明な時代を各人が生き抜くための励ましや指針として、もっと読まれてしかるべき作家であると思う。

1章　『堕落に打ち震えて』
――オーツ文学の萌芽

Ⅰ　オーツ文学の特質

『堕落に打ち震えて』（*With Shuddering Fall*, 1964）はオーツが二六才の時に書いた最初の小説である。この小説は、オーツのその後の小説に現れている多くの特徴と個性化・自己実現という重要な主題の萌芽が見られる点で、注目すべき作品である。背景としての「エデン郡」（'Eden County'）、暴力による物語の開始、教会批判、道徳と寓意性、保護と監禁の場としての家庭、家父長的な男性／唯我的な男性／誇大妄想的な男性の登場、性的暴行、若い女性の不安と恐怖、夢と無意識の世界、ペルソナ、ユングの個性化・自己実現（'individuation'）などの特徴と主題が、この第一作目に盛り込まれている。

父親が絶対的権限を持つ家父長制度とカトリック教会の権威の両方に呪縛されている一七才の若い女性主人公カレン・ハーズ（Karen Herz）と、家族と生まれた場所を憎悪し、家出していた同郷の三〇才の男性主人公シャー（Shar）がエデン郡で宿命的に出会う。二人は、共に心を固く閉ざしたままで、不可思議な愛と憎しみにもがきながら、長い苦悶の中からやっと相手の心に近づき、自分を知ることができるという個性化に至るまでの過程が、綿密に迫真性を持って描き出されている。個性化に至るまでの人物たちの複雑で強迫的な心理描写にも、オーツの文体の特徴がはっきりと現れている。さらに、カレンとシャーとの愛の葛藤の中に、特に初期の作品にしばしば共通する、愛する女性の男性に対する受動性と抵抗、愛する男女の敵対関係の萌芽も見出せる。

『堕落に打ち震えて』に現れているオーツの文学のいくつかの重要な特徴とその背景にあるものとして、次の四点について概説しておきたい。

（一）　まず興味深いのは、オーツの生誕地であるニューヨーク州北部の貧しい過疎地が「エデン郡」として第一作目から創り出されていることである。「エデン郡」は実際にはエリー郡(Erie County)にあたる。創作論集『作家の信念——人生、仕事、芸術——』(*The Faith of a Writer: Life, Craft, Art*, 2003)の中で、またインタヴューでもしばしば語っているように、オーツほど自分の生まれ育った土地に対する深い思い入れ、断ちがたい記憶、愛惜の念を抱き続けている作家は他にいないだろう。それゆえその後の作品の大半の舞台となる「エデン郡」周辺は自伝的な場所であり、また繰り返し思い起こされる、創作にとっては不可欠の心象風景である。しかし特に大恐慌後を時代背景にした初期の短編集では、経済的破綻が家族崩壊を生み、若い世代は道徳的に堕落し、その結果、蛮地と化した「エデン郡」が危機感と強い寓意性を持って描かれている。

大恐慌後、また二〇世紀後半のアメリカの経済繁栄から取り残され、そこに閉じ込められて生きていくほかない「エデン郡」の貧しい人々の逃げ場のない窮状を独特の激しい具象性を持って描くことで、オーツはアメリカ社会の知られざる底辺層の実態を明らかにし、さらに、はっきりと自分の感情や自分の意見を口にすることができない人々（'inarticulate people'）の存在を知らしめている。アメリカ社会の低辺でうめく白人の存在、彼らのやり場のない気持ち、被害者としての女性、黒人差別、暴力、といったアメリカの弱者とアメリカ社会の暗部を取り上げて描いたアメリカ文学やアメリカ白人女性作家は、これまでに存在しなかったのではないだろうか。この点にオーツの先見性・独自性・普遍性があるように思われる。

（二）　作家になる前は研究者になることを目指していたオーツは、一九七八年から今日に至るまでプリンストン大学で研究と教育にも専念し、数名の作家を世に出している。きわめて広範な知識を持つオーツは、他の文学者の一節や画家の画題を自分の小説の題名に使い、またしばしば他の作家、詩人、哲学者などの言葉をエピグラフとして捧げている。『堕落に打ち震えて』の題名は、ジョージ・メレディス（George Meredith）の詩“Ode to the Spirit of Earth in Autumn"の一節からの引用であり、「愛の為すことはいつも善悪を超えている」のエピグラフは、ニーチェのものである（Creighton 44）。また『悦楽の園』（*A Garden of Earthly Delights*, 1967）は中世オランダの画家ヒエロニムス・ボス（Hieronymus Bosch）、『扉を閉ざして』（*I Lock My Door Upon Myself*, 1990）はベルギーの画家フェルナン・クノップフ（Fernand Khnopff）の同題名の絵画からインスピレーションを得て描かれている。このような創意は、古今東西の作家や芸術家から受け継いだ文学の伝統に対するオーツの純粋な敬意の表れであり、また文学の中にそれを取り入れて文学作品として昇華させることができるという文学の多様性と可能性に対する彼女の確信の表れでもある。このような文学の伝統支持の立場から、『作家の信念』の中の「作家として読む――職人としての芸術家」では、世界の作家たちが他の作家たちに抱いた憧憬、敬意、時には嫉妬などの種々の影響らしきものを例証しながら、Harold Bloom の唱えた「影響の不安」に対する反論を展開している。同書の中でオーツ自身は、八才の誕生日に祖母から贈り物としてもらったルイス・キャロルの『不思議の国のアリス』と『鏡の国のアリス』との出会いを「初恋」と呼び、その後ずっと文学に情熱を抱き続けることになった最大の影響力を持っていたと熱い口調で回想し、D・H・ロレンス、ジェイムズ・ジョイス、ヘンリー・ジェイムズ、ドストエフスキー、ポー、エミリ・ディキンソン、メルヴィル、フォークナーなどに限りない敬意と賞賛を表している。

オーツの世界観の中核には、アメリカの心理学者・哲学者ウィリアム・ジェイムズ（William James, 1842–1910）のプラグマティズム（実利主義・成果主義・経験主義・実践主義）に源流を持つ「人々はつながっている」「大事なのは結果ではなく流動する過程である」「全体性」といった反二元論的な感覚や認識がある。Creighton によれば、「オーツの世界観では、人間と自然、イドとエゴ、芸術家とその文化、善と悪、本能と知性の間には必ずしも闘争的な関係があるわけではない。むしろオーツは人間と自然、意識と無意識、過去と現在、作家とその文化を一つの全体の中のあらゆる部分とみなしている」（21）。そのような総合的な広い視点からオーツは文学に関連するあらゆる領域——心理学、哲学、宗教、社会学、医学、芸術など——を考察し、言説や理論を自分の創作に取り入れて活用し、文学との合作を試みている。本作品ではニーチェの言葉やユング心理学の「個性化の過程」を、『ワンダーランド』では脳と心の関係、肉体と精神の恒常性（'homeostasis'）を、『マーヤ』ではウィリアム・ジェイムズの学説「プラグマティズム」をそれぞれ作品中の主人公たちの生き方に適用している。

（三）　比較的新しい *The Falls*（2004）も含めて第一作目以降の長編小説の多くは、唐突と思えるほど衝撃的な暴力で始まる。この点をいくら批判されても、オーツにとって、世界は暴力、差別、混沌、不測の事態に満ちているという認識が揺らぐことは決してない。したがってオーツの小説の多くは、必然的に暴力から始まり、その最悪の事態の後にも続く数々の過酷な経験を乗り越え、それらの経験を通して個人がいかに自分というものを認識し、道徳的人間的な自己を形成するに至るかを丹念に追うことに専念している。経験を通して自己認識に至るまでのその時々の過程にこそ意味があるのであり、また（小説や人生の）結末ではなく過程をあまさず偽らずに描くことが作者にとって最も重要になる。その結果オーツの小説の結論部分はわずかな紙面で語られるのが常であり、逆に、人生はまだ続いていくのだと感じさせられる。だれも庇護してくれる者のいない無力な個人が劣悪な社会環境や敵対する人間関係の中で遭遇するアメリカの経験を読者も共にし、追体験をしているような感覚を覚えるのだが、広義の意味でのこの「共感」（オーツは sympathy という言葉をよく使う）はオーツが読者に託している肝要な役割である。最終局面での浄化されたような、慈しみを感じさせる描写には、作者もずっと主人公に伴走していたのだと思わせるような余韻が感じられる。

他方『かれら』（*them*, 1969）のモーリーンに最も説得力を持って描かれているように、オーツが頻繁に描く一〇代の女性の性的暴力の経験はあまりに残酷なものである。アメリカ社会で暗黙の内に看過されてきた性差別に基づく性的暴力の事実を公にし、女性被害者の苦痛を分かち合い、不安や恐怖から彼女たちを解放することを作家の役割の一つとオーツは考えている。悲痛な叫び声をあげる一〇代の女性が思いも寄らない人からのいたわりや励ましを得て、なんとか精神的に生き延びるとき、彼女たちの心の変化は真実のものとして我々読者の心に届く。精神を病むカレンを何度も見舞う姉にカレンが初めて心を開き、姉の結婚を心から祝福する時がそうである。オーツの作品は厳しさの連続であるが、なぜかそこに絶望という文字は浮かんでこない。様々の曲折を経て、かすかであっても回復の時が必ず来る。短編「回復期」("Convalescing")の題名はオーツの人生観の重要な部分を言い表している。逆境を乗り越えることを可能にするささやかな日々の生活の持つ意味を、家族や周囲の人々との触れ合いを、何よりも、人間の生命力と回復力をオーツは常に信じ、肯定している。

(四)　誇大妄想的な人物像、支配・被支配の人間の力関係の原型も第一作目から現れている。社会環境的な拘束のために自分のアイデンティティが持てない人間が、他者を支配しようと欲する人間との力関係の中でもがきながら、個性化に向かうという概念はオーツの文学において非常に重要な主題の一つである。オーツの代表作の一つ『ワンダーランド』(*Wonderland*. 1971)では、「脳」を知り尽くす三人の脳外科医たちが孤児である主人公の「心」を支配し続けようとする。『堕落に打ち震えて』では、経済力で主人公を支配し、彼の命を掌中に入れ、彼を翻弄しようとする怪物的な人物が登場している。実業家でオートレーサのスポンサーであるマックス（Max）である。第一作目から人の心を心的操作しようとする誇大妄想狂的な人物を創造しているのは、オーツが探究し続ける「自己／人格の形成」の困難さを示唆するもので、意味深長である（Friedman 32）。このタイプを描くとき、オーツの筆力は最大に達する。寓意的なマックスという名前は欺瞞的な自我の肥大と、最速のスピードで人の命をもてあそぶ享楽的なアナーキズムを象徴している。自由意志、自由放任、自恃の精神、実利主義といった国家の標語によって構築された巨大な競争社会は、自分がルール（規則／支配）であるという傲岸な利己主義を容認する側面をはらんでいる。オーツはこの自我が肥大した、いびつで恐ろしい存在を登場させて、まるでエクソシスト（悪魔祓い師）さながらに、そのまがまがしい実態を徹底的に描くことによって、邪悪さと恐怖を追い払い、また、小さな自我にしがみつく脆弱さを徹底的に描くことによって、自我を解き放そうとする。暴力、恐怖、狂気といった現実の汚濁を描き切ることによって、汚濁は浄化され、世界はその失地を回復できることをオーツは願っている。このような逆説がオーツのゴシック的な文学の根底に根ざしている。オーツの複雑な文学の大枠を知るためには、彼女が考える作家の役割や文学観を知ることは不可欠であり、その部分を端的に表していると思われる個所を引用する。

真剣な芸術家は世界の尊厳を強く主張するというのが私の信念である——絶望の淵にいる芸術家ですら、授かったものをなんとか変えるために自分の芸術の力を主張する。おそらく作家の役割や職務は、まさに最悪のことをはっきりと口に出し、その時代の最も邪悪で恐ろしい数々の可能性を人々の意識の中に押し上げることであり、その結果そのような可能性は対処されて、ただ恐れるだけではなくなるのである。

(『新しい天、新しい地』xvi)

また「真剣な芸術（家）」については、『作家の信念』の中で「真剣な芸術とは慰めるのではなく、違反し、覆すものであると私は思いたい。真剣な芸術家は決して攻撃されたり、嘲笑されたり、粗略に扱われたりされるはずがないと思いたい」と述べている（169）。

だがオーツの次の言葉ほど、彼女の世界観・人間観・文学観を端的に言い表しているものは他にないと思う——「何ごとも否定したり、和らげたり、恐れてはいけないのです。全ては受け入れられなければならないのです。」（235）。もしかしたら、オーツ文学の枯渇することのない源泉はこの辺にあるのかもしれない。

Ⅱ　愛の迷宮「愛の為すことはいつも善悪を超えている——ニーチェ」

カレンとシャーの関係には、D・H・ロレンスの男女を想起させるような「耽溺と嫌悪」と罪の意識が激しく交錯している（Creighton 42）。二人の愛を破滅に向かわせる主要な原因は、カトリックの教義を歪曲して殺人と復讐を命じた父親の命令にカレンが呪縛されて、誤った自己犠牲を払い、シャーを死に追いつめた点にある。根底にはカトリックの至上主義と教義主義、カトリック教会の権威と儀式、特にミサの儀式による罪の消去作用、への痛烈な批判がある。（ハンガリーからの貧しい移民であるオーツの両親は敬虔なカトリック教徒であり、彼女はそのような宗教的な家庭環境のもとで育った。しかし、カレンが最終的に看破するように、オーツは権威主義と儀式信奉が支配的な教会という現世的な体制には一貫して厳しく否定的である。）絶対服従を強いる父権や教会の権威に縛られた未熟な男女が、罪を犯し、自分にも抑えられない愛憎につき動かされながら、自分の犯した罪を悔い、相手の苦しみに気付き、最終的にやっと外的環境と自分を切り離して考えることができている。カレンにとっての父権と教会、シャーとの愛の迷宮、悔悟、そして個性化に至るまでの複雑で困難な経緯を追ってみたい。

封建的な家父長制度における父親ハーズ（家名であるHerzで呼ばれている）とカトリック教会で執り行われるミサや司祭の存在は、一七才の末娘カレンにとって、いずれも保護であり呪縛である。教会で復活祭を行ったその夜、ハーズは家で旧約聖書の創世記のアブラハムとイサクの物語を家族に読み聞かせる。「神は言われた、あなたの子、あなたの深く愛するひとり子イサクを連れてモリヤの地に旅をし、そこにおいて、わたしがあなたに指定する一つの山の上で、これを焼燔の捧げ物として捧げるように」（*With Shuddering* 53. 以下頁数のみを記す）。神がアブラハムに信仰の義を問うたのに対して、家父長のハーズは自らが神に取って代わり、家族に自分への絶対的服従と犠牲を強要する。ハーズは四度結婚し、妻たちは死に、広大な農場を持つ一方で石膏採掘を営み、地元の人々を雇っている。時にキリスト教的温情を見せつけながら、実質は彼らを睥睨している。カレンはそんな父親を恐れながら、過度の保護と溺愛に甘んじている。彼女は教会では祭服に身を包んだ司祭が行う荘厳な儀式にひざまずき、司祭の話す言葉の魔力に引き寄せられ、興奮とエクスタシーを覚える。自分を保護してくれる大きな存在や安全な場所以外では、一人では何事にも対処できず、学校では上級生の男子にいじめられ、高校を中退している。しかし一方でカレンは、まるで自分が「霧の中にいるようで」（29, 30）、「夢の中に捕らわれている」（62, 72）と常々感じている。大事な局面でしばしばカレンが見る父の夢はユングの夢の理論を踏襲するもので、父に捕らわれたカレンの無意識の世界を反映している（158, 252）。しかし重要なのは、カレンは心を閉ざしていることを「強く感じ知っている」点であり、その意味でカレンは、その後しばしば登場する、恐怖や空虚を強く感じているオーツの少女や女性の原型である。カレンの唯一の武器は愛する内面を見せず、沈黙を通すという受動性であるが、これは将来のシャーとの愛において致命的な行為となる。

父親への愛と恐怖、打ち解けない異母兄弟・姉妹との息の詰まるような生活から逃れたくて、「私は生きたい、私は愛したい――愛したい」（34）とカレンは衝動的に自分の欲望を叫ぶ。しかしこの土地・自然の猛威――視界が見えないほど降り続いた雪に埋もれた長い冬、雪解けの濁流がクリークを奔流する春――にいつも目を奪われるカレンは、「私が生まれた時にここにいなかった人を愛したいとは思わない」（34）と直感的に言う。カレンの屈折した渇望に呼び起こされたように、シャーが現れる。

シャーはハーズ家の近くにある極貧の家に生まれ、蔑まれる生活を嫌悪し、一六才の時、父の金を盗んで家出した。レーサーとなったシャーは、危篤の父ルール（Rule）の葬儀を行うために帰省の途中であった。シャーの父は、妻と息子に去られて以来、頭のおかしい世捨て人として朽ちた小屋に独りで住んでいた。カレンとシャーは会ったとたん「狂気」を相手に見、

「共謀者」として「殺人者」になる宿命を感じ取る。カレンとシャーは、『かれら』の中で強迫的な男女の愛憎を繰り広げるジュールズとナディーンの原型である。カレンとシャーはまるで磁性のように引き合いつつ、反磁性のように反発する。実は、カレンと同じように、シャーもこの土地に生まれた宿命から逃れられてはいない。エデン郡に引き戻されるや、出口の見えないそのよどんだ世界となすすべもなくただそこにいる田舎の人々をののしり、夫と息子を捨てて出て行った母を「あばずれ」呼ばわりし、出会った時からカレンを「めす犬」と呼び、憎悪を露わにする。激しい怒りの衝動を抑えられず、シャーは父親を小屋もろとも生きたまま焼き殺すという罪を犯す。そしてカレンを利用して、一刻も早くこの地を去ろうとする。シャーの嘘と自分の誤りを知ったカレンはパニックに陥り、シャーの車のハンドルを奪い、車は転落する。事故を聞き知ったカレンの父は銃を持ってシャーと対決する。燃えているルールの家の前で、ハーズはシャーを焼き殺そうとする。激しくもみあっているうちに、銃が発砲し、ハーズは撃たれる。「やつをやっつけるまで家に帰るな。やつを殺せ。やつを殺せ」(76)とハーズはカレンに復讐を命じる。神への信仰と義を問うために、神はアブラハムにイサクを生贄として差し出すよう命じたのに対して、自らを神格化しているハーズは娘カレンにシャーを殺害するよう命じる。しかし血を流している父を置き去りにして、カレンはシャーを森の中に追う。シャーはカレンに家に戻れと何度も言うが、カレンはシャーから離れない。「どうしたいのだ」と繰り返し問うシャーに、カレンは「あなたが欲しい」と訴える。その真意が理解できないまま、怒りに任せてシャーはカレンを犯す。シャーとハーズのすさまじい対決は、次の長く重要な二章で、カレン、シャー、マックスのいびつな人間関係に内在する暴力、憎悪、様々な偽り、わな、欺瞞を導火線のように導く発端である。また車の転落事故は、カレンの言動が最終的にシャーをレース場で死に追いやることになる伏線になっている。

第二章、エデン郡を出た二人は喧騒なレース場にいて、ほとんど会話を交わさず、重苦しく緊張感に包まれた日々を送っている。家出してきたシャーを拾ってレーサーにしてやったマックスが、今度は二人の「父親代理」を自認している。マックスは二人を放任しつつ、実は彼らを監視し、二人の愛の苦しみをのぞき見ている。マックスは、教育のなさを読書で補っては衒学ぶり、全知全能を気取り、えせ信仰で「神の業」をしばしば口にする。マックスにとって「人生の全ては偶然」(181)であり、人生に意味を模索するのは無意味で、「世界は混沌としている。」しかしまやかしの言葉を取り去れば、実際のマックスは性不能者で同性愛者であり、自分の体にいつも異常な不安を抱いている憂鬱気質の臆病者で、その巨体を維持すべく飽食する、得体の知れないフェイク的な人物である。(オーツの作品では時おり飽食は心の空虚を埋めるための手段として描かれ、また逆に自我の肥大も象徴する。）欺瞞と偽装、慢心で膨れ上がっているマックスは、道徳や責任といった概念を持ち合わせていない。他人を監視し観察することに心酔しているマックスは、シャーは何の教育も知識もなく、自分というものを知らず、善悪を判断する分別さえなく、あるのは激情だけであると分析する。マックスは、自分にはできないスリリングな刹那を味わわせてくれるレーサーとしてのシャーを愛している。レーサーとしてのシャーの冷静さとカーコントロール術を賛辞すればするほど、シャーの命はマックスに支配され、むさぼり食われている。シャーはマックスによって消費される生け贄である。

父親と同様、マックスは美しいカレンを人形のようにかわいがり、シャーにはない思慮と知性をほめそやし、「カレンと自分の心は似ている」（128, 161, 185）と繰り返し言う。しかしマックスの残忍さと欺瞞を知っているカレンは彼を「殺人者」と呼び、嫌悪する。だが皮肉にも、カレンとマックスの類似性の指摘は正しい（ユング的に言えば、マックスはカレンの「影」のような存在と考えられるだろう）。カレンは自分を拘束する外的環境――エデン郡、父権家族、教会――から自分を連れ出してくれるシャーを利用しながら愛し、「シャーを殺せ」という父の命令には依然呪縛され、シャーから離れず、神の生け贄になる息子イサクさながらに、妊娠している自分の肉体と胎児を犠牲にして、復讐を果たそうとする。カレンも、マックスと同じく、シャーに寄生し、愛しながらシャーの命をむしばむ殺人者である。しかしながら、二人は「愛する者であり犯罪者である」(167) とカレンが告白するのは、カレンの個性化への発端として不可欠な認識である。

シャーは自分の動物的本能を信じてトラックを疾走する以外に、何も見えず、何も考えず、彼にあるのは「自分だけである」(171)。カレンを犯した自分の行為を恥じず、カレンのことを「自分の付加物、自分の体の延長」(170) 程度にしか考えていない。一方、カレンは極度の精神的緊張からヒステリー状態に陥り、妊娠していることをマックスに見抜かれる。シャーに妊娠の事実を告げるべきだとカレンに警告するが、カレンは「何も話すことはない」と拒否する。しかし「体内に出入りする数本のチューブ、プラスチックのような血管やプラスチックのような心臓」(161–62) と言及されている胎児の夢は、マックスが促す中絶、その後の流産を暗示しているが、何よりも、胎児の死を望んでいるカレン自身の無意識の世界を映し出している。

耐え難い精神的肉体的苦痛を隠しているカレンとシャーの間の心の乖離は埋めがたく、二人の間に憎しみが膨らむ。シャーにあるのは激情であり、対してカレンの武器は「沈黙」である。数週間も、言葉を交わさず、体に触れず、ただ凝視するだけのカレンがしかけたわなは、カレンにとっては傲慢にも「いわばゲームであった。シャーはそのルールを知らない。ゲームを支配したのはカレンの冷たい沈黙だった」(168)。ゲームに勝ったのはカレンの沈黙であったが、妊娠を秘密にしておくという冷酷な頑迷さはカレン自身の魂を失わせることになる――「カレンは目を閉じると、自分の魂が脳の中で小さな石ころのようなものに縮んでいくのを感じた」(173)。愛を隠し、意思の疎通を拒絶し、心を冷たく閉ざしたカレンとシャーのエゴは、共にしばしば「固い小石のようなもの」(162, 166, 167, 173, 174)と表現されている。カレンの沈黙の前ではいつもなすすべがなく、無力を感じるシャーは、決意したように、墓地でカレンと性関係を持とうと考える。シャーの愛撫に身を任せようとした瞬間、「カレンは唇をめくり上げ、怒りと侮りの嘲笑を浮かべ」(174)、シャーはその表情を見るや憎悪がこみ上げ、カレンの顔を何度も平手打ちした。性関係は、カレンにとっては、自分を譲れない力関係であり、さらに激しい怒り、侮り、対立を生むだけである。

この後シャーはカレンの仕掛けたゲームを放棄し、カレンの元を去った。しかしシャーがいなくなるや、カレンは「屈辱、苦痛、恐怖に取りつかれ」(189)、たちまちに自分を見失う。マックスに妊娠の事実を認め、故郷へ帰りたいと叫びながら、マックスの元から逃げる。シャーを心で独占し、操っていながら、「自分のいかなるものも捨てず、ある意味でずっと守られてきた」(167)カレンは今、「自分を失っても自業自得だ」と自分を突き放す(189)。「不完全で、人間とは言えず人間のまがい物だ。その美貌は魂の空虚をあざ笑っている。通りをさまよっている人々はごまかしの奥にある魂の不毛を見抜くだろう」、「私は偽善者で嘘つきだ」(191)と激しく自分を責める。子供を中絶するためにマックスから手渡された一〇〇〇ドルを受け取ると、カレンは「これで私の堕落が完結した」と自分の罪を裁定している。

カレンとマックスに決別したシャーは、憑き物が取れたように徐々に自分を発見し、人間的に変容していく。シャーは「独立記念日レース」に出場するために、南部との境界近くにある古い港町チェリー・リヴァーに来ている。黒人やイタリー系などの少数民族から成るこの町で、シャーは初めて「みんなと一緒にいたい」と人との交流を望み、行動を共にして興じ、人間らしい自然な感情と開放感を味わう。ずっと自分の車を点検してくれていたのに、声をかけたことさえなかった滑稽な修理工の仲間にシャーは今までに味わったことのないような優しさや哀れみを感じる。朝の海辺をみんなと歩き、海に入り、水と光と空気に触れ、「ここはなんていいのだ！ ……。こんなにいいものがあるなんて！ ああ、この世界が気にいった！ シャーはうめくようにつぶやいた。なんていい世界だ！ もっと近づきたい」と歓喜の声を上げる(198)。メカニックとスピードの世界で限界に挑戦し続けたシャーの緊迫した心を解き放したのは、茫洋たる大海であった。海水に触れて初めて、今までに経験したことのない自分の感覚を知った。よどんだ心から彼を覚醒させたのは、初めて知る新世界、自然との一体感だった。

自分の感覚を得たシャーは、初めて人の言葉に耳を傾ける。カレンが「苦しい」（212）と言うのを何度も聞いたと修理工から聞かされると、シャーは激しく動揺し、精神的に不安定になる。レースの前日、マックスがシャーに紹介した高級売春婦は、「カレンのパロディ」（233）だとシャーは見抜く。黒いサマードレスの謎めいたこの女性は、アイシャドー、髪、宝石、マニキュア、全てをシルバーで統一し、外見は完璧な美を装っている。カレンのパロディとして暗記してきたようによどみなくしゃべる。彼女の一〇代の頃の異性関係はカレンと全く同じである。未婚で生んだ子供は施設に預け、度重なる異性関係や結婚は失敗に終わったが、その原因は男性と「心が通じ合わなかった」からだと何度も繰り返して言うが、シャーの心には届かない。カレンのパロディは、未だ沈黙を通すペルソナとしてのカレンを風刺するために現れていて、二人の間には依然深い溝があることが伝わってくる。シャーが最後に、まるで復讐でもするかのように、カレンのパロディに浴びせた残忍な言葉――「手足のない男を見たことがあるか」は翌日のシャーの死とカレンとシャーの愛の終焉を予告している。

しかしシャーを追って来たカレンを群衆の中に見つけると、シャーはカレンとは絶対に離れられない宿命なのだと知る。やはり二人は互いにじっと見つめ合ったままだが、カレンの目は極度の不安と恐怖で凍えていた。眠っているカレンを見ながら、夜の静けさの中でシャーは初めて自分の人生を振り返り、客観的に「自分の人生の断片をたぐり寄せ、一つの全体として捉える」ことができた（189）。それはただ行動の積み重ねでしかなかった。レースにかける激情の人生はもう終わりにしようと決心した。そして最後の愛を交わすと、カレンは出血し、流産しかけた。医師から妊娠の事実を初めて知らされたシャーは、二人の間にずっとあった秘密とカレンの沈黙の意味を理解するが、裏切られたという気持ち、カレンのことを全く知らなかったことへの悔悟などが交錯する。しかしカレンは流産することをもくろみ、シャーを道ずれに、自分も死ぬつもりだったのだ。カレンの覚悟を知ったシャーは、「自分が間違っていた」（253）と認め、レースの後ここを出て、カレンの世話をする、子供を生めばいい、一緒にいたい、結婚したい、とカレンへの愛を告白する。カレンもシャーの体に触れ、抱きしめたいと思う心に反して「あなたにはうんざりする」（257）と死刑宣告にも等しい言葉をシャーに発してしまう。

レースの開始直前、スタジアム、上空に広がる晴れた空と雲、インフィールドの青々とした緑、車仲間たち、他のドライバーなど、全ての事物の輪郭がシャーの目には鮮明に入ってくる。観衆に対していつも感じる敵意はなく、観衆や仲間たちに今までに感じたことのない親しみと優しさを覚える。自分の代わりを務める黒人レーサーを「好きだ」とさえ思う。観衆は刹那的なスリルと快楽をレーサーに託し、レーサーが生きても死んでも、彼らは裏切られたと感じる。それは「まやかしの交流」（"a mock communion"）（261）だとシャーは悟る。だがそれもまた人々が生きていく中で、どうしようもなく抱いてしまう人間の残酷さであり、紛れもない現実の非情さである。今やっと、シャーは自分と世界のそれぞれを明確に認識し、まやかしの交流の中にいる自分を客観的に見、冷静に受け入れ、世界の中の自分の存在を理解できる。今まで、シャーにとって、自分以外の外的世界や周囲の人々はヴェールに覆われていて、どうしても見えなかった。その不可視は実は自分が作っていたのだ。自分のためだけに生きてきて、他者や周囲に無知で、人への愛を全く知らなかったからであった。カレンへの愛を探り当て、カレンの苦悶を知った今、「一瞬だがカレンの心が見えて、お互い理解し合えた。自分の人生はこの瞬間のための準備だったのだ……これを超えるものはない」（262）と実感できた。と同時に自分は罪を犯してきたのだと悟った。するとわが身を守るために付けている手袋、ヘルメット、ゴーグル、耐火性衣服、緩衝器に激しい嫌悪を感じた。罪ある自分から、死から逃れるために二重に自分を偽っていることに嫌悪した。地面を感じたくていつもより低く座席に座り、レースが始まるや手袋を脱ぎ、インフィールドに投げ入れた。ライバルである黒人レーサーとのデッドヒートの中、砂埃を吸い込み、咳と頭痛に襲われながらもスピードを上げ続け、壁に激突した。その直前、シャーは「自分の男らしさを誇り」、カレンを想いながら「愛されていることを誇っている」（266）表情を浮かべ、死を完遂した。シャーの死には、自分を取り巻く世界の全体を把握し、全体の中の自分自身を知り、自分がすべきことをした心の統合性、つまり自己実現の信ぴょう性と真実性を感じ取ることができる。

カレンはシャーが自ら死を選ぶことを知っていた。シャーが死ぬと、カレンは流産した。「シャーは本物の男だった！」（270）とカレンが半狂乱で叫ぶ中、「故意に妊娠の事実を告げず、巧妙なわな、正気と思えないわなを仕掛け、シャーを死に追いやり、胎児をも死なせた殺人者」（272-73）だとマックスに糾弾されると、カレンは「どうしようもなかった！」（273）としか答えられない。マックスに早くから、「君のペルソナ、君の小さな仮面を見るのが楽しい」（129）と見抜かれていたように、カレンは自分自身を生きず、父や神に仕えるカレンというペルソナを生きてきたのだ。シャーを失った喪失感と罪悪感はカレンを魂の抜け殻にした。自分が何者で、どこにいるか分からず、血走った群集の中を流産による血を流しながら、狂気の淵をさまよう。

チェリー・リヴァーの町ではここ数年、黒人による殺人などの凶悪犯罪が増え、市民を脅かしていた。レースが終わるやいなや、シャーは優勝した黒人レーサーに故意に殺されたのだと言って観衆が怒り出し、またたく間に群集は憎悪に燃える暴徒と化した。間に合わせの武器を持った黒人が集団となって押し寄せてきた。殴り合いが始まり、黒人のアパートが放火され、マックスの所有するホテルが次々と壊された。逃げ惑う人々の悲鳴や罵声、パトカーのサイレンが町を覆った。この暴動の中「神様、私のしたことを許して下さい」(284) と祈るカレンの顔面を白人青年が激しく蹴り上げる――カレンがシャーに対して無言を貫くという不毛で破滅的な行為がこの暴動の間接的原因であり、そのことを懲罰するかのように。この最後のカレンへの一蹴はいかにもオーツらしく、容赦ないまでに熾烈である。

Ⅲ　カレンの個性化の兆し

“Legendary Jung”の中で簡潔に要約しているように、オーツはユングの理論に精通していて、アメリカの文学者や研究者はもっとユングを読むべきであると提言している (*Profane* 159–64)。集合的無意識 (“collective unconscious”) (エデン郡の人々、教会の儀式に参列している信者、レース場の観衆)、影 (カレンの影としてのマックス)、夢、無意識の世界、ペルソナ（家父長的な父親と教会の教義・儀式に呪縛されているカレン、レーサーとしてのシャー）、そして個性化がこの作品に適用されている。Burwell はカレンの夢と石のイメージに焦点を当てて、カレンの個性化の実現を綿密に論証している（83–97）。

ユングによれば、「「個性化」とは「自分自身の自己になる」とか、「自己実現」とも言い換えることができるだろう。……個性化の意味するところはただ、個人に与えられた定めを実現するに至る心的発達過程であって、換言すれば、個人が本来そうあるように定められた個性的存在へと至る過程なのである。……「個性化」の目的は、自己を一方において、ペルソナの偽りの被いから解放することであり、他方において、無意識のさまざまなイメージの暗示的な力から解放することにほかならない。」（『自我』93–95）。別の言い方をすれば、「個人が自分自身になること。つまり、自らの存在が不可分、全体的となり、かつ他の人々や集合的な心理状態から区分されていることである（ただし、他者や集合心理との関係性も持ち続ける）」（『ユング』52）。

短い最終章では、州立精神病院に収容されたカレンの回復に至るまでの五ヶ月間の精神療養生活と、帰省したカレンの物の見方の変化が冷静に語られている。遠路五回もカレンを見舞いに来て、彼女の回復を見守り、カレンの一八歳の誕生日を祝う姉夫婦の優しさは静かに胸を打つものがある。カレンも以前は嫌っていた義姉に初めて心を開き、姉の結婚を心から祝福できる女性に変わっている。精神科医から「自己治癒し、驚異的な意志力がついた」（295）と認められ、帰省することになったカレンの目に入るエデン郡の風景は、以前はあれ程カレンの心を捉えたのに、今は何の感情もわかない。

今カレンは、エデン郡の人々が何の疑問も抱かずに受け入れている道徳の絶対性や一様な生活習慣を客観的に見て、それを受け止める心の用意ができている。だがその決意には、冷静な自己認識とわずかな希望、そして教会に対する突き放したような冷徹な糾弾が入り混じっている。カレンは、次々と子供を生んでは育てる他に選択のない、エデン郡の女たちの鋳型にはまったような生活に自分も埋もれていくが怖かったのだ。自分の強さと思っていたものは、実は精神的、感情的に不安定な心を隠すための鎧をかぶった弱さだったのだと気付く。だが今は家族のことを全部知りたい、高校にも戻りたいと口にする。親族はカレンの贖罪を手助けするかのように、次々とカレンを訪れる。訪問を受け入れるという儀式を通して、カレンの罪は暗黙の内に親族の中で許される。教会の存在やミサの儀式にも同質の罪の消去作用があることをカレンは見抜く。悔い改めや贖罪の象徴である司祭が着ている紫の祭服を見ても、今は何の恐怖も躊躇も疑問さえわかない。教区の人々の顔さえ知らない司祭が「ラテン語を読み上げながら執り行うミサは、全ての過去を断ち切り、消去してしまう。シャーとの間の自己憐憫と罪に満ちた長い不正の日々も吸い込まれ、それらの現実は免除されるのだった」(310)。ミサの儀式に出るだけで全ては消去されて、免罪符を得る。ミサはそのようにして人間の個人性を奪い、個人としての道徳性は不問になるのだとカレンは洞察する。一方、教会に集まっている人々の目には、カレンの苦悩と悔い改めは、司祭の教理が唱える「宇宙の正義」「道徳的宇宙の決定的な正義」(311)をまさに証明するものと映る。それゆえ愛をもって、カレンを受け入れるのである。シャーがレースの観衆の熱気はまがい物の交流であると悟ったように、カレンも教会の集会は偽りの交流であると知る。ミサを行う司祭に向かって、ここは「殺人者、謀殺者の集まり」("the communion of killers, murderers")(312)だと心の中で激昂する時、また、ミサの間ロザリオをいじくっている、その「謀殺者」の一人である父は「無学で、無知で残忍な老いぼれで」「それでも彼は私の父で、父を愛している」(314)と思う時、カレンは教会や父親から自分を区分し、客観的に現実の不正を見届けるまでに成長している。

以上、カトリックの教義や儀式、家父長的父親、エデン郡の人々の因習的で画一的な生き方や非情なカーレースに縛られ、それらの支配から逃げ出そうとするカレンとシャーの愛は成就し得ない。二人は互いへの反発と嫌悪を深め、互いの心は埋めがたいほど乖離し、カレンは道徳的な堕落にまで突き進んでいる。しかしながら、「堕落に打ち震え」ながら、カレンは父や神に仕えるペルソナを被りシャーを利用し拒絶することで自分の不安や恐怖を隠してきたことに最終的に目覚め、またシャーは刹那に生きるレーサーというペルソナを被り自分に自覚が持てなかったことに最終的に目覚め、二人はやっと自分と外的環境を切り離し、自分と他者・自分と世界を区分し、全体の中の個人として他者と共存できるという意識に到達できてきている。

2章　『北門の傍らで』『大洪水の中で』
――現代の蛮地としての「エデン郡」／大恐慌後の家族崩壊

最初の小説『堕落に打ち震えて』、最初の短編集『北門の傍らで』(*By the North Gate*, 1963)、そして『大洪水の中で』(*Upon the Sweeping Flood*, 1966) に共通する場所は、「エデン郡」(Eden County) という架空の土地である。エデン郡は実在しないが、実質的には、オーツの生まれ故郷ニューヨーク州北部の寒村ロックポート (Lockport) 付近を指している。架空の土地を各作品の共通の舞台に置く方法で最もよく知られているのは、フォークナーのヨクナパトーファ郡であり、他に、同じく南部の女性作家のユードラ・ウェルティのモルガナ、シャーウッド・アンダーソンのワインズバーグが思い浮かぶ。フォークナーのヨクナパトーファ郡は、アメリカ南部の一地方の中に人間全体の苦闘と忍耐と不屈の歴史を慧眼し、架空の土地は普遍的宇宙を形成するまでに至っている。他方、モルガナやワインズバーグでは、概略的に言えば、因習的な共同体社会の一律の価値観が人々を拘束し、人々は外の世界が見えず、閉鎖的に生きることを運命づけられている。

しかしながら、エデン郡は上記のどの土地とも全く異質である。そこでは土地や自然は人間の生活や意志とは無関係に存在し、大洪水、豪雪といった厳しい自然環境の形をとって、人々をはねつけ、疎外し、破滅させる。エデン郡はその地名が想起させるような牧歌的な田園地帯ではなく、開拓農民のかつての精神的遺産は消滅し、今では大不況のため土地を失った農民が途方に暮れる、荒廃した農村地帯である。生きる経済的、精神的基盤を奪われた農民は家族崩壊の危機にうめいている。さらに何より戦慄的なのは、そこは暴力がはびこる不道徳的な蛮地として猫かれている点である。カトリックの貧しい家庭に育ったオーツが描くこのような野蛮なエデン郡は、明らかに、旧約聖書のエデンの園への強烈なアイロニーであり、暴力を内在する危機的な「寓意的風景」として現代文明社会に警告を鳴らしている（Johnson 21）。

作家とは「歴史と社会の証人である」との発言を証明するように、オーツほど時代を反映する社会問題に敏感に反応して、次々とそのことを作品として表現している作家は、現代アメリカには他にいない（Germain 177）。まだ若い頃インタヴューで、作家として「アメリカ社会の縮図」を描くという野心的で壮大な構想を持っている、と答えている。プリンストン大学で教えながら、今までに出版した長編小説は四四冊、短編集三三冊、中編小説六冊、評論書一〇冊、劇作六冊、サスペンス九冊、詩集八冊、ヤングアダルト小説三冊、児童書二冊という驚異的な執筆活動を続けている。オーツは言う、「社会の大変動はまた個人の出来事でもある」(Zimmerman 15)。一九三〇・四〇年代の大恐慌、一九五〇年代の経済繁栄と道徳の退化、一九六〇年代の公民権運動と黒人問題、一九七〇・八〇年代の性革命と女性運動、一九八〇年代後半の家族再考などの歴史の大きなうねりの中で苦闘する人々の姿や様々な人間模様を克明に描いている。一方で、オーツは人間の「生命力」に揺るぎない信念を持ち、個人が彼を取り囲む厳しい状況を闘いぬき、自己回復や自己実現を目指す過程を人物と一体となって粘り強く追っている。オーツは言う、「私は、落ちぶれて小さな勝利さえ味わったことのない人たちに限りない共感を覚えます」(Bellamy 21)。貧しく教育もなく、自分の声を発することができず、社会の底辺で生きる人々への深い共感がオーツの作品の底流にはいつも流れている。オーツのこのような歴史観や人間観は、一九六七年のデトロイト暴動を背景にした『かれら』で最も強烈に提示されていて、ジュールズとモーリーンの、二人は全く逆方向をたどりはするが、命をかけて自己回復をめざす苦闘には、虚構のものではない、迫真の生きる力がみなぎっている。

自然の破壊力や歴史の不可避性に呑み込まれそうになりながらも、人間の原始的な生存本能によって何としても生き延びようとするオーツ文学の原点は、一九三〇年代の大恐慌の時代にある。貧しさを通り越した、生きる極限状態の記憶はオーツの心に今なお鮮明に焼きついている。オーツは一九三八年生まれなので、直接に成人になって不況の時代を生き抜いたわけではないが、大恐慌は彼女の両親の時代を直撃した。この窮状を生き抜き、家族を守った両親の苦闘と不屈の精神には限りない敬意を表している。消すことのできない最悪の記憶、両親の経験を共有した一体感、両親への敬意といった個人的感情は、オーツの過激性のみを強調する読み方では見落とされてきたことだが、一貫して家族を描き続ける原動力となっている。

しかし、オーツの描く家族は、いつも社会の変動の影響をもろくもうけて、家族は孤立してばらばらになる。家族を最も基本的な社会形態として捉え、オーツは次のように言う――「そこから逃れることはできない。そして、もしこの小宇宙の内部で何かがおかしくなると、すべてが狂ってしまう」(Taylor 25)。オーツの小説の家族を分析した画期的な著書の中でWesleyは、社会学者Christopher Laschの家族と社会の因果関係についての見解は、オーツの描く家族の構図にそのまま当てはまると指摘している。「家族とは、最も変化に抵抗する社会組織であり、(あらゆる社会的変化は)家族のメンバーの人間形成に測り知れない衝撃を与える。……家族のメンバーの性格の変化は、特に経済的、政治的生活の変化が根底にある」(1-2)。

オーツの初期短編集のエデン郡には、一九三〇年代の大恐慌後のアメリカ史上最悪の大変動期が背景にある。土地を失った農民、農場を捨てて工場で働く次世代の人々は、経済的、道徳的に混沌とした現実を現実として知覚できず、変化以前の農耕社会の生活規範や家族制度、父権制度を神話化しようとする。そこには当然旧世界と現実のギャップ、旧世代・次世代・若い世代間の深い亀裂、暴力を内蔵する人間の内面の抑圧などが予想される。

次ぎに、このような経済的大変動による旧世界の道徳や権威の崩壊、それに伴う家族関係の不信や孤立といった社会的環境に対して、自然はどのような反応を示すのだろうか。土地が生来的に悪をはらんでいるかのように、エデン郡の自然は異次元の他者としてあり、猛威をふるっている。「沼地」（"Swamps"）の嬰児殺しの舞台となる暗い沼地、父が娘を殺す「川のほとりで」（"By the River"）の澱んだ川、「国勢調査員」（"The Census Taker"）の人の死すら気付かれない人里離れた丘陵地帯、「白い薄い冬の霧」（"The Fine White Mist of Winter"）の無限に広がる豪雪風景、「大洪水の中で」（"Upon the Sweeping Flood"）の地上を覆い尽くす大洪水などである。冷徹な自然主義手法で描かれるこれらの自然は、どれもが最大限の破壊力を見せつけるが、人間は自分の卑小さや無力さを認識するというよりむしろ、そのことすらはっきり知覚し得ないで、自然に対して苛立ちや抵抗をみせるだけで、最後は混沌の中に呑み込まれる。悲劇を知覚し得ない現代人の心の空洞化が自然主義手法による自然描写を通して象徴的、寓意的に描出されている。自然主義的世界と象徴的、寓意的表現の組み合わせは、特に初期の作品において、オーツの最も好む様式である（Creighton 113）。虚構性を全く排除した自然や社会環境の過酷さ、劣悪さ、偶然性の中で、経験の意味を「内面から」新たに問う心理的自然主義は、スティーヴン・クレインが開拓したアメリカ自然主義の特質であり、オーツもこの流れをくむが、オーツの初期の作品は現実や環境の因果関係にもっと重きを置いている。

オーツが最も偉大な文学作品と考える定義の中に、オーツ文学の真髄が言い尽くされている。

恐ろしい出来事を生き抜きながらその意味を理解できないイェイッの劇中人物のように、最も偉大な文学作品とは、押し寄せる時の流れに呑み込まれ、またその上を過ぎて行くものの深さを測ることができない、人間の魂を扱うものだと私には思われる。歴史はこのようにして我々ほとんどの人々の上を通り過ぎて行く。社会は、発展に向かうものであれ死滅に向かうものであれ、激動の中に呑み込まれ、そして常人は滅びる。しかしながら、彼らは自分が「滅びる」ことを理解できない。（*New* 105）

アルフレッド・ケイジンは、オーツの小説の中に「今日の多くのアメリカ人が、自分の身に起こっていることを発見できないまま、悲劇と向かい合っている姿」を見てとり、この点を「現代文学におけるオーツの新しさ」と評価している（『アメリカ』231）。無限の時間の波に呑み込まれた人間の魂は、自らの経験の意味も、自らの滅びの事実さえも理解できない――最も偉大な作品とはこのような人間の魂を描いたものであるというオーツの文学観は、人生の意味の普遍性を探究する従米の文学観とは大きくかけ離れている。オーツの文学を決定するとも思われる歴史観や自然観や人間観を知る必要があるだろう。

Ⅰ　オーツの批評書から――歴史観、自然観、文学観、人間観の概要

オーツの文学に大きな影響を与えた作家たちの作品をオーツ自身が論じた数冊の批評書は、オーツの歴史観、自然観、文学観、人間観などの世界観を知るための必読書である。この章では、これらの文学批評の中から、オーツの歴史観、自然観、文学観、人間観を示唆していると考えられる部分を概括する。作家になる前は学者になりたかった人らしく、その批評は広範な学識と知性に基づき、情熱と鋭い感受性に溢れ、洞察的で、何より、革新的である。ニーチェの虚無主義、反キリスト教思想、ウィリアム・ジェイムズの人生における意味の多義性、ウィリアム・ブレイクの対立の思想、フラナリー・オコナーの暴力と救済の相互関係、そして、ロ

レンスの伝統・因襲打破的思想と予言的なヴィジョンなどが重厚に論述されている。なぜ人生の否定的な側面ばかり描くのか、という問いに対してオーツは次ぎのように示唆的に答えている。

> 悲劇は人間の力から見た人間性の探究であるわけですから、それはいつも人間の精神を擁護します。作家によって苦しみ、不幸、暴力がきわめて率直に探究されなければ、人間は決して人間の力を知ることはできないのです。
> (Sjoberg 106)

この逆説的論理は、オーツがよく描く複雑な人間関係の対立が生む悲劇性というものの肯定を裏付けるものでもある。

オーツは、*Contraries: Essays*（1981）の中で、ロレンスの『恋する女たち』は二〇世紀の人間に残された唯一の救済として愛と結婚を讃えながらも、愛が要求するエゴの放棄に抵抗する個人の運命を予見している儀式的な作品である、と論じている。黙示録的ヴィジョンを想起させる結末に、迫り来る二〇世紀の文明と密接に結びつかざるを得ない個人の生き力に対するロレンスの深く苦しい虚無感をオーツは感じ取っている。一方オーツにとって歴史は、人間の意志や力が全く通じない、客観的、絶対的、不可避な実体としてあり、人間生活や人生は世界の制御できない「偶然性」によって鍛えられると説いている。しかしながら、このような予測不可能な世界を、感触できない「メタファー」としてではなく、地上の全ての人間が共に生きなければならない我々の唯一の「住みか」（'home'）と呼んでいるところに、ロレンスにはない、オーツの土着的共同体意識、またはカトリック的な宇宙的視座とも呼べる感覚がうかがえる。共同体の最小単位が家族であり、『かれら』『ベルフラー』（*Bellefleur*, 1980）『これだけは覚えていてほしい』等の長編小説は動乱に満ちた数世代にもわたる家族の年代記であるが、そこにオーツの意図がある。歴史は確かに、否定できない、避け得ない事実であるが、生きる意味は、その結末ではなく、数々の厳しい経験の「流動性」や人生の「過程」にこそ見いだせるとオーツは信じている。なぜなら、「真実は相対的で、絶えず変化し、不確定であるからである」（Creighton 9）。オーツがロレンスの本質とみた「人生の不可思議な変遷、運命、時間、偶然に対する深く揺るぎない信念」はオーツ自身のものでもある（*New* 68）。

オーツが「歴史」と言うとき、女性の主張を意図的に排除した「男性の歴史」を批判的に指す場合がある。Creighton がオーツの描く女性を「犠牲者としての女性、解放されていない女性」と評したフレーズは、長らくオーツ＝反フェミニズムのレッテルを貼るほどの影響力を持っていたが、批評家オーツのなかに真正のフェミニズムを認めることができる。特に*Contraries*の中の「『これが、預言されたこの世の終わりか？』——リア王の悲劇」で、王であるリアが陥っている「他者」（'Otherness'）への恐怖とその「他者」を排除した歴史の誤った一面性をフェミニズムの立場で洞察している。オーツが指摘する「他者」とは、リアの王としてではない個人としての知られざる内面、自然、そして女性を指す。最高位にある者は、自分に対抗する「他者」の要素も掌握せねばならないはずだが、女王がいなくて、自分一人で王国を支配しているリアは男性の陥る最も危険な傾向に陥っている。つまり自らの専制君主の権力（'tyranny'）を抑制できないでいる。それを抑制できるのは内的自我であるが、王としての役割と権威の政治の世界に囚われているリアには、内的個人生活は奪われている。すなわちリアは王という「原型」の中で死んでいる（59）。コーディリアは、外的な力に抑圧されていないリアの「内なる声」としてリアに対し、世界に対し、何にも恐れず、束縛されず、時に、挑発的に心の底から真実の気持ちを語る。だが、内面を持たず、王と王の衣で武装するリアには、コーディリアは裏切り者か敵としか映らない。また、「険気で、暗く、死のような」自然に対して、コーディリアは無垢な存在としてリアの不完全な御世の贖罪者として必要であり、と同時に、飽くまでも「他者」として滅ぼされなければならない運命にある（52, 61）。このように男性によって代表される外的歴史は、女性によって代表される主観的経験が導くだろう真実の啓示を恐れ、これに犠牲を強いることによって、すなわち、抹殺することによって優位を保っている、と結論づけている（52–53）。

リアが自分の世界を脅かすものとして恐れ、抹殺した「他者」の存在を、詩人ロレンスはそれが他者であるがゆえに、異種なるがゆえに崇拝する。ロレンスの詩「新しい天地」（"The New Heaven and Earth"）からタイトルを借りている批評集『新しい天、新しい地』（*New Heaven, New Earth: The Visionary Experience in Literature*, 1974）の中の「敵意のある太陽——D・H・ロレンス詩集」では、詩人ロレンスの中にロレンスの文学の本質を発掘している。ロレンスの文学は因襲打破の文学であり、と同時に、そこから今までに存在しない新たなヴィジョンを創造する予言的文学でもある。ロレンスは、人間を万物の尺度とみる人間第一主義の西洋のドグマを徹底的に拒否する。人間の作った「道徳」の偽善や、「人間性」なるものの欺瞞を忌み嫌う詩人ロレンスは、人間界以外の、自然を頂点とする「他者」の存在に全身全霊で没頭する。ロレンスの自然の捉え方は、自然と人間の合一感といった伝統的な、ロマン的なそれでは決してなく、「自己を自然に投影したりしない、それを解釈しようとさえもしない」ものである（64）。詩集『鳥とけものと花』（*Birds, Beasts and Flowers*）の中の「魚」（"Fish"）という詩で、詩人は一心に魚を凝視しているが、オーツはこの詩を革新的な詩と高く評価している。魚と自分の関係を問うたり、人間の感情を象徴的に魚に託したりしない。詩人は「魚の魚らしさ」を見つめることに集中している（78）。それは、自然はいかに異質で、本質的には未知なるものかを知る者の凝視である。全ての生命の源である太陽は、ロレンスにとって、他者を代表するものであるが、「敵意のある太陽」の中では、人間の有限の意識に対して太陽はいつも「敵対し、非人間的で、不従順で」あるがゆえに太陽を畏れ、崇拝すると詩人は打ち明ける（68）。人間を滅ぼすのは、この相いれない他者の存在ではなく、他者の排除にある（67）。人間が取るべき唯一の道は、人間に対立する他者の存在や「太陽の非人間的な力への勇敢な肯定」（64）であり、肯定があって初めて、世界の対立要素の緊張関係の中に共存が達成されるのである。

次に、オーツの文学の最大の特色は、よく非難の対象になるのだが、その暴力性にある。アメリカという国の悩める現象を直截に描くことを作家の使命と考えるオーツにとって、この国の特質である暴力は当然描かなければならないが、この地上は暴力と差別に満ちているとの暗く悲劇的な認識がいつもオーツにはある。なぜ暴力ばかり描くのか、とよく浴びせられる負の問いには、確信を持って、「現実の生活ははるかにずっと混沌としている」と答えている(Phillips 73)。オーツの文学が描く暴力には、現実の暴力や混沌や汚濁を打破し、富んだ物質社会の中で膨れあがったエゴの思い上がりを断ち、さらにこのようなもの全てを超越するためには暴力の破壊力によるしかないという暴力の寓意性が内在している。「フラナリー・オコナーの透徹する芸術」の中で、オコナーの宗教小説における暴力の究極的な必要性と、そのことに集約されるオコナーの作品の読み方を明解に解いている。すなわちオコナーは宗教的コンテクストにおいてのみ理解できる作家であり、オコナーの作品は「キリストの化身、受難、復活の神秘」に取りつかれていて、その神秘の中心にあるのは、「血を流し、悪臭を放つ、怒るイエスの影」である(145)。キリストの中にこの神秘がなければ、オコナーにとって人生における神秘はなく、さらに、オコナーはこの神秘を説明することを拒絶しているために、作品は奇怪な雰囲気に包まれている(145–46)。

オコナーの描く人物には三つのタイプがある――狂信的信者、何もしない感傷的な悩めるインテリ、心は空っぽで無分別なのに自らの優位性を疑わず、その上で善行を施そうとする愚劣な偽善者である。オコナーにとって、神に代わって自らの神聖さを主張する第三番のタイプが最大の罪人である。このような無知でグロテスクな慢心者に暴力の儀式を行うことによって、神聖なる者に屈服させ、現実に開眼させるというのが典型的なオコナーの物語の意図である。この場合、なぜ「暴力」に訴えなければならないのか。なぜなら「エゴは、暴力によって以外は滅ぼされ得ないからである。エゴは言葉によって、理論的な議論によって、そのエゴイズムをやめさせることはできない。エゴは肉体的方法以外では何も教えられることはない……キリストが彼の本物の、文字どおりの肉体で苦しんだように、オコナーの人物は彼らの中にキリストを認識するために苦しまなければならない」（170）。「オコナーの人物が精神に至る道は肉体を通してであり、オコナーの神聖な領域に至る方法は世俗や低俗を通してである」（161）。暴力による開眼によってのみ人間は洞察できるといった解釈や、「カフカの言葉によれば、あるのは苦しむ経験だけである」（176）という読み方は、オコナーの作品の核心をなすカトリック信仰の苛烈さを浮かび上がらせている。

比較的新しい批評書（*Woman Writer*（1988）の中の“Against Nature”では、伝統的自然観とは全く異なるオーツの自然観を知ることができる。オーツは神秘的、ロマン的、教訓的な自然観にきわめて懐疑的である。自然は個人の窮状など意に介さず、人間的尺度では測ることができない「絶対なるもの」つまり「純然たる力」として歴然と「存在するもの」である（68）。ゆえに「純然たる力」としての自然は、人間のレベルで考えたり、欲したり、理解できる全てを「欠いている。」

自然はユーモアを解さない。その美しさにおいて、その醜さにおいて、その中間においても、笑いはない
それは道徳的な目的を欠いている
それは風刺の側面を欠き、皮肉を表さない
その喜びは、偶然のものなので、共鳴を欠き、その恐怖は、前もって企てられていても、いつもぞんざいで、「情け容赦ない」、等々
それは、人間によって提供される以外は、象徴的なサブテキストを欠いている
それは（口頭の）言語を持たない
それは人間に関心を持たない
それは「自然派作家」にはひどく限られた反応を抱かせる——**崇拝、畏怖、敬虔、神秘的な一体感**
自然が人間や本や全てを呑み込む準備ができているときでさえ、人間は自然をはっきりとは理解できない　（(*Woman*) 66–67)

オーツが描く自然には、人間が自然に抱く種々な授与的な属性、例えば、ユーモア、笑い、道徳、共鳴、象徴、崇拝や畏怖、一体感などは全く見出せない。人間の感情や意思とは全く無関係な自然は、そのうえ「偶然」であるため、人知を越えている。それゆえいったん自然がその力を発揮して人間や本や全てを呑み込もうとする、まさにその時でさえ、人間は自然をはっきりとは理解できない。このオーツの自然観は、人間の理解を超えた存在として捉えている時間や歴史観、社会観と一致していて、先に述べたオーツの文学観の根幹を補強するものである。

二つの初期短編集においては、破壊力を内蔵しながら無限の空間と時間が広がる自然の中で、個人は自然と自分のどちらの実体も分からないまま、そこに浮遊し、時にその中に消滅しそうに見える。にもかかわらず、作品からは名付けがたいエネルギーが発せられている。これは自然・宇宙の力と、頑迷で自己信頼が強く、それでいてとらえどころのない自我の苦悩、この両者が渾然として在るところから生じている。Creignton が指摘するように、自我の矛盾する性質――「中心性」と「とらえどころのなさ」――はオーツの思想の中心であるが、主人公の自我の二面性の描写が時おり必要以上に複雑になり、その結果曖昧さを生んでしまう傾向にある(110)。この相反する、曖昧に映る自我の両面は、自然、社会、歴史といった自我の外側にあるものと自我との二面的関与、つまり、帰属性と排他性、から生じていると解すればより理解がしやすいのではないだろうか。アメリカ文化の最大の特性である「アメリカの夢」や「アメリカの英雄」は、自我の「中心性」と社会との「帰属性」「合一性」の関係が妄想的なまでに誇張した例であり、オーツは意外にもこのタイプの人物に魅せられ、肯定的に描いている。『かれら』の主人公ジュールズが好例で、ナルシスト的で野心的なエゴは、世界を自己に合体させ、掌中に入れ、操り、自己が世界に取って代わろうと企てる。しかしながら、自己の目標が世界に強く向かえば向かうほど、より広い世界では、孤立した名もない存在としての自分を自覚させ、自己は深く内面化し、自我に執着し、妄想的な慢心したエゴと化さざるを得ない。この飽くことなき自己実現への渇望は、物質的な成功や社会的地位を追い求めるアメリカの夢の精神的な支柱であるのだが、物質的な富の追求と精神的渇望は生来的に自己矛盾を抱えているために、自己破碇に陥る運命にある。アメリカの夢が幻影である原点はここにあると言えるだろう。

他方、次ぎに論じる初期エデン郡物語の場合は、大恐慌後という大変動期の時代背景が決定的要因であるが、自然や社会の「排他性」と自我の「とらえどころのなさ」の関係が必然的に生じ、宿命的な因果的雰囲気が立ちこめている。エデン郡物語ではこの社会の「排他性」と自我の「とらえどころのなさ」は「家族」の中に見いだせる。農耕社会から工業社会への変遷と大恐慌は家族を崩壊させ、その家族はめいめいが孤立し、不信感と深い挫折感を感じながら、しかしそこから逃れることはできないという宿命感を抱いている。

Ⅱ 『北門の傍らで』

By the North Gate のタイトルは、李白の詩「辺境警備兵の哀歌」("Lament of the Frontier Guard") からとられたもので、短編集のエピグラフとしてこの詩が掲げられている——落葉の頃、砂塵の吹き抜ける北門の傍らで私はただ一人、塔という塔にかけ登り、眼下に広がる蛮地を監視するという内容である。一連の作品の舞台となっているエデン郡は、人類の楽園・理想郷である聖書のエデンの園とは似ても似つかぬ、暗く、暴力的で、混沌たる「現代の蛮地」として描かれている。大恐慌後の社会大変動は家族を経済的、精神的に崩壊させ、家族が中心に受け継いできた道徳的価値や社会的秩序をも破壊した。祖父などの長老の威厳は奪われ、二世代目の父親は一家の扶養者になれず、三世代目の孫や若者たちは放縦に耽り、暴力に走っている。一世代目の家族が住んでいた頃のエデン郡を神話化することで、二世代目、三世代目の

形骸化した家族や病根のはびこる現代社会がより鮮明に浮かび上がり、オーツの文学に特徴的な厳しいアイロニーが生まれている。

短編集全体に漂っているのは喪失感であるが、人物がそのことをはっきりと知覚できていないために、さらに深い不安感や絶望感がつきまとっている。最初の「沼地」は、まさにこの崩壊と喪失感を印象づけるにふさわしいものである。「沼地」は、荒れ果てた農場に住む親・子・孫の三代にわたる家族の崩壊と、さらにその傷口を広げるような、形骸化した家庭への挑戦者の闖入という二重構造から成っている。祖父、息子夫婦、一九才の娘と七才の息子の家族であるが、家族のメンバーの祖父に対する異なる反応や評価は、祖父の置かれている複雑な立場を浮かび上らせている。Wesley は「国勢調査員」の家族は、「現実／真実」（'reality'）、「具象性」（'actuality'）、「理想化」（'ideality'）の三つの側面の隔たりの点から捉えるべきだと論じている（18）。時代の大変動による三世代間の深い溝を描く「沼地」にもこの読み方を適用することができると考える。

第一に、息子の妻と孫息子による理想化された祖父に対する敬意（理想化）、第二に、息子とその孫娘による老いぼれた祖父への残酷な仕打ち（具象性）、第三に、見知らぬ一〇代の未婚の妊婦の出現と嬰児殺しの結末は、神話的な家族というものへの挑戦・否定というさらに激しい「具象性」によって、隠蔽された「現実／真実」を暴いている。第四に、正気と狂気の間にいる祖父自身の目に映る「現実」は上記三つのどの局面とも接点を持っている。以下この点を追ってみる。

祖父は沼地沿いにある、今にも崩れ落ちそうな丸太小屋に一人で住んでいる。この丸太小屋は一〇〇年前、祖父の子供時代に曾祖父がこの地域を開墾して建てたものである。小屋は古き良き開拓時代の独立心、家族の団結心、長老への敬意といった開拓精神の象徴であったはずであるが、今では「おんぼろの目障りなもの」でしかない（*By the North* 11. 以下頁数のみ記す）。「おんぼろで目障りなもの」は祖父の存在そのものである。祖父は若い頃、皆から信頼される地域のリーダーであり、戦争中は海軍の英雄と仰がれ、「申し分のない農夫、隣人、親」(13) であった。つまり、家庭人として社会人として道徳的模範 (role model) の具現者であった。しかし現在の祖父はその雄姿は片鱗もなく、言動がおかしくなっている。息子の妻は過去の幻影の中に祖父を見ていて、危なげな独り住まいさえ誇りに思い、七才の息子に「大きくなったら、お祖父さんのようにならなければいけない」(12) と教える。尊敬される祖父と尊敬する息子の妻の家族関係は、彼女が祖父の痴呆を認めるのをためらっているように、現実から目をそらした神話化された家族関係を物語っている。

これとは対照的に、息子と孫娘の祖父に対する無理解とあからさまな侮りの態度は、Wesleyが「具象性」と名付けたものに該当する。Wesleyの言う「具象性」とは、人物が味わう困難な経験や葛藤に対する過剰なまでに感情的な反応を生々しく露骨に描く現実描写を指している。この「具象性」は、特にオーツの初期の短編の人物に特徴的なもので、社会環境や時代の変化についていけず、孤立している人物の激しい内面の発露ややり場のない怒りを理解する上で、有効な指摘である。息子は荒れ果てた農場を捨てて、町の石膏工場で働いている。（「大洪水の中で」においても、主人公スチュアートの父親は荒れ放題の農場で死に、スチュアートは石膏工場で働いている。石膏工場はハイウェイ建設に必要な原料採掘をする工場で、農耕に取って代わった工業化の開始を告げている。）息子は肺に砂塵を吸い込むこの仕事、毎日弁当にチーズ・サンドウィッチを持っていくこの仕事を忌み嫌っている。「自分の言葉が祖父の心を傷つけるだろうと察知して……ああ、うんざりだ、こんな生活にはうんざりだ」と息子は言う（13）。この言葉の背後には息子の父親に対する複雑な気持ちが読み取れる――今の貧しい惨めな生活は、父親から受け継いだものの結末であるという失望感、父親は威厳ある模範的な父であることができたが、自分は家族の扶養者の役割さえ果たせていないという自信喪失や自暴自棄の気持ちが入り交じっている。だから息子は、まるで敵に復讐するかのように、

「親父は頭がおかしくなってしまった。どこかへよそに連れて行って、閉じ込めておかなければ」(12)と言う。町でぶらぶらしているだけの娘はこのような父親とほとんど会話がなく、祖父の過去を全く理解しようとせず、「あの汚い、老いぼれの、頭のおかしい馬鹿」と軽蔑する。三代目の若者にとって、威厳を喪失した祖父や扶養者失格の父親から学ぶべきものは何もない。彼らは道徳的規範を示せないのだから、家族として存在しないに等しい。社会的・道徳的模範を失った家族、つまり機能不全となった家族の次世代が向かうのは無分別、放縦、暴力の世界である。

沼地に現れたここの土地の者ではない一〇代の妊婦を祖父は丸太小屋に連れて行って、そこで嬰児をとりあげた。妊婦が祖父を殴って、嬰児を殺害して姿を消すという衝撃的な結末は、最悪の「具象性」で描かれている。この生々しい現実は祖父と息子の妻のそれぞれの幻影を打ち壊している。一〇〇年前の小屋に住む祖父は、過去のフロンティアの幻影の中に生きている。彼は言う、「ここは本当にいい世界だ、本当にいい世界だ。これしかないのだから注意を払うべきだ」(17)。しかし見るたびに彼が激怒する、小屋の真後ろに広がる澱んだ沼地こそは、かつてのフロンティアの現実の姿なのである。豊かな森は、ハイウェイ建設工事のために排水がつまり、汚水が溜まり、かすが浮く沼地となり、周辺の木々は枯れていった。森林に取って代わった澱んだ沼地は、農耕社会から工業社会への急速な時代の変化の産物である。嬰児殺しの妊婦は急速に変貌した社会がもたらした最悪の現実として、沼地に出没するわけである。沼地と嬰児殺しの女は同一の社会の所産である。さらに女は牛のような顔、太く頑丈な腕と首をしていて、大地が本来持つ野蛮性を具現し、祖父の「ここは本当にいい世界だ」を嘲りまねるように、「ここは本当に自由な国だ」(18) と野放図に叫ぶ。祖父のフロンティアの幻影はこの妊婦が現れた時点で打ち砕かれている。

息子の妻の抱く神話的な父権家族の幻影は、父親のいない子供を身ごもり、殺害するという妊婦の蛮行によって激しく否定されている。妊婦が言い放つ「女たちが嫌いだ。近づいたら噛みついてやる」(21) の言葉や、息子の妻のセーターに巻かれた嬰児の死体には、理想化された家族像から抜け出せていない女性に対する敵意や懲罰の気持ちが込められている。このように祖父に代表されるフロンティアや父権家族の旧世界の幻影は、妊婦に代表される若者世代の冒瀆的な行動によって残忍に打ち壊され、混沌とした新世界が開始していることが告げられる。祖父は自分の生きた旧世界の喪失と目の前の現実を認識したかのように、象徴的に叫ぶ——

「彼らが私から奪ったのだ。彼らが私から奪ったのだ」(27)。

「国勢調査員」では、一人の国勢調査員がエデン郡オリスカニーの辺鄙な山麓地帯にある、父親が蒸発した家族を訪れる。この作品のテーマは、家族が置かれている悲惨な「現実」と、国勢調査員が用紙に書き込む記録や数字としての家族の「現実」の隔たり、そしてこれら二つの「現実」の衝突である。この家の娘が感じている生々しい現実感と彼女の現実離脱の願望が、二つの現実の隔たりの深さを暴いている。また、厳しい自然環境が死や蒸発を日常的なものにしているところにオーツの自然観がよく出ている。

国勢調査はオーツが好む題材である。家族を家族構成として数字で捉え、分類し、記録する国勢調査ほど家族の実態を伝えないものはない。「サンデー・ディナー」("Sunday Dinner," 1967)でも、家族を捨てて家を出ていった老いた盲人が、一〇年に一度行われる国勢調査を装って訪問するが、亡き母親と予供たちの葛藤や家族を苦しめた冷酷な父親の過去が暴かれ、盲人はスプーンで目をえぐられ、追い返される。断絶した家族関係を笑劇風にしたてた「サンデー・ディナー」では、国勢調査の質問は「背中を掻くのに何を使うか」「歯をほじるのに何を使うか」といったナンセンスで、非現実的なものばかりで、家族の断絶を映し出すにはほど遠いものである。これらの質問は国勢調査の無意味さを徹底的にデフォルメしている。

「国勢調査員」の国勢調査員は二年前から自分の直轄であるオリスカニーの国勢調査を始め、今やっと最後の家の前にいる。三七才の静かで眠そうな国勢調査員にとって、故郷の海辺の風景とは異なるこの荒涼とした土地は「狂っており、歪んでおり、偏屈で」(30. 以下訳は中村訳による)、地図を片手に道に迷うこともしばしばであった。彼には抑圧された様子と苛立ちがうかがえるが、奇妙な希薄さが漂っている。最後の家に入る前に彼はいつものように、「顔に、また身のこなしに役人らしい威厳を取り戻そうと努める」のである(30)。彼に役人としての威厳を取り戻らせるものは、彼が持ち歩いている国勢調査の手帳であり、それが彼にとっての唯一の現実である。彼にとって、調査の対象としての家族が存在するのであって、そこで生活している人間の営みは彼の目には入らない。調査し終えた手帳が役所に渡れば、オリスカニーで生活している人々の現実よりも「もっと確かな現実」(35)となるだろうという官僚主義が、彼の皮相な現実観の根底にある。

このような官僚主義にたやすくはまった小役人が行う国勢調査の無意味さ・非現実性は、この家の中で辛い現実を見てきた子供たちによって、たちまちに指摘され、暴露される。国勢調査の目的を問う弟に対して、一九才の姉は「オリスカニーの人を数えること」(34)と嘲るように答える。さらに、調査員が国勢調査について「密かに抱いていた恐れ、他人には口にしない恐怖」(34)を見破ってしまう。「二年前から調査は始めたんでしょう？　……そんな長い時間かかっちゃ間に合わないわよ。……おじさんのその帳簿の人はもう半分も死んじゃってるか、歳を取っちゃってるか、変わっちゃってるわよ」(34)。二年もかかっていたのでは記録は不正確なものになり、調査はどこまでいっても完結しないだろう、と彼は恐れていたのだった。彼は人の生き死にさえ調査の対象としか考えない、実感のない世界に住んでいる。他方、国勢調査の過ちを激しく訴える娘は、死が日常に起こる世界、出口のない絶望の世界にいる。冬の厳しさのため兄弟たちが次々と死に、祖母は川に流され、父親はそのような生活に耐えきれず家族を見捨て、一〇年前に家を出ていった。母親は夫の蒸発の事実を認めようとせず、仕事から帰る夫を待ち続ける幻影の世界に住んでいる。鋭い現実認識と現実離脱の願望にうめく娘は半ば狂気の世界にいる。

彼の自然に対する認識も同様に役人的で、不遜である。悪天候の中では、いつ何が起こるかもしれない土地で地図を持って進み、役所の規則ずくめの生活に身を置いてきた彼は、嵐には「前ぶれ」(36)があるはずだから大丈夫だと主張し、子供たちに嘲笑される。彼にはここの土地が「狂って、歪んで、偏屈な」と映っても、そのような土地の持つ原始的な破壊力、そこに住む人々の恐怖と絶望、現実離脱の願望を想像することはできない。「狂って、歪んで、偏屈な」のは、実は土地だけではなく、この土地に閉じ込められた、破綻した家族全員の内面の世界でもある。

厳しい自然の中に閉じ込められた生活から脱出したいという娘の願望は、母親の「古いやり方に合わせて子供を生む」(38) 因習的な生き方への、また、逃げた夫を持ち続ける敗者の生き方への反発と憤りから生じたものである。しかしながら、娘はこのように二重に拘束された生き方は、ここを出た外の世界でも同じなのではないか、人間は枷を背負って、決められたレールを歩いていかなければならないのではないかと本能的に感じ取っている。国勢調査員の生き方もそうであるように……。人はあるものから逃れられず、そこに閉じ込められて一生を終わってしまうのだろうという宿命的人生観を、深い絶望感に襲われながら、娘は鋭い具象性を持って次のように表現する。「流されちゃうのよ！　流されちゃうのよ！　……何もかも流されてしまう。……帳簿の中の人もみんな流されちゃう」(39)。

「沼地」は三世代の中に、家族の理想像の形成、経済の破綻に伴う家族像の幻影化、社会的・道徳的規範であるべき家族がいなくなった若者たちの道徳的放縦を素描し、「国勢調査員」では家族というものを、崩壊した家族であればあるほどそこから逃れることができない宿命的な存在として捉えている。この文脈で読めば、短編集の中で上記二作に次いで三番目に位置する「儀式」(“Ceremonies”) は明らかにある意図を持っている。エデン郡の開拓時代の巨人的な人物ロックランド (Rockland) とその家族を思い出し、父権家族の実像とその偶像化の過程を描くものである。

物語は、彼の名にちなんでつけられたエデン郡ロックランドの初代町長であったロックランドの葬式が営まれている場面から始まり、彼と同時代の老いた住民の一人がロックランドとその家族を回想して語るという形式をとっている。この冒頭と語りの形式はフォークナーの「エミリーへのバラ」のそれを容易に想起させる。「エミリーへのバラ」の場合は、タイトルが示すように、南北戦争前後を生き、自分の愛を貫いた一人の頑迷で誇り高い南部女性の死に一本のバラを捧げようという鎮魂歌であり、時代の終焉を告げる回想録である。一方「儀式」は、題名とロックランド（岩山）の名字が示すように、寓意的意図が明白である。恐ろしい家父長的な存在であったにもかかわらず、ロックランドは共同体の教会、結婚式、葬式といった数々の「儀式」の場に現れることによって社会的に容認されていく。ロックランドと同時代の住民による語りの中には、ロックランドの振る舞いや生き方に対して「愛」「不思議な結束」「同族意識」「人間愛の意識」などの賛辞が不自然にちりばめられている。老いた語り手はこの点には気付いていないそぶりをするが、若い世代の聞き手の一人が最後に発する疑いの声は共同体によるロックランドの偶像化を見抜いている。

ロックランドは、フォークナーの『アブサロム、アブサロム！』の主人公サトペン大佐を想起させるような、「悪魔」「蛇＝狡猾な人」のイメージとして、三人の子供を連れて人家もまばらなエデン郡に突然どこからともなく現れ、たちまちに独力で広人な土地を手に入れ、町の経済を支配し、鉄道がエデン郡を通る頃には石膏採掘工場を建設した。彼は家父長的人物であり、農耕社会から工業化への時代と経済の変遷を具現した人物でもある。

ロックランドという人物の実像と家族の実態、共同体社会での実際の彼の生き方はどのようなものであったか。ロックランドは堂々とした体格で、赤靴のブーツをはき、金髪をたなびかせ、超然とした態度とかん高い横柄な話し方で町の住民をすぐに圧倒し、威嚇した。子供たちも同じように美しく高貴な顔立ちをしていて、野性的で高慢であった。名字が示唆するように、彼は土地や自然への挑戦者であり支配者である。ロックランドの屋敷にある一番大きな納屋に避雷針がついていないのはその証拠である。しかし、そのころ避雷針のない建物は「運命に対する侮辱、いや挑戦」(45)とみなされていた。それゆえ彼の自然への挑戦には「悪魔祓い」(‘exorcism’)(57)の懲罰が待っている。

頑なに人々を避けていたロックランドが初めて住民の前に現れたのは、教会であった。彼が子供たちと一緒に盛装して教会に現れたときの「象徴的な態度」(47)に対する人々の気持ちを、語り手は「誇らしい気持ち、愛といっていい感情」と呼び、その時からロックランドによって「町の住民の不思議な結束」が認められ、強化されていった、と熱っぽく語る。年月が過ぎる間も、ロックランドは着実にさらに土地を手に入れたが、一方日曜ごとに教会に出席するという儀式は彼と住民たちを近づけていった。しかし実際は、消防団の組織を作るとき、ロックランドは「有志の消防団員」として住民と同じ立場に身を置き、他の人からの指揮や命令を受けるのを拒絶するという貴族的な態度をとった。それどころか使用人に自分だけの灌漑用の堀を作らせた。このころには住民のロックランドに対する気持ちは敵意に加えて、「憎しみが癌のように生まれていた」(57)。この時「悪魔祓い」の事件が起きる——雷が避雷針のない金属の納屋に落ち、ロックランドの野卑な、怒り狂った叫び声にもかかわらず、彼の屋敷はほとんど焼け落ちたのだった。それでも、住民の方は落胆したロックランド家の人々に助けの手を差し出した旨が付け加えられている。

父権家族の原型であるロックランド家の内部には危うい暗部が隠されている。ロックランドには妻がいない点である。妻への言及さえない。母親による愛情を知らず、家庭の躾を受けていない子供たちは、社会的礼儀を全く欠いている。一一才のエリザベスが教師にとった恐れ知らずの粗暴な態度と言葉遣いは、まさに父親のそれである。さらに父親はあろうことか彼女の一八才の誕生日にライフル銃を贈った。エリザベスを激昂させた父親の野蛮さは、男性の力・

暴力志向を誇示するもので、夫の暴走を阻止しうる妻の不在から生まれたものである。このように農耕共同体における父権家族の原型には、唯我独尊的で、愛のない、親不在の、暴力的な要素が内在していると暗示されている。

老人が語り終えた後で、聞き手である若い世代の一人が漏らす「でも、愛ねえ…愛とそれとどんな関係があるのですか」(65) という疑惑は、語りの美化を見抜くと同時に、家族や共同体における愛や結束力は実は半ば偽りのものであることに旧世代は気付いていない、あるいは気付いていないように装っていることを示唆している。

「北門の傍らで」は、短編集『北門の傍らで』の最後を締めくくる物語として、開拓時代から廃村と化した現在までのエデン郡の回想に終止符を打とうとしている。荒廃した農場に一人住む六八才のリヴィア (Revere) (「夢想」を意味する'reverie'と重なる) は過去の夢想と回想の世界に浸っている。彼に襲いかかる現実は余りに残忍なものであるのに、彼にはその現実と過去の区別も定かではなく、朦朧とした世界にいて、死を待っている。彼の回想は妻と三人の子供たちのこと、三〇才の時、初めて本を読むことを教わった学校の教師についてである。彼に迫っている死の現実は、三人の少年たちの堪えがたい暴力によるものであるが、彼の怒りの声は少年たちには届かない。家族と教師の回想と陰惨な現実からリヴィアが理解できたのは果して何であったのだろう。

彼は六八年間必死で押し寄せてくる森林や雑草と闘ってきたが、家族の中で自分が父親であるという確たる気持ちが持てず、父親と子供たちとの絆をつくれなかった。息子の一人は殺人事件で失踪し、もう一人の息子も家を出て音信不通である。娘は婚家先で折り合いが悪く、悲嘆に暮れた妻は死んでしまった。リヴィアにはもう家族は存在しない。「自分が家族全員を裏切り、彼らみんなを他人の世界に追いやってしまった」(245)という罪の痛みだけがリヴィアに残されている。しかし、リヴィアは父親としての、夫としての責任を放棄したわけではなかった。むしろ、この年になっても考えていることだが、彼はずっと人生の目的と意義を追い求めてきた。「自分がやるべき何か」「一人の男としてやらなければならない何か」(251)があると信じてきた。だがそれが何なのかどうしても分からなかった。果して人生に学ぶべき意味があったのだろうか、との虚しい思いがよぎる。朦朧とした意識の中でリヴィアは「彼の最も悲しい失敗が起きたのはそこ(校舎)だった」(241)とつぶやく。三〇年前、本を読むことを通して教師とリヴィアは人生について、未知のことについて議論したのだったが、教師は何を語ったのだろう……何一つ覚えてはいない。目の前の現実の非情さと不可解さと、本に書いている人生の意義との間には大きな乖離があることにぼんやり気付きはするが、リヴィアにはそのことがはっきりとは理解できない。三人の少年がリヴィアの愛犬の耳を切り裂き、内臓をえぐり出し、リヴィアの背中を殴りつけて死に追いやろうとしている現実は、蛮地と化したエデン郡での彼自身の身に起こっている悲劇であるが、リヴィアは自らの滅びの事実さえも発見できないまま、それを「単なる偶然という運命」(251)としか認識できないでいる。旧世代の心の空洞化と若者の蛮行が今やエデン郡を覆いつつある。

Ⅲ　「大洪水の中で」

エドワード・テイラー(Edward Taylor)の同題名の詩(1683)からとった二番目の短編集『大洪水の中で』は、全般に『北門の傍らで』より時代をもっと現代に近づけて、危機的な経験の激流に呑み込まれそうになる現代人の精神的窮地を描いている。エンディング・ストーリーである「大洪水の中で」はオーツの最も得意とする手法を用いた、二つの短編集中ベストの作品である――自然主義と象徴主義を組み合わせて、寓意的な意図を織り込んでいる。それゆえこの作品を主人公スチュアートの内面の葛藤と成長の問題とだけ捉えるのは不十分である。Johnsonはこの作品のエデン郡を「より大きなより寓意的意味で、現代の社会的心理的現実の小宇宙としてオーツのエデン郡全体を総括するもの」と捉えている(36)。さらに「国勢調査員」の少女が「流されちゃうのよ! 流されちゃうのよ! ……何もかも流されてしまう」と予言した現代文明社会の危機が「大洪水の中で」のエデン郡で実現していると指摘している(36–37)。二つの短編集のコンテクストから見た読み方には説得力がある。

エデン郡に住む、石膏採掘工場の副工場長である三七才のウォルター・スチュアート(Walter Stuart)は、古い農場で死んだ父親の葬儀の帰路ハリケーンに遭遇する。彼は副保安官の警告を振り切り、漠然とした使命感に駆られて、嵐の中に突進する。一軒の農家に取り残された二人の子供を救い出そうとするが、容赦ない大洪水の猛威は普通の良識ある男の抑圧された内面の混乱を映し出し、彼を殺害と狂気に駆り立てる。エデン郡を覆う大洪水というセッティングは聖書のノアの方舟――神を忘れた人類を絶滅するために地上に大雨を降らせ、信仰心の篤いノアの家族だけを救い出す神の計画――をモチーフとしている。しかし、ここにあるのは、スチュアートの父の死が意味する旧世界の終焉に続く、スチュアートが住む神不在の救いのない現代アメリカ社会の黙示録的な精神風景であり、聖書の世界への痛烈なアイロニーを生んでいる。

スチュアートは思慮深く、地位もあり、平穏な家庭を営むアメリカの保守的な中産階級を代表する人物である。典型的なアメリカ人らしく、彼は自分の家の「頼りにならない神」の信仰から「現世の物や感情」（*Upon the Sweeping* 231. 以下頁数のみ記す）に苦労なく宗旨替えをしていた。しかし、内に秘めた彼の「規律や秩序に対する信念の強さ」は自然の破壊力に遭遇した時、その力を阻止したいという抑えがたい挑戦心と、嵐の中で苦しんでいる人を助けたいという利他主義を駆り立てる。オーツの描く男たちは、自分の世界以外の「他者」なる存在に遭遇することによって、自分のそれまでの経験の意味や価値が逆転し、精神に混乱をきたすというパターンが多い。スチュアートにとっての「他者」とは、一つは嵐／自然の力であり、もう一つは、嵐の中に放置されている「家族」の存在を通して映し出される彼の「内面の世界」である。

家族というもののもろさ・幻影が三つの家族の中に描き出されている。スチュアートが助け出そうとする二人の子供の家族は完全に崩壊している。母親は居ず、飲んだくれの父親は家を空け、二人の子供は嵐の中に置き去りにされている。一方、嵐の中で闘うスチュアートの心の中に、自分の家族は自分のことを分かってくれていないという空虚さが去来した時、彼は助けを求めている二人の子供の代理の父親として、崩れ落ちそうになる家屋に仮そめの避難所、つまり一時的な家族を求めようとする。彼は嵐の混沌の中にあって三人が「この聖域で平安である」(242)と思いたかった。だがこのような彼の幻のような願望は、自分は今まで間違った人生に引き込まれ、間違った役割に身を委ねてしまっていたのではないか、自分の人生には何かが欠けでいたのではないか、との一瞬の啓示に取って代わられる。しかし、両親に捨てられた非情な現実を見すえ、神を罵倒しながら荒々しい自然と同化して生き延びる本能を備えている一八才の姉は、スチュアートの誰かを助け、何かを得たいという利他主義と欲望の渦巻く心の混乱を見抜くのである。

スチュアートは、人間世界の「規律や秩序」を破壊する嵐に挑戦し、誰かを救いたいという使命感を持って必死で闘い、その混沌の中で新しい家族の幻想を見た時、自然を征服したのだと優越感を抱いた。しかし、このようなスチュアートの様々な感情や意志に全く関係なく、自然の力は容赦なく彼らに襲いかかる。地面を覆う大洪水の「水の生気と邪悪な力強さ」("its aliveness, its sinister energy")(242)にスチュアートは驚きの目を見張るが、この自然の邪悪な生命力、すなわち、彼ら三人を溺れさそうとする自然の力は、絡み合った一塊の蛇の姿となって現れる。勿論、蛇はスチュアートを悪へと誘惑する聖書へのアレゴリーである。朝の光の中でぬらぬら光る蛇の光景はスチュアートの心に陰湿な欲望を駆り立てた。二人の子供を救いたいという使命感は、彼らに感謝してもらいたいという気持ちに変化し、利他主義の奥に潜む欲望、偽善、欺瞞が暴露される。しかし、激しい嵐の夜が過ぎ、太陽の光の中に大地がその姿を現し、朝になって全ての物が生気と秩序を取り戻したその時、スチュアートは自分だけが変わったのだ、裏切られたのだと感じた。と同時にスチュアートはそこに神を見た。自然の混沌と秩序、自分自身の内面の裏切りと悪を知った時、皮肉にも初めて「もろもろの物事を動かし、様々の形あるものに混沌の秩序を吹き込み、それに生命を与えた神の存在」を知ったのだ(248-49)。しかし、自分の内面の反逆を押さえられないままに蛇と一体となったスチュアートは、安直に神の存在を信じる弟を殺害し、姉を犯そうとし、救助隊のボートに向かって「わたしを助けてくれ！　わたしを助けてくれ！」(250)と助けと救いを求めるのである。このように、スチュアートの誰かを助けたいという使命感は「救い」のない結末が象徴しているように、全てが厳しいパラドックス——自然の混沌と秩序、個人の利他主義と利己主義、神と不信——で提示されている。これらのパラドックスはスチュアートの発見と喪失のパラドックスで貫徹されているので、スチュアートに残されるのは深い虚無感と絶望感だけである。

以上、大恐慌を契機としたエデン郡の様々の父権的家族の崩壊と、そこから逃れられない家族の宿命感と深い孤立感を見てきた。論述してきたように、オーツの人物は自然や社会環境を宿命的に受け入れ、悲惨な現実に無自覚であっても、そのことを徹底的に激しく経験しているそれが特徴である。同様に、オーツの作品は神不在の救いのない伝統的な絶望を描いても、それを越える激しい文学の熱情が伝わってくる。それゆえオーツの作品には、絶望を描いてなお残る不思議な清冽さ、純粋さがある。自然の破壊力と個人の暗い内面の激しい衝突には、それが徹底して苛烈であるがゆえに、なにか突き抜けたような透明感、浄化された何かが漂っている。このような文学を「新自然主義」と呼ぶなら、オーツの作品こそそう呼ぶに最もふさわしい(Pinsker 54-55)。

3章 『悦楽の園』「田園の血」「私はいかにしてデトロイト矯正院から世の中を考え再出発したか」
――女主人公たちのアメリカの物質崇拝への欲望と拒絶の視点から

『悦楽の園』（*A Garden of Earthly Delights*, 1967）は大恐慌を背景にして、季節労働者ウォールポール家（Walpole）が失われた農園を、大地主・実業家リヴィア家（Revere）が工業化社会・資本主義の台頭を体現し、持たざる者の娘クララ・ウォールポール（Clara Walpole）の家名と財力を略奪せんとするすさまじい欲望と堕落、そして持つ者リヴィア家の破滅を描いている。一方「田園の血」（"Pastoral Blood"）と「私はいかにしてデトロイト矯正院から世の中を考え再出発したか」（"How I Contemplated the World from the Detroit House of Correction and Began My Life Over Again"）では、一九五〇年代以降のアメリカ上流階級の家庭の娘たちが、自分の帰属する金と物質と欺瞞の世界を嫌悪し、激しく自分を罰し、そこからの離脱を図る物語である。これら三つの作品に共通するのは、本質的にもろく壊れやすい家庭の中に物質崇拝と道徳的堕落の因果関係を見ている点である。

オーツは、大恐慌後、第二次世界大戦を契機に未曾有の繁栄を遂げたアメリカ社会に内在する成功の夢と挫折、物質主義と精神的疲弊、個人主義と利己主義、愛と孤独などのアメリカの現実の明暗を「悪夢」と捉え、そのような相矛盾する現実に捉われている個人の閉ざされた内面の世界を「強迫的」(“obsessive”)なものとして描いている。強迫的な心性として描かれるのは、疎外された者の絶望や狂気、世界に取って代わろうとする誇大妄想的な自我、物欲、物質に飽食した心の空虚さ、そして性的被害者となった女性の拒食症などである。その究極には、オーツはこのような強迫的な内面を通して、そこから突き抜けた超越した世界を創造することを文学の目標としている(Waller 17)。『かれら』の全米図書賞の受賞スピーチや批評書の中でも主張しているオーツのゴシック的な特性は、汚濁に満ちた現実を破壊・変革し、超越し得る一つの方向を示している。オーツは言う、「小説家の義務は世界を浄化すること」、「私の立場は現代アメリカの悪夢を小説に書き、そして(できれば)個人が出口を見つけ、目覚め、蘇り、未来に進む道を示すことである」と(Coale 121)。オーツの作品に対して最も批判が集中するのは殺人や強姦などが頻繁に起こるその暴力性であるが、これに対してオーツはきっぱりと「現実ははるかに混沌としている」と反論している(Phillips 73)。

「氷の世界」(“In the Region of Ice”)で、シスター・アイリーンに託して自己告白しているように、オーツがカトリシズムから離反して久しい。だがここに論じる短編も含めて、オーツの作品を読み終えて根底にあると感じる、汚濁の中から生れるある種の透明な純粋さ、絶望を描いてなお残る文学的な情熱、さらに名状しがたい温かさと慈しみは、人間を超えた絶対なるもの、神聖なるものの存在の認識、あるいは希求なしにはなし得ないことではなかろうか。したがって、オーツの暴力は、フラナリー・オコナーの暴力と贖罪の関係ほど深くキリスト教的ではないにしても、物質社会の中で膨れ上がったエゴや支配階級の虚飾と欺瞞を洗いざらい吐き出し、懲罰し、悪を浄化するという意味でカトリック的な激しさと無関係ではないだろう。

クララと短編の女主人公たちが自らの意志で激しく経験するアメリカ資本主義社会の力と物質への飽くなき欲望と拒絶の強迫観念を通して、オーツの考える物質社会の悪がどのように寓意的に、内面的に表現されているのだろうか。また男性が支配力を持つアメリカ物質社会になぜ女性が命を懸けて挑まなければならないのか、そのパラドキシカルな側面がオーツが得意とする短編でどのように表現されているかも考察し、オーツ独自のフェミニズムの一端にも触れたい。

I　『悦楽の園』

『悦楽の園』『贅沢な人びと』（*Expensive People*, 1968）『かれら』はアメリカの三つの異なる社会的経済的環境を扱う三部作として意図して書かれ、『悦楽の園』はその第一作目である。大恐慌で故郷ケンタッキーの農園を失い、季節労働者となったウォールポール家の無垢で美しい娘クララは、「白人の屑」と罵倒される最底辺の生活からラウリー（Lowry）と逃げ出し、彼の子どもを妊娠するが、エデン郡の大地主リヴィアと結婚し、息子スワン（Swan）と二人でリヴィア家を我が物にしようと企てる物語である。Burwellは、中世オランダの画家ヒエロニムス・ボス（Hieronymus Bosch 1450?–1516）が描いた三枚のパネルからなる「悦楽の園」と題する宗教画の各パネルと小説の各章の密接な類似性を指摘している。一枚目の絵のエバの創造と不順は小説ではクララの誕生と脱走、二枚目の絵の子孫たちの地上での快楽はエデン郡でのクララの野心の悪しき芽生え、三枚目の絵の地獄での人類への罰はレヴァリー家の破滅と生き地獄にいるクララ、とそれぞれ符合する（51）。Johnson は絵と小説の類義性を認めた上で、この道徳的寓話をアメリカ資本主義経済と男性社会の「力」の観点から捉えるべきだと主張している（*Understanding* 47）。同時に、歴史から取り残された農耕社会の失われた楽園がその後家庭や個人の中でどのように反映されているかにも注目することにより、人々の心の渇望や疲弊の深さを知ることができる。

作品の各章には、クララの波乱に満ちた人生に大きく関わる男性の名前がつけられている。「カールトン」（Carleton　季節労働者の父）、「ラウリー」（クララの恋人で、スワンの父）、「スワン」である。エデン郡の大地主であり、クララの夫となるカート・リヴィアの章がないのは意味深い。三人の男性は名前で呼ばれているが、彼はいつもリヴィアという家名で呼ばれている。つまりクララにとって、彼とは人間的なつながりを持たないことを意味しており、この点にもクララの道徳的な罪深さが隠されている。

男性人物の異なる生き方に対してクララが示す反応や選択のことごとくが、クララの目覚めと欲望と堕落の序曲として予定されている。カールトンの環境決定論と人生の偶然性、ラウリーの唯我論、リヴィアの資本主義、これらのアメリカの男性的、社会的、国家的特質がいかにクララに強力な影響力を与えたかを明らかにすることによって、クララの行為と罪はアメリカという国が生得的に抱えているものであることが証明できる。また、スワンが陥る自己の不確実性と虚無主義は、クララの生き方、つまり国家の歩みが必然的にもたらした結果であることも証明できる。

カールトンの章では、アーカンソーのハイウェイで起こったトラックの衝突事故が原因でクララが生まれる冒頭のショッキングなシーンは、人の生を決定する人生の偶然性を強烈に印象づけている。また、季節労働者の極貧の社会環境の中では、女であることは宿命的劣性因子で、女という性でしか生きられないものとして描かれている。母パールは子どもを生み育てる生物学的機械でしかない。度重なる出産と育児により、体力は疲弊し、精神は狂気を帯びて、最後は出産で命を奪われる。父の死はすぐに忘れても、子どもを産むだけの母の生き方は生涯クララの脳裏から離れず、そのような性に拘束された女の生き方への逆襲を募らせていった。

クララが父母の宿命的な世界と決別する契機となったのは、町で見た広い芝生のある白い大邸宅からクララがアメリカ国旗を盗むという衝動的な行動によってである。政府の行政の犠牲者である最下層階級の娘がホワイトハウスを連想させる大邸宅から星条旗を盗む行為には、もちろん象徴的な意味が込められている。この瞬間、得るものは何もないどん底の生活から力あるものの存在に目覚め、それを自分で摑み取ることを覚えた。この瞬間、クララは失われたアメリカの農園の無垢な犠牲者から、侵略と獲得と征服を掲げるアメリカ資本主義の産物、アメリカの機械の奴隷になることが予定される（*Understanding* 36）。他方、父は失ったケンタッキーの農園を取り戻すことを夢みながら死んでいく。

風貌が父カールトンを思わせる季節労働者階級出身のラウリーは、クララにとって父親の代理であり、反面教師であり、さらに、彼の最も重要な役割は、クララとスワンの運命を予見する者としての役割である。季節労働者の娘という烙印を消すために、クララの体を洗って清潔にしてやり、言葉づかいを直し、読み書きを教えてやる。しかし二人の埋めがたい相違点は、物欲の有無である。車しか持たないラウリーに対して、クララは「たくさんの物がほしい」と激しく対立する（*Garden* 155. 以下頁数のみ記す）。山岳地方にある自分の生まれ故郷の薄汚い小さな町にクララを連れて来て、ここで孤児として、世間と接触と絶ち、ひっそりと暮らすよう諭す。この生き方は、車で遠くへ走り続け、世界と隔絶して、自分の過去を消し去り、家族を語らず、結婚や家庭を持つことを拒絶するロウリー自身の唯我的生き方そのものである（Friedman 48）。（車に取りつかれたアメリカンアウトローのタイプをオーツはよく描くが、オーツが彼らの生き方を是認しないのは、世界から孤立したストイックなエゴの自己中心性が排他性、暴力、精神の空虚をはらんでいるからである。）ラウリーもまた一人で生き延びるための攻撃性と暴力を自分の中に持つ必要性をクララに説く。「全てがひどく血を流している。俺にはそれが見える。暴力から安全であるためには、自ら暴力的でなければならない――最初の一歩を踏み出せ。そのようにして暴力を支配できる」（149）。この忠告は、盗んだ国旗に象徴されるアメリカ資本主義の獲得原理に内在する暴力と暴力行使の必然性を明言するもので、クララの力への指向はさらに激しさを増す。妊娠と同時にラウリーの失踪を知ったクララの目の前に現れた大地主リヴィアは、まさに手にいれるべき星条旗であり、摑むべき「機会」である。美貌と肉体を自分の持てる唯一の攻撃の武器として、埃と虫の死骸と蜘蛛の巣だらけの廃屋でリヴィアに犯されるままに、クララは人生を自分の意志で摑もうと決心をする――自分の人生は、両親のそれとは違って、決して「偶然ではない、偶然なんかではない」のだと（223）。

リヴィアの愛人として、この廃屋でスワンと二人で過ごした七年間はクララの悪を生む土壌となった。ラウリーのように世界から孤立し、リヴィアの病弱の妻の死を待ち続け、リヴィアへの愛ではなく、リヴィアの「金、力、家名」（176）との二重の強迫観念にとらわれた七年だった。一家が離散した季節労働者の娘にとって、リヴィア家という家名とその不変性は眩惑的である。季節労働者であるウォールポールという姓を拒否し、「私は、ただのクララよ。私には姓などない」（175, 230）という言葉にもそのことが読み取れる。人の死を待ちわびながら、息子に野心を託してリヴィア家を略奪しようとするクララの「力」への強迫的なまでの意志は、母子一体であるスワンを殺人者と予定し、近い将来スワンは幾多の殺しをクララと共謀するだろう、とラウリーは予見している。ラウリーが殺害を感じ取るのは、彼が第二次世界大戦に参戦していたことと密接に関わっている。クララの前に再び現れたラウリーは以前の彼ではない。戦争という国家間の殺戮の現実に挫折し、自分のこれまでの唯我的な生き方の限界を知ったラウリーが望むものはクララの愛であり、自分の父と同じような農場での生活であった。ラウリーもクララの父と同じく、失われた農園を取り戻し、そこに自分の生き方を見出そうとする。しかし国家的現実は違っていた。大不況を救い、未曾有の経済的繁栄をもたらし、アメリカの潜在的エネルギーを顕在化させたのは第二次世界大戦であった。リヴィアが政界に人脈を得、戦争を市場に暗躍し、さらに富を拡大していったことはこの歴史の事実を伝えている。ラウリーは、リヴィアとクララの結婚にアメリカの帝国主義的経済力と道徳的堕落の宿命的結びつきを嗅ぎつけている。

この予言の直後、スワンの章の冒頭のシーン、リヴィア家で行われる結婚式の日、アメリカの夢を達成したはずの花嫁のクララは、すでに虚飾と野望の毒気を発散する悪の権化と化している。高く結い上げた髪、吊り上げた眉に厚化粧をし、豪華なドレスと宝石を身につけた顔は「空虚というあの表情」（294）を浮かべ、七才のスワンにあの恐ろしい言葉を口にする。「お前はいつか、リヴィア家の者たちから全てを奪い取るのだ、そしてこの家から奴等を追放するのだ」（300）。植木鉢の枯れた植物が象徴するように、楽園を自ら捨て、底無しの沼に沈むように物欲と性的快楽に堕落していくクララが、リヴィアに買わせた国旗に対して「アメリカ人であることを誇りに思う」(383) と言う時、クララの罪は国家の罪である。クララがアメリカ資本主義・物質社会の罪悪と精神的空虚を象徴しているのは明白である。

スワンの章は、リヴィア家の資本主義の拡張と獲得原理をさらに推進するクララの「帝国主義的意志力」が因果的にスワンを世界から孤絶させてしまう、アメリカの唯我主義の不毛な結末を描いている (Friedman 41-44)。スワンの悲劇は、クララの野望のために父を奪われ、終生本当の父を追い求めるがあまり自分のアイデンティティが見出せず、それゆえ誰も愛せず、世界の何ものにも帰属できない虚無を生きる点にある。一方、所有欲と帝国主義的意志の化け物と化したクララは、家庭内に策略、背信、誘惑、殺害、追放、虚無を生み、リヴィア家を破滅に至らしめている。直接的、間接的に実に巧妙に息子たちに罠を仕掛け、性的に惑わし、追放する時の圧倒的なまでのクララの存在感は、自己主張や自己実現のためには暴力や悪の同化さえ是認されるであろうアメリカの成功の夢の歪んだ精神を物語っている。父リヴィアも資本主義の弱肉強食の殺戮を想起させる「狩猟」をスワンに強要し、スワンが義弟を不慮の発砲事故という形で葬る時、スワンの罪は確定する。だがクララの不倫を知り、母を「あの売女」(376) と呼ぶ時、そして、自分の行いの「醜さ」(418) を知る時、スワンはクララと自分の道徳的堕落に対して断罪する。クララに向けたはずのスワンの銃は、クララの運命共同体であるリヴィアを射殺し、その直後スワンは自殺する。唯一人生き残ったクララは、ついにはその帝国主義的意志は精神に異常をきたし、リヴィア家の莫大な遺産を養老院に支払い続け、最も深い生き地獄の罰を負わなければならない。

最下層階級出身の娘がアメリカ資本主義経済の、男性中心の、支配階級の地位と経済を手に入れようとする時、彼女の獲得欲は実は資本主義経済の原理であり、彼女の犯す道徳的堕落はアメリカ物質崇拝に生得的なものである。国家の経済基盤がはらむ略奪と物欲と道徳的堕落を「季節労働者出身」で「女」という二重のハンディーを持つクララに負わせ、それゆえより厳しく罰しているのはなぜか。クララを「無垢」から「売女」に一変させ、生き地獄の極刑を負わせていることが暗示しているように、アメリカ女性に対して根深くある性の固定観念こそが、実はこの作品に隠されている、征服すべき敵かもしれない。

Ⅱ　「田園の血」「私はいかにしてデトロイト矯正院から世の中を考え再出発したか」

大恐慌を背景に、旧農耕社会の経済破綻とその精神的道徳的遺産の喪失がもたらした農民の崩壊家庭を寓意的に描く短編集『北門の傍らで』の中で、「田園の血」はきわめて異色である。都会に住む裕福な家庭の娘の空虚な視点が、現代物質社会の低俗性と自分の女性としての人生の偽りを重ねて見て、そこからの逃亡を企てる物語である。Johnsonはこの作品を都会の上流階級の女性の恐怖（'female terror'）を扱ったオーツの最初の作品と見ている（*Joyce* 26)。筆者はさらに短編集の中でのコンテクストを重視したい。大恐慌後高らかにやって来る一九五〇年代のアメリカ資本主義経済の繁栄と物質主義は、実は、アメリカの家庭を崩壊させる最大の要因になるという予言的メッセージとして解釈したい。経済的繁栄は男性を経済力でのみ顕示させ、一方、女性を性と家庭という固定観念で縛り、きらびやかに着飾らし、何不自由ない豊かな家庭の中に安住させることにより、夫と妻、母と娘は互いに信頼関係を結べず、娘は両親と家庭から逃れ、極端に自己放棄する。短編集『愛の車輪』（一九七〇）の中の「私はいかにしてデトロイト矯正院から世の中を考え再出発したか」（以降「私はいかにして」と略記）では、アメリカの成功と物質崇拝の頂点にある富裕層の家庭の少女はまさにそのことの生け贄として、精神的肉体的どん底に突き落とされている。クララが取りつかれたように追い求めた物質と家庭は、一九五〇年代の国家的繁栄と一九六〇年代のヴェトナム戦争や公民権運動に代表される政治的混迷を経て、クララの時代設定から四〇年後この短編において完全に破綻をきたし、そしてその国家的責務を一五才の少女に負わせている。

二つの短編の家庭における父母と娘の関係は共通している。父母は物質的豊かさに伴う自分たちの心の鈍磨や欺瞞に無自覚で、彼らの無自覚さが娘を二重に苦悩させている。大恐慌を背景にしたエデン郡物語の父親が経済的な父権失墜者であるのに対して、これらの作品の父親は経済的成功と社会的地位でしか家庭内で家族と接することができない、精神的な父権失墜者である。「田園の血」の父親は娘グレイス（Grace）に豪華な車を買い与え、「私はいかにして」の精神科医の父親は、八才の時から万引きを繰り返す娘の絶望のサインに気付かない。夫から与えられた金と地位にどっぷり漬かっている母親の生き方に自分自身の現在と未来の姿を重ねる時、娘たちは父親に対しては感じない、激しい内面の葛藤と空虚さを母親に対して感じ、半ば意識的に自己破滅に向かう。グレイスという名前が示唆するように、家庭の中での従順さと優雅さを強要する一九五〇年代の理想の女性像に母親同様に縛られているグレイスは、いわゆる純潔を守り、六日後に結婚式を控えた時「もう生きることはどうでもよい」との思いに襲われ、家を飛び出し、逆に性的に堕落する（"Pastoral" 92. 以下頁数のみ記す）。また、「私はいかにして」の「少女」は、あらゆる高級クラブに属し、美しい身体を宝石で飾り、毛皮で身を包む母親を「重い」存在として次のように感じる。「彼女のヘアブラシと手鏡の背の金は重い。

食堂の燭台も重い。すこぶる重いのは大型車、長い黒いリンカーン、ある肌寒い秋の日、リスの体を不均等に二分した車」("How I" 173. 以下頁数のみ記す)。Wesley が指摘している、女主人公の閉ざされた激しい内面の喚起を表現する時にオーツが使う鋭い「具象性」('actuality') がこの個所にもはっきり見られる (*Refusal* 17)。特に最後の「リスの体を不均衡に二分した車」の切迫した具象性が伝えるのは、物質の奢りそのものである母親がリンカーンなら、そのリンカーンに引き裂かれて死ぬリスは自分であり、物質にまみれた母親の堕落はつまりは自分の未来の姿であるという恐怖であり絶望感である。この具象性の根底にある「重い」という少女の直観的な感覚、言い換えれば、思考に優先する「強迫的知覚」とでも呼べるものは、オーツの多くの初期短編小説をアメーバーのように覆っていて、この場合も、両親との絶望的な関係を超えて、少女をさらに危険な外の世界へと突き進ませている。同様に「グレイスは何も感じない……何かを感じることは不可能だ」(94) という言葉は全くの逆説である。心が何も感じない、ということをグレイスはかなりの激しさで感じている (Pinsker 55)。

上流階級の家庭と両親から離れ、外の世界に飛び出したグレイスと「私はいかにして」の少女は共通した、一種の懲罰あるいは浄化の儀式とも言える行為をとる。家庭よりもっと過剰な、溢れんばかりの安っぽい物質社会の中にあえて突き進み、そこに完全に身を浸し、隷属する儀式の過程で、二人はさらに性的に暴力を受け、汚されるわけである。グレイスは何かに取りつかれたように自分の銀行口座から全金額を引き出し、札束を乱暴にバッグに投げ込み、ショーウインドウの中の結婚式用の宝石の陳列に引き寄せられる。濃いつけまつげとなまめかしい唇をした機械仕掛けの人形が見せびらかすダイヤモンドの指輪は、グレイスの指にも光っている大きなダイヤモンドの婚約指輪の意味をグレイスに自問させる。高価な贅沢品の低俗さと同様に、六日後に迫っている愛のない自分の結婚の見せかけと嘘に目覚める（Pinsker 56–57）。次に入った女物の店のピカピカに光る多量の安物のグッズの詳細な描写は、固く守っている「純潔」という名に潜む不純をグレイスに捨てさせ、過保護という名のもとでの自分の皮相的で盲目的な生き方に気付かせる。グレイスは試着室で脱いだピンクの花柄のブラウスと白のプリーツのスカートを蹴り飛ばし、売り子が着ていると同じバーゲンの服に着替え、豪華車で疾走する途中、無防備にヒッチハイカーたちを乗せ、酒場で黒人の水夫たちに犯される。変身願望とも解釈できるグレイスのこの一連の行為は、物質への激しい隷属を経て初めて物質を超越できる（Waller 77）、また女性のステレオタイプ化された性の呪縛に挑戦しているかのように見える。

「私はいかにして」は、一九六八年、デトロイト郊外の超高級住宅街ブルームフィールド・ヒルズの生活から脱出した一五才の少女が、スラム化したデトロイト都心で性的に堕落した後、デトロイト矯正院に監禁され、そこでさらに黒人女性に暴行を加えられるというものである。富裕層の少女が精神と肉体を酷使して、ブルームフィールド・ヒルズとデトロイト都心という経済的、人種的、階級的格差においてアメリカの両極を象徴する世界に関わっていくわけであるが、その意図は何であるか。物質的、社会階級的にかけ離れたブルームフィールド・ヒルズとデトロイト都心は、しかしながら、心の空洞という点では全く同質である。心の空洞の原因はブルームフィールド・ヒルズにこそあるということをオーツはスウ・ドライヴの過剰なまでに克明な自然主義的描写の中に主張している。「田園の血」のグレイスの目が追う高価な宝石の陳列や溢れる安物商品の描写と全く同じ手法である。少女が住むブルームフィールド・ヒルズにあるスウ・ドライヴの巨大な立木の中に建ち並ぶ豪邸、そこを超然と走るフォード、ゼネラル・モータース、クライスラー等の国産車、微笑をたたえて巡回する私設警察、少女の家の郵便受け口からなだれ込む「タイム」「フォーチュン」「ライフ」「ビジネス・ウィーク」等のおびただしい数の雑誌、母親が所属する様々な高級クラブの紹介、そして父親と交流のある高名な精神科医の名前の列挙などは、表層的にはアメリカの資本主義経済の高揚たる勝利宣言でありながら、実は精神の麻痺と荒廃をこそ表象するものである。少女はそれを悲痛にも「春が来ても、春風はスウ・ドライヴに何も運んでこない。タチアオイやレンギョウの香りももたらさない」（176）と表現している。

一方、一九六〇年代のデトロイト都心は、国外的にはヴェトナム戦争を引き起こし、国内的には移民や黒人などの低所得者層を拡大させ、黒人への暴力と差別問題が国家を疲弊させることになるアメリカ資本主義の負の側面を代表している。裕福な家を捨てて、前年の一九六七年のデトロイト黒人暴動の暴力と怒りがまだ残るデトロイト都心にバスで一人やって来る少女を待ち受け、犯し、売春をさせ、警察に密告してデトロイト矯正院に入れるのが、同じく裕福な家庭からの転落者であるサイモンである点に、アメリカ資本主義社会の物質信奉に内在する道徳的堕落への痛烈な批判を読み取ることができる。デトロイト矯正院で少女が一八才の黒人の少女によって浴びせられる鉄拳は、アメリカ支配階級・資本主義が排除した弱者の憎悪の鉄拳である――「アメリカの抑圧された少数民族の復讐！　虐殺されたインディアンの復讐！　女性の復讐……ブルームフィールド・ヒルズへの復讐、復讐、復讐……」（185）。黒人の少女のこの怒声に聞き取れるように、政治的人種的問題に混迷を極めたアメリカの一九六〇年代後半、少女はアメリカ物質社会の持つ者と持たざる者の両階級の犠牲者の役割を負わされている。

結び　オーツのフェミニズムの読み方

Creighton は「ジョイス・キャロル・オーツの小説における解放されていない女性たち」の中で、オーツの女性は女という性の原型の中に閉じ込められ、感情の解放を経験しない、つまり、自己を持たず「空虚」の中にいると指摘している（148-56）。一方でクレイトンはオーツの小説の性は多面性を持っていることを示唆しながらも、このタイトルの衝撃は強烈で、オーツ＝反フェミニズムと捉えられていた。しかしながら、オーツの作品の女性主人公は、大きく文化的に見れば、文明か自然、物質か精神、男性か女性、多数派か少数派、白人か黒人、大人か子供かといったアメリカ社会に生来的にある厳しい二者択一の原理、換言すれば、支配か被支配の力・対立関係における、他の全ての被支配・被差別の弱者の側の一つとして複合的に捉えるべきである。

時代の変遷に非常に鋭敏に反応し、アメリカ社会の矛盾や差別や暴力といった歴然たる事実から決して目をそらさないにオーツは、とりわけ、アメリカ社会に根ざしている女性という性に対する固定観念――あこがれの的である女性（'Goddess'）、母親、孝行娘（'Dutiful Daughter'）、処女（'Virgin'）、売女（'Bitch'）――に縛られた弱者であるアメリカ女性を、男性優位社会アメリカの中で自然主義的に極限の形で具現している（Waller 44）。『悦楽の園』では、大恐慌後急速に発展したアメリカ資本主義経済が生み出した物質と金に取りつかれた人間の欲望の脆さと空虚を、「季節労働者出身」で「女」という二重の意味で弱者であるクララに具現している。「田園の血」と「私はいかにして」では、親子の信頼関係が断絶した富裕層の娘が富を拒絶し、家から脱出後、外の世界で性的に汚されている。男性優位社会で物質崇拝のアメリカが生来的にはらむ撞着性ゆえに、富裕層の一〇代の少女を凌辱するという形をとって弱者に最大の犠牲を強いている。しかしながら、彼女たちが苦悩し、「空虚を激しく感じている」ところにオーツのフェミニズムの原点、もしくは主張がある。Wesley はさらに踏みこんで、短編集『結婚と不義』（*Marriages and Infidelities*, 1972）の中の「ストーキング」（"Stalking"）の反逆的な上流階級の一〇代の少女を「違反するヒロイン」（'The Transgressive Heroine'）と名付け、このアンチ・ヒロインは自分が家庭崩壊、権威主義、物質信奉の犠牲者であり、そして女性が性の固定観念の犠牲者であることに激しい不快と憤りを示すことにより、それらを生み出す社会体制を問いただし、挑戦し、破壊しようとする逆説的な文学批判の役割を果たしていると指摘している（"Transgressive" 15）。虐げられた弱者を徹底的に描くことで現実を改革あるいは超越し、恐れずに暴力と汚濁に激しく関わってこそ浄化と清新な世界が見えてくるという逆説をオーツの文学は訴えている。

4章 『かれら』

――デトロイト暴動を背景にした「生き残り」の三形態

『かれら』(*them*, 1969. 一九七〇年度全米図書賞受賞)は、中西部の地方都市から大都市デトロイトに移り住んだ貧しい白人一家ウェンダル家(Wendall)の人々が、一九三六年の大恐慌から一九六七年の「デトロイト暴動」(Detroit riots)勃発までの約三〇年間を生き延びる、過酷な年月を追った家族大河小説である。一九六二年から六八年までデトロイト大学で教えていたオーツは、一九六〇年代のアメリカ社会の混沌と不安を象徴するデトロイト暴動を文字どおり眼前にして、ほぼ同時進行でこの小説を書き上げた。この暴動の光景はあまりに衝撃的だったので、その後アメリカ作家としてアメリカの社会現象とアメリカの経験を描き続ける決心をした、とオーツは語っている。オーツの多作の一因は、強迫的なまでに、アメリカの個人にとってアメリカの経験とはいかなるものかを問い続けている姿勢にあると言える。

オーツ自身幼少の時に大恐慌を経験しているが、大恐慌にまつわる彼女の記憶は、大恐怖を直接経験した両親の苦難の記憶である。自分が経験した貧困についてはめったに語らないオーツであるが、両親が長く続いた大恐慌の時代を生き延び、乗り越えたことに深い感銘を抱いているとしばしば語っている。「落ちぶれて、小さな勝利さえ味わえなかった人々に対して私は限りない共感を覚えます」という彼女の真情は、ウェンダル家の家族にも向けられていて、この共感の視線がこの小説を根底で支えている（Bellamy 21)。

両親を通して最も過酷な現実としての大恐慌を身近に知り、また自分自身がデトロイト暴動を目の当りにしたオーツは、貧しい底辺層を代表するウェンダル家の人々、つまり名もない「かれら」を巻き込む貧困、騒動、流転、そしてかれらを待ち受けるデトロイト暴動を生々しく圧倒的な迫力で描き出している。目をそむけたくなる窮状、耳をふさぎたくなる人々の罵声、目まぐるしい日常の変化による困憊、暴動の狂乱状態などが小説を埋め尽くしている。物語の最後に発生するデトロイト暴動は、一九六〇年代後半のアメリカ社会の混沌がもたらした必然的結末として、また放火による火災は不安と怒りが充満するデトロイトを焼き払う黙示録的なヴィジョンとして提示されている。他方、ウェンダル家の母ロレッタ（Loretta)、息子ジュールズ（Jules)、娘モーリーン（Maureen）の三人がそれぞれ置かれた厳しい生活環境を三人三様に必死で乗り越え、最後に互いにいたわりの声をかけるとき、暴動という破壊的現象は、終末的に見えながら、新たな文化的次元への「変容」の兆しを内包していると捉えることができる（Johnson 10)。

大恐慌時代のデトロイトはアメリカの全都市の中で最悪の事態に陥っていた。デトロイトには貧しい白人移住者、ヒルビリー、黒人がなだれ込み、人口過剰となり、失業、貧困、都市の暴力、郊外の殺伐さが加速した。特に男性の困窮者や落伍者が住みついた。ロレッタの父親も順調だった仕事を大恐慌で突然失い、先の見えない長期の不景気は彼をおびえさせ、不安から酒を飲み出し、アルコール中毒者になった。一家の扶養者としての自信を喪失し、妻はそのため発狂し、彼自身も精神的に崩壊し、最後は州立精神病院に強制収容された（Shinn 156）。ロレッタが死んだ父親について言及しているように、彼らは「人生において一度のチャンスもなかった」（*them* 52. 以下頁数のみ記す。以下訳は大橋・真野訳による）。ロレッタの夫も、だんだんと父親に似て無口で無気力な人間になり、象徴的にも機械に圧殺される。ウェンダル家のように生活保護を受けている家族の子供たちはこのような劣悪な環境の中では、最悪の犠牲者である。ジュールズは少年の頃、根拠もなく警官に疑いをかけられ、乱暴に逮捕され、少年院に入れられるのではないかとおびえた。次女は幼いうちから救いようのない不良少女になる。また既婚の女たちは、ロレッタのように、自分たちの結婚の悲惨さと不満から逃れるように、集まってただおしゃべりをする他になすすべがない。それゆえウェンダル家は、敵意に満ちた環境の中で本能的に寄り添って生き延びようとする下層階級の人々、つまり「かれら」と蔑んで呼ばれるグループの一員である。

オーツはデトロイトによって触発された文学的影響力について、「デトロイは私の重要なテーマであり、人間としての私を作り、したがって、作家としての私を作った。好むと好まざるにかかわらず」と述べている（"Visions" 348）。デトロイトは暴動が象徴するように明らかに現実の過酷な場所でありながら、ジュールズが幼い時、火事で燃え上がる納屋の炎に魅入ったあの忘れ得ぬ光景が伏線にあるように、現実の閉塞感を突破しようと苦闘する人々のたぎるような文学的空間として想像されている。デトロイトがそもそも二面性、つまり暴力・混沌と活力・物質的成功を内蔵していて、ウェンダル家の人々にも環境決定論的な影響を及ぼしている。ジュールズの自由への渇望と成功への夢、そして最後の警官殺しの行為は彼の中にあるアメリカの二律背反の精神性を表し、また、成績優秀で無垢で内向的な少女だったモーリーンは売春によって汚れを経験している。デトロイトの現実の側面は暴力的で男性中心の力を有し、ウェンダル家を崩壊させようとする。フォードの下請け会社の非人間的な産業機械に押しつぶされてある日突然死んだ、ロレッタの夫の無残な死に代表されるものである。ロレッタには経済力がないために、またモーリーンは金の強迫観念に取りつかれて、母親と娘はともに肉体を売り、男性の経済力闘争の餌食になる。

デトロイトの別の文学的な側面は、メロドラマ的で野性的な熱気を放ち、都市とそこでうごめく人々の心の叫びと切望が融合するとき時喚起される集合的神話的な力とでも呼べるようなものである。これを代表するのがジュールズで、彼はアメリカの成功の夢と自由を追い求め、デトロイトの高級住宅街グロス・ポイントに住む富豪の娘ナディーン（Nadine）との命がけの官能的な愛の逃避行を決行する。「典型的なアメリカの都市」とオーツが言うデトロイトは、この作品では一九六〇年代後半のアメリカの都市の悪夢そのものでありながら、同時に変革、自由、愛を渇望して生き延びようと苦闘するウェンダル家の人々、つまり「かれら」の精神風景を投影している。

人知や人間の意志とは無関係の、世界の偶然性というものへのオーツの強い確信は彼女特有の世界観の一つであり、特に初期の作品に顕著である。Bloom は、『かれら』は「偶然性にとらえられた男女」の視点から読むべきだと論じている（5）。Bloom の指摘するように、偶然性は確かにこの作品には存在する。物語の冒頭で、ロレッタが恋人の殺害現場に遭遇するという全く予期せぬ出来事が彼女の人生を決定している。また、几帳面なモーリーンのもとから、まるで魔法にかけられたように、書記議事録が忽然と消えた出来事は、その後の彼女の転落の引き金になっている。偶発性や経済的大変動が個人の運命を決定するという環境決定論的な読み方は間違ってはいないが、偶然性にあまりに焦点を当てると、人々の苦闘やロレッタに代表される逆境における逞しさ、楽天性と順応性、といったより重要な側面を見逃すことになる。ウェンダル家は歴史の重圧や偶然性に翻弄された孤立した人々ではなく、彼らの周りには、同じように出口を求めてせめぎ合う大集団がうごめいている。オーツの小説が非常にしばしば偶発的と思われるような惨事や唐突なほどの暴力で始まるのは、世界は予見不能な事態や不可解さや暴力に満ちていて、一寸先は奈落が待ちうけ、永続的なものなど存在しないというオーツの世界観の大前提が根底にあるからである。それゆえ当然のように小説は暴力や悲劇から始まるのだが、その最悪の事態を乗り越える「過程」こそ最も重視して、粘り強く追うのがオーツの小説の変わらぬ骨子である。

オーツの「ワンダーランド／不思議の国」とその目まぐるしく移り変わる光景を理解するためには、彼女の批評書の中で論じられている歴史観、社会観、世界観を知る必要がある。そこでは数々の世界の名作についての彼女ならではの革新的で予言的な解釈が試みられている。ロレンスは『恋する女たち』では愛と人生について虚無的で終末的なヴィジョンを描こうとしたが、オーツ自身はこの黙示論的な世界観には懐疑的である。*Contraries: Essays* の中で、『恋する女たち』を論じた章の結論として、強い共同体意識を持つ必要性が示唆されている。

我々はいかにして歴史から逃れ得るのか。いかにして我々の文化の止むことのない進展を拒み得るのか。それは困難である。悲痛を伴う。我々は生きている限り、男女の間の「神秘的結びつき」や「最高の和合」によって力づけられるけれども、我々の人生は、メタファーではなく、我々の唯一の住みかである世界の制御できない偶然性によって鍛えられるのである。(167–68)

オーツは避けがたい偶然性をはらむこの世界を「我々の唯一の住みか」('our only home')と呼んでいる。個人の意志などと無関係の、予測し得ない偶然性が支配するこの世界を唯一の住みかとして、ここで生きなければならないのだというオーツの緊迫した共同体意識がうかがえる。歴史や文明の進歩から逃れるのは非常に困難であるが、我々はこの唯一の住みかで運命共同体として生きていく。人間はそれゆえ別々の存在ではなく、実はつながっているのだとオーツは考える。歴史が不可避であればあるほど、人間は「生命力」('a life force')、人間の生き延びる力を信じなければならない(Milazoo xv)。歴史が否定し得ない、不可避な力であるなら、作家の使命は歴史上の現在を超える、文学的な超越を個人の中に証明することである。ウェンデル家のそれぞれの不断の苦闘の中に描かれているのは決して宿命や偶然性への抵抗や抗議ではない。彼らが苦闘し続けているその姿こそがオーツの文学では真の意味での生存に値すると言えるのだろう。

I　ロレッタ――生命力と共同体意識

オーツが強く信じる人間の生命力や共同体への帰属意識を具現しているのはロレッタである。ロレッタは、小説の冒頭に、鏡に映る自分の姿を見ながら「素晴らしい冒険」を夢みる一六才の少女として登場する。挫折した父と狂暴な兄の面倒をみなければならないにもかかわらず、彼女は不思議な歓喜、興奮、活気、そして楽天的な雰囲気を発散させている。これは彼女が生来的に自分と他者とのつながりに喜びを感じていることにある。彼女は自分と他者を切り離さず、自分と同じ格好をした多くのロレッタが群衆の中にいることを知ると、ワクワクし、決して落胆などしない。

ロレッタがそんなにも大勢いるという事実が彼女には気に入っているのだ。自分と同じようなセーラー服の娘を一週間のうちに二人見かけたし、巻毛を後ろにはねのけて肩に垂らした娘なら百人も見かけたものだ！（21）

ロレッタにはアイデンティティの意識が欠けていて、熱気あふれる群衆の中に「同一元素に縛られた同族同士の海の生物のような」（15）原始的なつながりを感じ、群衆との一体感に浸る。群衆にすぐに溶け込み、いかなる環境にも順応していく。彼女にとって、世界は感触できる一つの世界であり、人間は次々に自然発生的に起こる災難の中で宿命的に結ばれている存在である。そこで彼女が頼れるのは自分の肉体であり、肉体の絶対性を信じている。彼女はときどきうっとりするような目で自分の肉体の全ての部位を点検する。

ロレッタは永遠に肉体に生きる女だった。月曜から土曜まではずっと筋肉の抵抗力とその悲しむべき限界を思い知らされどおしで、一人の時は顔から足の爪先まで熱心に点検し、すべてをひっくるめたうえで判断を下し、希望をいだくのだった。腕、脚、腹と尻、前傾している背筋の線、やや太いくるぶし――それが彼女の全財産であり、彼女はそれを頼り

にしているのだった。(26)

肉体は彼女の唯一の財産であり、男性中心の力社会に対処するための女の武器である。ロレッタに具現されている人間の生命力と肉体への根源的な信頼は、最終的にはモーリーンもジュールズも生き延びることを保証している。三人による三種類の生き残りの形態にはアメリカ社会の性的、物質的、そして精神的な側面が絡み合っている。

ロレッタは直観的に自分の肉体を通して、見聞きしたものを現実として経験する。つまり人生をあるがままに受け入れる。恋人と初めて性的関係を持ったあと目覚めると、彼は殺害されていた。目の前にある紛れもない現実を見誤ることのない彼女の判断力には、襲いかかる恐怖と運命の仕業を乗り越えられる潜在的な能力が秘められている。この凄惨な場面でのロレッタのパニックと素早い行動は、息をのむほど真に迫っている――彼女の取った行動に不必要な行動は何一つない。映画スターを夢みていた少女は、銃を手に入れるために、早朝裸足で通りにとび出した。身を守るもの――銃――が必要だととっさに悟ったのだ。この瞬間、彼女は天真爛漫だった過去の自分と夢を捨て、男の力の犠牲になる一人のアメリカの女としての人生を経験し始める。彼女の青春は、この直後に彼女自身の身に起こったもっとショッキングな出来事

──助けを求めた警官（未来の夫）による強姦──で終わることになる。この時ロレッタは何の屈辱感も罪の意識も感じず、それどころか、今現在、自分が置かれた最悪の事態を切り抜けるためには不可避なものとして性的暴力を受け入れたのだった。皮肉にも実質的に、この強姦は彼女に安全を保証し、恋人殺害の容疑で逮捕される可能性から彼女を放免してくれた。この強姦の場面は、ロレッタがそしてこのあとモーリーンが経済的に生き延びるための唯一の手段としての性に加えて、彼女たちの自暴自棄的な歪められた性、性の放棄とも思えるような暗い側面を予示している。しかも、ロレッタの性にまつわる態度は、決して作者から非難されてはいない。夫がヨーロッパの戦場に出ているとき、田舎での陰気な生活に耐えられなくなったロレッタは、衝動的にそこを飛び出し、幼い子供たちを連れてバスでデトロイトに出てきた最初の夜、金のために何のためらいもなく街に立って、男を誘う。夫の死後は経済的に男に依存するしか他に方法がなく、再婚する。そこには愛は全く含まれていない。彼女は男が女に求めるものを無意識のうちに嗅ぎとり、甘言を使って男に取り入る。娘のモーリーンをさえ巧妙に利用して、自分の再婚相手ファーロング（Furlong）の気を引くようにモーリーンに仕向けている。

このようにロレッタは現実を、人生を、どのようなものであれ決してひるまずに受け入れる。

切り抜けるためには手段を選ばない。彼女にはアイデンティティや自尊心や想像力が欠如しているためにどのような境遇にもたやすく順応できる（Allen 76-77）。生き延びるために、状況に応じて「ロレッタは優しくもあり残忍でもあり、抜け目がないと思えば、軽率で、子供たちには、特にジュールズには母性的かと思えば、モーリーンには大人気ないほど過度に要求している」（Johnson 77-78）。モーリーンはこのような母親の機敏さ、運命を受け入れる柔軟さ、逆境における強さ、順応力を見抜いていて、自分にはこれらの気質が欠けていることを知っている。

常に明日に備え、絶えず好奇心と快活さを失わず、愚痴をこぼしている時でさえ次に何が起こるか知りたくてうずうずしている母親のような女には、彼女はなり得なかった——喜んですべてをもう一度初めからやり直す気のあるロレッタのようにはなれないのだ。ロレッタはいつだってすべてをやり直す気でいる。彼女は母親の血を引いていないのだ。（387）

Ⅱ　モーリーン——思春期の少女の極限の自己犠牲、性的被害からの脱却

劣悪な貧困生活が思春期の娘に及ぼす影響は母親のそれよりはるかに痛ましく、モーリーンは三人の中で精神的、肉体的に最大の犠牲を強いられている。ロレッタが現実をありのままに受け入れるのとは対照的に、現実はモーリーンにとってあまりにすさまじく、彼女を圧倒してしまい、心は悲鳴を上げ、壊れ、無感覚になっていく。追い詰められていくモーリーンの感情と心の推移には大きく三段階ある——まず恐怖感に襲われて、次に犠牲者となり、最後はオーツの女主人公たちに特徴的である緊張性昏迷強硬症（'catatonic'）に陥っている。

口数の少ないことと浮かない顔を幼いころから母親に非難され続け、彼女は陰気で用心深い性格になった。学校ではとても消極的で、人と打ち解けず、唯一の慰めは図書館で家庭の平安と幸福な結婚を描いているジェーン・オースティンの小説を読むことだった。パートで働かなければならない母親から家族の世話や家事全般を押し付けられて、勉強をする時間以外に自分の自由な時間はない。生活保護を受けている生活、貧民区域への度々の転居、家族のいがみ合いに加えて、このような一家のために犠牲を強いられる孝行娘（'a dutiful daughter'）でなければならないという理不尽さにモーリーンの心は押しつぶされそうになる。そんな彼女にとっ

て、図書館は唯一の避難所である。修道院付属学校に通う成績優秀なモーリーンは上級生になると書記に選ばれた。書記の仕事をきちんとやり遂げれば、ハイスクール卒業後は秘書になれて、金を稼いで自活できると想像する。こんなささやかなことに希望を見出していた。しかし書記議事録の紛失をきっかけに精神的に窮地に追い込まれる。限界まで自己犠牲を強いられているモーリーンにとって、議事録の紛失は単なる偶然ではなく、自分をおとしいれる罠なのだと恐怖心に襲われる。

（紛失に気付いたとき）自分の人生が破滅しかけているようにモーリーンには思えた。世界が彼女を罠にかけようとしはじめていて、彼女はしだいに正気を失い、力尽きてぐったりしかけていた。（157）

さらにモーリーンの心に決定的な打撃を与えたのは、紛失した議事録を「さがしなさい。あるまでさがしなさい」（158, 159）と繰り返す、シスター―から受けた厳しい懲罰であった。「すべては終わった――彼女の未来もこれまでだった」（158）。これ以前にも図書館で借りた本のページを破いたと間違って責められ、図書館から罰金を払わされていた。以来本は彼女の心をかきたてなくなり、勉学が無意味でばかばかしくなる。真面目で「良い生徒」から、とげとげしくふてぶてしい生徒に変わっていく。学校の成績は目に見えて下がり始め、学校からも締め出される。モーリーンには居場所がなくなり、彼女の心を支えてくれるものはもはや何一つ残されていない。

彼女は、ふと、大人たちの世界を支配しているらしい「金」について観念的に考えるようになり、金の手触りを思い浮かべるようにさえなる。金のことが頭から離れない。ある日学校を早退し、半ば無意識のうちに、誘われた中年男の車に乗っていた。何の罪の意識もなく体を売り、男に金を求めた。モーリーンは、この時点から、嫌悪している母親がたどったと同じ道を繰り返すことになる。モーリーンは売春という行為に全く無感覚で、金が貯まっていく事実があるだけである。男たちからもらう金は、家族の中でも学校でも「良い子」でいなければいけないという役割への反逆の証である。さらに重要な点は、モーリーンは貯まっていく金によって、彼女を支配している男性中心社会の秘められた力、金の魔力をうすうす知り始めたことである（Johnson 78）。だが男の復讐がモーリーンを待ちうけている。義父ファーロングはモーリーンが売春をしていることを知るや、怒りに任せて彼女の全身をめった打ちし、彼自身は懲役四か月の刑を受け、ロレッタからは離婚される。ファーロングの暴力によってモーリーンは強硬症に陥り、二三か月の間ほとんど意識を失ったまま眠り続ける。ロレッタは今までに見せたことのない情愛をもって世話するが、モーリーンはよそよそしくずっしりと横たわったまま何も言わない。モーリーンを長い昏睡から目覚めさせたのは、意外にも、義兄ブロック(Block)(ロレッタの兄で、彼女の恋人を射殺した本人)の存在であり、ブロックがモーリーンに読んで聞かせた、ジュールズが旅先から家族に宛てた数々の手紙であった。犯した数々の悪事を悔悟し、放浪、孤独、生存のぎりぎりを経験したブロックは、眠ったまま病床にあるモーリーンを救おうとする。オーツの人物の中には思いも寄らない人が慈愛の手を差し出すことがあるが、ブロックもその一人である。

以上のように、厳しい家庭環境が感受性と義務感の強い少女を精神的に追い詰め、少女のアイデンティティが次第に腐食されていくまでの過程を丹念に描くオーツの技量は、「モーリーンに起こる一連の因果関係」——偶発的な議事録の紛失と懲罰、性を売ることで得る金、男の暴力と報復——の中に十分に発揮されている。Sullivan はこの点をさらに、「この感受性の強い、無垢で、本質的に慎みのある少女が人間性を奪われる過程を我々は見てきた……モーリーンに起こる一連の因果関係には説得力があり、それらは全てにおいて成功している……これらはモーリーン個人を超えて、アメリカ人全般の孤独と精神的孤立を具現している」と指摘している（14-15）。

作中の「作者覚え書」の存在によって、回復後のモーリーンの、屈折してはいるが最も重要な変貌の側面、つまりモーリーンがいかに生き延びたかを理解することができる。「作者覚え書」の中でオーツはあえて「この小説はモーリーンの数多くの回想に基づいている」（5）と記している。モーリーンはデトロイト大学で学ぶオーツの学生の一人だった。彼女は神経の衰弱から回復して九年後に、以前彼女の先生であったオーツに何通か手紙を送った。オーツによれば、「モーリーンにとってこの「告白」は一種の心理療法として作用し、おそらく一時的には効能があったはずである」（5）。実際、「オーツ様」と語りかけるモーリーンの肉声によって、彼女が自らの人生観を持ち、別のモーリーンに生まれ変わったことを知ることができる。モーリーンは、自分の文学についての論文は「一貫性と論旨の展開が欠けている」（315）という理由でオーツに落第点をつけられたことを冷静だが攻撃的な声で非難している。彼女は「文学は人生に型（'form'）を与える」（318）というオーツの過剰に学者ぶった空虚な理論に断固として反対している。「わたしは自分なりの人生を生きたわけですが、それには型はありません」（320）と正面から文学理論を攻撃する。彼女は混乱、無常、不信、非難、犠牲、そして憎悪の全てを経験したが、一方オーツは「全てを予言しながら、十分心構えができ、平穏に」（311）、大学で現実から遊離した生活を送っている。モーリーンのオーツに向ける不信感と憎しみは、無慈悲な現実と文学の想像上の世界との間の埋めることができない溝を示唆している。彼女は「良い子」という「型」にはまっていたために学校で、家族の中で、そして性的にも犠牲者になった。「良い子」の型を脱ぎ捨て、自分の生き方に目覚めたモーリーンは、二六才の時、彼女が通う短大の夜間クラスの担任教師である三四才の既婚者を誘惑し、結婚をせまり、結婚を手に入れる。彼女にとって結婚だけが、自分を変えたいという欲求、「一生涯モーリーン・ウエンダルのままであるような運命から逃れたい」(317)という欲求を実現させることができるからである。

決してへこたれず、逆境を乗り越える母のロレッタは、生き延びるために結婚を繰り返し、男たちを巧みに操る。彼女にとって、まるで男たちは順応しなければならない環境の一部であるかのように。一方娘のモーリーンは、冷たく計算高い若い女性に変貌している。生涯男性を愛せないだろうと知りつつ、結婚を生涯の「保護」と考えるモーリーンは、この男性を奪い、結婚をすること以外に何も考えられない。相手の妻や彼らの三人の子供たちの存在はモーリーンの脳裏には浮かばず、男性が用心深そうで既婚者であることは、彼が将来設計を持つ堅実なタイプである証であって、自分の将来も保証されると考える。彼女が自分の人生を新たに始めるために、計略的に結婚し、自分と自分の家族の悪夢のような過去を葬り去り、母親やジュールズに会うことを拒絶しても、我々は彼女のことを裁くことはできない。彼女の無自覚に見える冷淡さはそれまでのあまりに残酷な境遇が生んだものだからである。

Ⅲ　ジュールズ――アメリカの英雄

ジュールズ・ウェンダルの生き方は、決して男たちを愛さず、男たちの経済力を必要とした二人の女たちの生き方とは全く異なる。Bloom が言うように、ジュールズ・ウェンダルは「オーツの代理」の役割を果たしているのは明白で、それゆえ一貫してアメリカの英雄としての立場を維持できている（3）。ジュールズは信じられないほど空想家で、想像力に富み、絶えず自由、とりわけ愛を通して自由を追求している。彼の力強い想像力は、彼を生まれながらのアメリカの英雄として現実主義者でロマンティストたらしめている。このためにジュールズは二人の女たちほど家族の事情や金という目先の現実に巻き込まれてはいない。精神的に貪欲で、大志を抱くアメリカの精神の持ち主のジュールズは、世界を自己の掌中に入れ、世界を征服できる潜在能力が自分にはあるのだと信じている。アメリカの夢、つまり物質的な富の追求を達成せんとするジュールズの大志は、しかしながら、同時に彼を落ち着かなくさせ、精神的に空虚にさせる。アメリカの夢を追求する人々の心は「自己閉鎖的、自滅的で、巨大な偏執病妄想の性格を築きがちである」とオーツは指摘している(*New Heaven* 260)。さらにジュールズは、「英雄であり殺害者でもある」(Kuehl 9)。彼は最初から英雄のイメージの虜になり、様々な経験を経るうちに殺される側になり、殺す側にもなる――彼はナディーンに殺されかけ、その後警察を殺す。

アメリカの英雄を掲げ、アメリカの成功の夢を夢想する一八才のジュールズが運命的に出会うのは、デトロイトの高級住宅街グロス・ポイントに住む一七才のナディーン・グリーンである。デトロイト都心の騒音、破壊、高い犯罪率とは対照的に、グロス・ポイントは常緑樹とレンガ作りの美しい家並みが続き、物音ひとつせず、私設「グロス・ポイント警察」がパトロールし、犯罪率はきわめて低い。ジュールズはこの楽園のような光景とそこに住む美しいナディーンにたちまちに魅せられ、自分も金持ちになるのだという上昇志向を抱く。

何にしても金儲けをしよう、と彼は思った。金儲けのどこが悪い? 百万ドル? 俺には上に向かう以外に方向はないんだ……何もかも、アメリカのすべてがおれより高いところ

にあるんだ……上に上がっていきながらすべてを求めてどこが悪い？（262）

しかしこの輝くばかりの豪邸の中では、父親は出張のためほとんど不在で、母親と娘の心の交流は全くなく、家族は形骸化している。

ナディーンから駆け落ちを求められたジュールズは、彼女を豪邸から連れ出し、デトロイトからイリノイ、アーカンソーを経てテキサスまで車で南下する。アメリカの英雄として最も顕著な特性で一つである「自由を獲得しようとする精神の努力」（255）は、ナディーンへの虚しく官能的な妄念と結びく時、試練にさらされることになる。恋の逃避行と自由を渇望する旅は、南西部へ入るやその特有の暑さの中で、たちまちに覆される。ジュールズは不眠と不潔を強いられ、金のために恐喝と盗みを繰り返し、疲労感と無力感に襲われ、ついにインフルエンザにかかり意識を失う。ナディーンはジュールズに求めるだけの自己本位を露呈し、テキサスのモーテルに瀕死のジュールズを置き去りにする。この時、ナディーンは傲慢な富裕層の冷ややかさと心の空洞を露呈しており、また、名前が示唆するように、彼女はアメリカの成功の夢が内包する精神的道徳的空虚さ（Nadine は nada、つまり無を連想させる）を具現している。

その後一〇年ぶりに再会したナディーンは弁護士と結婚し、高級住宅街ブルームフィールド・ヒルズにある、実家と見まがうような大邸宅に住んでいる。今なおその美貌と肢体が忘れられないジュールズは安っぽい部屋でナディーンと密会を重ねる。ナディーンは「ジュールズの人生のぎりぎりの崖っぷちに立って、高価な靴のつま先で彼を突いている死の女」(333-34)としてあり続ける。二人は引き合い、反発する。ジュールズはナディーンのことを「顔もなければ魂もない存在」で「何もかも滑らかで現実感がない」(337)と感じ取る。彼女と一緒にいると、「彼自身の魂も、恐怖から虚無の方へ流れ出て、消えてしまうだろう」(337)。しかしながら、ジュールズはナディーンの自己本位な欲求に永久に束縛されてしまうだろうと恐れているにもかかわらず、二人は、終わることのないような狂おしい欲情の中に閉じこもっている。

ジュールズはナディーンの肉体と悪魔的な魅力に夢中になっているので、彼女の上に無意識のうちにふるっている彼の男の力や暗黙的な指示にナディーンが憤りを感じていることに全く気付かない。彼は男と女の間にある越えがたい溝のみならず、彼女の女性としての恐怖、憎しみ、不満も理解できない。二人は肉体的には求め合うが、精神的には互いに敵である。ナディーンが他人を見るような目でジュールズにピストルを向けて、彼の胸に恐ろしい一撃を加えた時、やっとジュールズはアメリカの夢の地獄から這い上がれる。そしてこの時、ナディーン、「死の女」、は「アメリカの夢の偽り」そのものである(Johnson 87)。一方ジュールズの悲壮な変貌は、逆説的だが、ナディーンへの愛から生じたものである——愛するナディーンは彼に死をもたらし、自分は何者でもない存在なのだという認識をもたらした。初めてジュールズは自分の限界を認識し、現実に目を開く。これ以降ジュールズはアメリカの英雄のイメージではなく一人の生身の人間として存在し、何より家族の一員、家族の扶養者としての意識をはっきりと持つようになる。遠く離れた南部にいて、時に危ない仕事をして稼いだ金一〇ドル、二〇ドルをいつも母親への手紙に同封し、その短い文面から聞こえてくる彼の肉声には、つかの間、厳しい外の世界を締め出し、母親と妹を気遣う心情がにじみ出ている。

一九六三年のケネディ暗殺の後、ジョンソン大統領はケネディから引き継いだヴェトナム戦争の軍事介入を拡大し、国の内外から強い批判を浴びていた。暴動勃発の直前一九六七年六月、三〇才になったジュールズはデトロイトの過激派政治グループの中にいて生気がなく、絶望的で、堕落しているように見える——「ジュールズは精魂尽きて、眠るか死にかけて横たわっている」(446)。彼は「世捨て人」(449)となっている。一触即発にあるデトロイトの中を、大勢の警官を乗せた機動隊が疾走する。サイレンが鳴り響き、発砲と放火が起こる。建物のガラスが割られ、大群衆は歓声を上げ、略奪が始まる。警官は暴徒化した人々を棍棒で殴りつける。ジュールズは銃弾と炎から逃れようと知らぬ間にライフルを手にしていて、襲いかかってくる警官を射殺した。これはジュールズのニヒリズムへの移行の表れであるという結論を導くことができるかもしれない。しかし別の次元では、既成の腐敗を焼き尽くす炎と恐ろしい警官殺しという黙示録的な二つの光景は、アメリカの破壊と再生の文化とアメリカの英雄指向に内在する、二律背反の主題に関わる象徴的で寓意的な意味において、互いに機能している。アメリカの英雄は彼の社会を超越しなければならず、その過程において自滅する（Sullivan 17）。つまりアメリカの英雄は犯罪的な環境への同化から逃れることはできず、彼自身が犯罪者になることによってのみ環境による支配から逃れることができる（Johnson 89）。アメリカの混迷する政治と人種問題の頂点にあったデトロイトを壊滅させる炎は、したがって、終末的な光景ではなく超越と再生を求める光景として象徴的に物語の大団円で提示され、必死で生き延びて生き返ろうとする個人の精神的な変容の姿を映し出している。「アメリカにおけるすべてのものが生き返ろうとしているのだ。吹き出し、生き返りかけているのだ」とジュールズは激白している（473）。

ジュールズの警官殺しは、彼の過去の出来事と彼を形成してきた環境に対する寓意的な意図を持っている。少年の頃、悪事を働いたわけではないのに警官に捕まえられ、拘置所に入れられた。彼は警官の暴挙に痛めつけられてきた多くの人々の一例である。警官による暴力、不正、人種差別はアメリカ社会において恐怖心、不満、疑惑、憎しみを増大させているとオーツは直截に主張している。ジュールズはアメリカ全土に横行する警官の不正に報復し、社会の正義と浄化のために自己犠牲を払う。再建と再生のためには「暴力はいつも肯定される」とオーツは考えている（Coale 120）。「暴力というものは日常から切れ離すわけにはいかないんだ！　誰もが何度もそれを切り抜けなくちゃならないのであって、それには終わりもなければたどり着くべき陸地もないのだ……」（473–74）とオーツの代弁者であるジュールズは苦しげに胸中を語っている。

自己犠牲を果たしたジュールズは、やっと一人前の男となって、自分の過去を、自分の家族を、そして自分の国を連続する人生の、連続する社会のプロセスとして全体性の中で見通せることができるようになっている。モーリーンが自分の家族を拒絶する時、物語の最後でジュールズは言う――「だけど、ねえ、おまえ自身だってかれらの一人なんじゃないのかい？」（478）。この言葉はジュールズの成長を物語るもので、作品を締めくくるにふさわしい言葉である。ジュールズはかれらを、社会から孤立した名もないかれらとしてではなく、共に生きる同胞として捉えている。人々が社会から孤立しないで、この共同体の中で互いに結ばれているのだという確かな実感を得ることこそが、オーツにとって、アメリカの文化の向上のためには不可欠の要素のようである。

以上、ジュールズは破壊的で苛烈なエネルギーを放つデトロイトを投影し、大志を抱くアメリカの精神の具現者、つまりアメリカの英雄として出発し、アメリカの文化に内在する暴力を経験したあとで、一人の人間として精神的な成長を遂げている。オーツ自身の人間観、歴史観、人生観、アメリカ考察がどれほど正確に描き出されているかは、ロレッタ、モーリーン、そしてジュールズが経験するそれぞれの生き残りの形態に明白である。人間の生きる力へのオーツの絶対的信頼は、「ウェンダル家の人物たちは本質的に快活である」とオーツが断言するとき、間違いようのないものである（*Ohio Review* 56）。

5章　『マーヤ――ある人生』
――自伝的作品として読む

『マーヤ――ある人生』（*Marya: A Life*, 1986）は、オーツが四八才の時の小説で、オーツによれば「厳密な意味では自伝ではないけれど、自分の小説の中では最も個人的な作品である」（Preface to *Marya* 376）。また「マーヤの考え方や印象の多くも、同年齢の頃の自分自身のものと一致している」、さらに「この小説で最も自伝的な要素は、感情の中でも内面の芯の部分、つまりとらえがたい自分の本性というものをマーヤが半ば無意識のうちに、しばしば必死で探究している部分である」（377）。この作品を作家オーツ誕生までの軌跡として読むのも一つの読み方で、非常に興味を引かれる小説である。また、驚異的なほどエネルギッシュに仕事に没頭する実行主義者で、ある意味ではアメリカの成功の夢の具現者でもあるオーツ自身の若き日の生き方は、競争社会アメリカの実際と、そのことが抱える様々な問題を知る上で非常に示唆に富んでいる。

マーヤが生きた環境や積んだキャリアのほとんどがオーツ自身のそれと一致する。特にマーヤの大学と大学院時代における普通の人間関係さえ避けた猛烈な勉学ぶりや研究への没入は、その後の精力的で多作の作家となる人の原型を見ているようである。また、マーヤの殺害された父親同様、オーツ自身の母親も幼少の頃父を殺され、マーヤ同様、母親は親戚に引き取られ育てられた。ただマーヤと自分自身の違いを「マーヤは本当の意味では私自身ではありません。マーヤは私よりずっとたくましい。私は基本的にマーヤほど怒らないし、孤児でもありません。……私はマーヤほど不当な人生を送らなくてすんだのです」と語っている（*McCombs* C11）。

『マーヤ』は技巧的にも練磨されていて、五〇才代に入って円熟期を迎えるオーツの前兆を思わせる作品である。従来のオーツの「小説」は偶発性も含めてあまりに多くの事柄が起きて、それらを語るのはもっぱら作者の主観的で強迫的な声である。一九六七年度版の『悦楽の園』では、「物語の声はつまり作者の声であって、その声はあまりに頻繁に要約し、分析していて、人物たちは私が知っている彼ら特有の声を出せていない」ことに気が付いたオーツは、「初版は最後はモダン・ライブラリーから出版されていたにもかかわらず」、前作のほとんど全てを書き直し、改訂版『悦楽の園』（二〇〇三）として出版した（Afterword 398）。しかし本作品では、マーヤが遭遇する人々が物語を推進して、マーヤの年齢や彼らとの関係性に応じて各章の文体を微妙に変化させることによって、作品に奥行きと客観性、味わい深さと真実味が醸し出されている。

オーツによれば、『マーヤ』は「個人的」で、かつ「虚構の」ものでもあるので、創作が非常に難しかった（Preface 376）。作品から伝わってくるマーヤの等身大の人間性と真情は、実は、虚構の部分――子供たちを捨てた母親の存在と、長らく心に封印していた母親を捜し出そうとするマーヤ自身の思いがけない行為――に依拠している。父権や父権家族の崩壊といった従来のテーマから転じた、母親捜しという新たなテーマは、当時批評界を席巻していたフェミニズムに対するオーツなりの反応の一端と読めるかもしれない。Wagner-Martin が明かしているように、「三五年に及ぶ作家としての経歴において、オーツの作品にはフェミニストのテーマが欠如していることに対して批判が上がっていた」（201）。本作品の中でも「マーヤは急進的なフランスのフェミニストたちのいい加減な論理とばかげた反論にはうんざりした」と手厳しい（*Marya* 294. 以下頁数のみ記す）。しかし『マーヤ』から約二〇年後、フランスのフェミナ賞を受賞した *The Falls*（2004）では、夫の死後シングルマザーとして世間と隔絶し、ピアノを教えて生計を立て、子供たちを育てあげるアリア（Ariah）（マーヤに似て、社会や人間に心を閉ざし、頑なに自我に沈潜して生き延びるタイプ）の母親としての自立した生き方を通して、彼女の人間として成長していく様子が静謐な筆致で描かれている。アリアの花婿がナイアガラの滝に不可解な投身自殺をする冒頭を除いては、賛否はともかく、オーツ特有の強迫感が薄らぎ、アリアの芸術家肌の孤高な内面性と忍耐強さを讃えて、時代の変遷が確実に写し出されている。女性の生き方を提示したこの二作品からも、オーツの時代への明敏な反応を読み取ることができる。

I　ウィリアム・ジェイムズの行動・経験主義

ニューヨーク州北部の辺地イニスフェイル（Innisfail）（オーツの郷里ロックポート付近を指す）で育ったマーヤ・クナウアー（Marya Knauer）は、八才の時父親を殺され、その後母親は子供たちを残して失踪する。奨学金を得て地元のポートオリスカニー州立大学（オーツが学んだシラキュース大学を指す）に進学し、ひたすら勉学に専念する。在学中から創作に励むが、大学院に進学して研究者になる道を選ぶ。二五才で男性中心社会である東部の名門大学（プリンストン大学と考えられる）に職を得て、終身在職権の厳しい競争にも勝利するが、その後大学を去る。三四才になった今はジャーナリストとして世界が抱える人権問題に熱心に関わり、世界を駆け巡っている。しかし愛する人の突然の死によって、マーヤは自分のためだけに生きてきた半生において退けてきた存在――自分を捨てた母親――を顧みる必要性に迫られる。

一個人としてのマーヤの数々の経験を客観的に、かつ冷静に振り返らせ、それぞれの経験の中に意味を見出そうとする姿勢の背景にあるのは、ウィリアム・ジェイムズ（William James, 1842-1910）の思想である。『マーヤ』の題辞には、アメリカを代表する心理学者でプラグマティズム（Pragmatism／実践主義・実利主義）を唱えた哲学者ウィリアム・ジェイムズの有名な言葉が掲げられている――「自由意志による私の最初の行為は、自由意志を信じることだ。」（My first act of freedom will be to believe in freedom.）この作品に通底しているジェイムズの思想を序文で概略していることからも分かるように、オーツのジェイムズへの傾倒がうかがえる。

わがアメリカの最も偉大な哲学者であるウィリアム・ジェイムズの精神がマーヤの物語には浸透している。「自由意志による私の最初の行為は、自由意志を信じることだ」とジェイムズは言う。ジェイムズにとって重要なことは、経験の流動性であって、プラトンの「本質」論ではない。真実は相対的で、絶えず変化し、不確定だからである。人生は過程であって、むしろ川の流れのようなものである。人間は自分の選択によって、その選択が大きいものも小さいものも、意識的なものも無意識なものも、自分の精魂を鍛錬するのである。ジェイムズの哲学は、(社会、歴史、家族の) アイデンティティが永続的でない新世界には申し分なく適している。それは個人の哲学、つまり頑迷で、独立独行の、そして究極的には不可解な存在である「個人」の哲学である。ジェイムズがあれほど驚くほど現代的な言葉を用いて書いた民主的で多元的宇宙 ('Pluralistic Universe') は、古い伝統や道徳基準が独自に個性的な言葉で再生されない限りは、ほとんど無用だと判断されてしまう、そんな宇宙である。これはもちろんマーヤ・クナウアーの宇宙であり、良かれ悪しかれ、マーヤは彼女自身の精魂を鍛錬している。(Preface 377–78)

絶えず変化を求められ、それゆえアイデンティティが永久的ではないアメリカでは、いつも事実に立脚して、個人の自由意志、個人の選択、個人の行動や経験に価値を置く。結果としてその行動や経験に「実際的な有用性や効果」があれば、それらを「真実」とみなすジェイムズのプラグマティズムは、この作品においては意図的に取り入れられ、肯定されているのだが、オーツの小説全般の根本思想の一つと見なしてよいだろう。また Cologne-Brookes が指摘しているように、オーツの総体的な世界観は、ジェイムズや他のプラグマティストたちが説く改善論

(meliorism）である。改善論とは、世界は人間の努力で改善されつつある、または改善できるとする説である。ジェイムズと同じようにオーツも、社会や世界における広義の意味での救済や改善を促進し、可能にする唯一の方法として、個人の行為・行動の重要性を主張しているいる。(Cologne-Brookes 5)。『マーヤ』の中でもこの点に関連して、ジェイムズの言説が紹介されている。「古典的な思考習慣では、本質が存在に優先する。つまり人間の性質の結果として行動が引き起こされる。しかしながら、アメリカでは逆の方が信じ得るし、より報われそうな気がする。つまりじかに行動の結果として性質が生まれる。ウィリアム・ジェイムズが簡潔に観察しているように、「行動が人間を決定する」(293–94)。『マーヤ』は、実存主義とは相いれないアメリカの行動主義・実践主義の例証として読み進めることができる。

Ⅱ　マーヤの経験の意味

『マーヤ』は、マーヤが巡り合った影響力のある九人の人々を思い起こし、彼らのことをエピソード風につづる形式をとっている。マーヤに長らく肉体を否定させ、文学を教え、知的前進を触発し、厳しい競争を強要し、「歴史の証人」へと導くのは、全員男性である。二章　一二才のいとこのリー（Lee）による性的虐待、三章　中学のシュウィルク先生（Schwilk）によるウィリアム・ジェイムズの紹介と文学への誘い、四章　カトリックの司祭シアリング（Father Shearing）による大学進学への勧めと男性の文章力の紹介、六章　マーヤと友情を結ぼうとする女子大学生イモジン・スキルマン（Imogene Skillman）との決裂、七章　大学院の高名な指導教授マクシミリアン・フェイン（Maximilian Fein）のもとでの知的生活への邁進、八章　マーヤの世界を侵害する黒人の清掃員シルヴェスター（Sylvester）の出現、九章　終身在職権をめぐる大学の同僚グレゴリー・ヘムストック（Gregory Hemstock）との競争と彼の裏切り、一〇章　マーヤの今は亡き恋人で、「いつも行動して」、実践主義を具現している雑誌の編集長エリック・ニコルズ（Eric Nichols）、以上の、イモジンを除く、男性たちがマーヤの人生行路を導いている。彼らとの関わりの中で、マーヤは男性の思考、価値観、権威を知り、優れた指導者・師としての男性の存在を強く求めていく。だが最後に、行動主義を具現しているエリックの死によって、それまでの人生で過去に閉じ込めていたもの、つまり自らを欺き、その存在を脳裏から消していた母との空白の時間を取り戻すために、マーヤは母親捜しという新生の行動に出る。

次の（一）から（一〇）におけるマーヤの人間関係のどの局面においても、マーヤが意識的、無意識のうちにとった選択や行動や反発は、その後のマーヤの人生に何らかの影響を及ぼしている。独立独行で懸命に駆け抜けたマーヤの経験の多面性、経験の重みを考察する。

（一）　小説はマーヤが八才の時、夜半すぎ、夫の死の確認をするよう呼び出された妻ヴェラ（Vera）が、マーヤたちを連れて大雨の中死体安置所に向かう場面から始まる。夫の親族から「疫病神」呼ばわりされ、疎んじられている母は気性が荒く、酒浸りで、精神的に不安定であった。しかし母はよくマーヤに「お前は私と同じだよ。私にはお前のことがよく分かる」とささやく（8）。死体安置所に行く途中、まだ父の死を知らないマーヤに「泣き出したらいけない。一度泣き出すと止めることができないから」（5）と警告する。マーヤは生涯母のこの忠告を心に刻み、絶対に泣くまい、涙や弱みを見せまいと決心する。この言葉と子供たちを残して母が失踪したあと、マーヤたちは伯父夫妻に引き取られ、高校卒業まで彼らに育てられる。犯人が分からずじまいの父の死の顛末と、母の失踪についての伯父たちのうわさ話にマーヤは耳を貸さないようになる。オーツの他のヒロインたちが時々とるように、マーヤは窮状から、人々から、肉体から、心を閉ざして生き延びる術を身につける（Creighton 63）。「マーヤの心はすっと離れて行った。マーヤはそこにいるのだがそこにはいなかった。そこにいないことがマーヤにとってなじみの場所になった……」（24）。

八才の時、廃車場で一二才の頑丈ないとこの性の餌食になった。この忌わしい行為は秘密のうちに常習化していった。「じっとしていろ。動くな。だれにも言うな」のリーのささやきにマーヤは凍りついて「石になった」(15)。「この時マーヤは目を閉じなかった。目を閉じるのは弱さの表れで、男子たちをかき立てるから」(17)。マーヤが一〇才まで続いたこの性的虐待と、高校の卒業式の後のお別れパーティでの男子のクラスメートたちによる凌辱と陰湿な乱暴は、無意識のうちに長らくマーヤを自らの肉体から退かせ、恋愛と人間関係を犠牲にして、知的野心へと向かわせる影の要因となっている。しかし思春期のマーヤの意識下には、母と生き写しの暗い反逆的なもう一人のマーヤが潜んでいた。一二才になったマーヤは最後まで被害者のままではいない。半ば無意識のうちに実に巧妙に復讐に出る。ジャッキで持ち上げた車の下でリーが修理をしていたとき、マーヤは偶然の事故であるかのようにジャッキを外すと、車は音を立てて落ち、リーはショックと骨折の痛みで悲鳴を上げて、意識を失った。「これを味わえばいい、ブタ野郎、ブタ野郎、ブタ野郎、ブタ野郎、ブタ野郎」とマーヤは心の中で叫ぶ(43)。

(二) 学校は、貧しい素性や両親の暗い過去からマーヤを解放し、彼女の知的才能を引き出してくれる優れた男性の指導者たちと巡り合う場となる。都会育ちで風変わりな八学年担当のシュウィルク先生は知識をひけらかして、独りよがりの授業をするため、田舎の粗野な生徒たちから嘲笑と容赦のない冷やかしを浴びせられていた。しかし、先生はマーヤの冷ややかなまなざしにもかかわらず、彼女の高い理解力を見抜き、個人的に作文を指導する。しかし彼女の作文に対して「君は熱にうなされたような空想の持ち主なのだね」とだけ感想を言って、マーヤの心を頑なにさせる。一方ウィリアム・ジェイムズの自由意志の信念、「未来を創り出す」信念をマーヤに紹介したのは、この過疎地区のイニスフェイル統合学校には場違いに見えたシュウィルク先生その人だった。山の深い割れ目を飛び越えざるを得ない状況に直面している登山家は、自分は跳び越えるのだと信じさえすれば、成功するのだというジェイムズの自由意志の信念について、先生は熱っぽく教える。「クラスの中でマーヤだけがジェイムズの主張のまさにアメリカ人らしさを理解できる」(63) と先生は言うが、マーヤは「何人の登山家が跳んだのですか？　何人が成功し、何人が落ちたのですか？」(64) とわざと意地悪な質問をして先生をからかい、激昂させた。三四才の今は「信念の飛躍」は我々を新たな展望へと導くのだと理解できるし、実際、自恃の精神で選んだ道をひたすら進んだマーヤ自身の生き方の指針となっていた。先生は過重労働とストレスのために辞職するが、給料を返上して彼の名前が冠された詩歌賞を設け、マーヤが最初の受賞者となった。

（三）　高校生になったマーヤの二人目の個人指導者となるのは、カトリックのシアリング司祭である。学業優秀だが高慢で、秘密主義者で、皮肉屋で、怒りっぽいマーヤはみんなから嫌われ、友人もいない。生来の「懐疑的な」気質から様々な考えが脳裏に浮かび、それらを抑えることができない。マーヤは信者たちから「聖人」と仰ぎ見られているシアリング司祭にこの悩みを告白すると、「もっと努力しなければいけない。それは意志の問題であって、修練を積むことによって意志を強固にすることができる。絶望してはいけない」（76）と励まされる。カトリックに改宗したマーヤは、その後ガンに冒されて瀕死の床にいるシアリング司祭を定期的に見舞い、献身的な巫女さながらに助手として彼に仕える。マーヤはシアリング司祭が二〇才代に出版した論文の数編を注意深く読み、畏怖の念に打たれる。「こんなに上手に書けるとは。こんなに語彙を駆使できるとは。こんなに力強く論じることができるとは。競争相手の論文の誤算を寸分たがわず捜し出せるとは。これは全く男性の技量、男性の言語による論争の技術なのだろうか、永久に女性を超えている」（95）。男性の文章が持っている説得力、分析力、論理性、そしてそれらが暗示している男性の権威らしき世界を初めて垣間見て、その魔法のような力に驚愕する。

「カトリックの尼になってきみの才能を格子窓の後ろに隠してはいけない」（96）という司祭

の熱心な説得は、大学への進学を決定づける。友情の証として司祭から遺贈された高価な男性用の時計をマーヤはずっと大事にし、その後最愛の恋人エリックに贈る。

一方で思春期のマーヤにとって同じ年頃の男子たちは、彼女の奔放な空想の世界の中で想像するほどには、実際には全く興味を引かれる存在ではなかった。マーヤを愛しているから二人は結婚すべきだ、と一方的に主張するボーイフレンドのエメット・シュローダー（Emmett Schroeder）が代表しているように、彼らはばかげていて、退屈で、凡庸でしかなかった。何よりマーヤにとって「恋をすることは最も弱いことで、弱さを見せることへの嫌悪感は相変わらず強かった」(114)。

高校三年生のマーヤは学校でただ一人、地元のポートオリスカニー州立大学への奨学金を含む二つの奨学金を獲得した。マーヤは卒業生の総代として、ソロー、エミリ・ディキンソン、ドストエフスキーなどからの引用を散りばめた尊大な送辞を震える声で暗誦して、聴衆を当惑させ、憤慨させた――「マーヤ・クナウアー！ 人前であんなに気取って、何様のつもり？」(102)。マーヤのいつもの傲慢な態度はこの送辞で最高に達しているが、マーヤ本人は自分の振る舞いを失態だとは考えていない。「だれも知らないところへ、同情も嫉妬もないところへ、大学へ行きたい……。私はそこで私的な生活を始めるつもりだ。大勢の人間にはうんざりだ！」と、ひとえにこの地を去りたかったのであった（104, 107）。しかし大学へ立つ日の前夜、「マーヤのために」とお別れパーティを開いてくれることに感激し、伯母や女友達たちの忠告にもかかわらず、うかつにも出かけたマーヤの身に起こったことは、酔っぱらった下品で嫉妬深い男子生徒たちによる野次の中での凌辱であり、彼らによるマーヤの自慢の長い黒髪の強奪であった。故郷での最後の、最大のこの恥辱は、マーヤが逃げ出そうとしている地域社会にはびこっている男性の野蛮さを象徴している。同時に髪の毛の強奪は「一種の通過儀式」の意味を持ち、この先待ち受けている敵対的な競争社会では、自己防衛の鎧をつけて「侵害を許さず、自分を律し、全く自立して」（207）臨まなければならないとマーヤに強く決意させた（Showalter 142, Cologne-Brookes 145）。

（四）マーヤの大学生活は、奨学金の支給継続と大学院への進学のために、人間関係をできる限り避け、時間の浪費を忌み、健康を損なう寸前まで勉強に没頭する日々であった。すさまじいまでの成績の優秀さへのこだわりは、彼女の人間的な感情を抑圧させ、自信過剰で、視野の狭い非社会的な自我を形成した。またマーヤの常習的な盗みは罪悪感を伴わず、人への攻撃手段として使われた。「マーヤはただ最高でありたかった。ずば抜けていたかった。自分を並外れているとはっきりさせたかった」（156）。「意識的に勉強していない瞬間があるなら、その瞬間は誤りであり、しくじりだ」(154) とまで言い切るとき、マーヤは度を越している。

成績至上主義のマーヤが知り得ない、彼女の別の側面を喝破するのは、彼女が嫌悪する教授である。当り障りのない授業をして生徒に人気のあるこの教授のことを「どこから見ても、全く並みでしかない」と評定を下す。全教科「A」だと思っていたのに、彼の授業の成績は「C」であった。あり得ないことにショックを受け、屈辱感に震え、抗議に行くと、彼は(故意によるものと思われる)自分の間違いをあっさり認め、「A」に上げることに同意した上で、次のように言う——「きみはかなり近づきがたい女性のようだね。きみはまったく笑わない——とても没入しているみたいだ……。きみはいつもそんなふうに冷淡なのかね?」(157, 158)。マーヤはとっさに常套手段の嘘と盗みで復讐に出る。母親がガンで危篤状態にあるという話をよどみなく繰り出すと、教授は詫び、さらに彼の机の上から高価なパーカの万筆をかすめ取り、勝ち誇って研究室をあとにした。マーヤの教授への判定は的確かもしれないが、教授のマーヤへの判定も的確である。マーヤは人間的な温かみを犠牲にして成績の優秀さにのみ没頭している(Cologne-Brookes 146)。

(五) 恋愛や恋人の存在は時間の無駄だと考えるマーヤのもとに「友情」を結ぼうと一方的に押しかけてくるイモジンの出現は、最初から最悪の結末——人前での醜い殴り合いと盗みの誇示——を予兆させる。キャンパスで目立つ存在のイモジンは裕福な家の出で、高価な衣服を身に着け、自分の思い通りに発言し行動する。だが本当は自分に自信がなく、内面はとても不安定である。二人の境遇は全く違うが、マーヤが見抜いているように、抜け目のなさと心の狭さ、思い上がりを共通して持っている。つまり二人は友情という実質からほど遠いところにいる。マーヤにとって友情は「移ろいやすいもの」（147）で、「全ての人間関係の中で最も謎めいていて」「あまりに多くの想像力を必要とする難問だ」と日記に記す。マーヤにとって友情とは人間的精神的な結びつきというより、抽象的で不可解な現象に思える。そんなマーヤだが、男性の愛を翻弄し、相手を傷つけても平気で、奔放を気取るイモジンの思い上がりに対しては、「あなたのそんなふるまいはあまり思いやりがあることではないし、あまり自分に正直でもない」（163）と諭す。イモジンはこの時、反面教師としてマーヤの心を写し出し、自分自身の思いやりのなさと不正直にも思い当たる。いつもの皮肉めいたものの言い方ではなく、初めて正面から人と向き合っている。しかしこのことがきっかけで、二人の間に亀裂が入る。イモジンはマーヤの嘘を上回るような、マーヤについて数々の品位のない嘘を作り上げて、キャンパス中に広める。これに対してマーヤはもっと大胆に復讐に出る。イモジンの高価なイアリングを盗み、平然とそれを身につけてキャンパスを闊歩する。それを見たイモジンはマーヤに突進してきて、二人はチャペルの前で互いに激怒で顔を紅潮させて殴り合い、マーヤが勝つ。

マーヤは中学時代から盗癖があった。最初は衝動的で無目的であったが、無意識のうちに数々の小物を盗んでいた。人のものを盗み、自分の所有物となる瞬間の興奮、高揚感、勝利感のとりこになっていた。大学では、新入生の時マーヤ自身が寮で盗難の被害者になる。彼女のような貧しい奨学金受給者たちが入居している女子寮では盗難が相次いだ。まわりの全員が成績を競う競争相手なので、心理的重圧と孤独感のために成績が落ちだすと、追い詰められた彼女たちは、盗みという名目で相手から略奪するという手段をとる。競争原理と業績主義が支配的な大学や学究界では、奨学金を継続するために、成績・業績を上げるために、終身在職権を獲得するために、マーヤ自身が今後、窃盗、略奪、侵害、裏切りの加害者にも被害者にもなり得るのである。

(六)　大学院では、男性の指導者たちの中で最も人間味を欠くが最強のフェイン教授がマーヤの指導教官になる。彼は比較文学・言語を専攻する知の権化で、オーツがしばしば描く自我肥大した権威主義の典型である。彼は最初からマーヤの盗癖、野心、厚顔を見抜いていて、まるで魔術師のようにマーヤを誘導操作し、フェインの論文の抜刷を盗ませる。抜刷を盗んだ直後、マーヤはフェインの度肝を抜くようなメモを手にする。「親愛なる厚かましいマーヤへもしこのメモがきみの手にあるなら、もしきみがここまで大胆にやってのけたなら、お互いにとりすましているのは無益だ。私はきみのことを知っている——最初からきみのことをはっきり理解していたように思う。もし私がまもなくきみを求めても、恐れてはいけない、私の親愛なる人（厚かましさを控えてはいけない）。マクシミリアン・フェインより」（201）。このようにフェインはマーヤの心を鷲摑みにし、マーヤは彼の広範な業績、権威と独断に心奪われ、一抹の罪の意識もなく彼の妻から彼を奪い、彼の愛人になって、研究面で彼の引き立てを得る。フェインと会うまでは、「知識その自体に、研究生活にもジェンダーはないのだから、自分のことを「性差のない」（'genderless'）存在とみなしていた」（186）。しかし今彼女は肉体的、精神的に彼の隷属状態にあって、自分の意見は抑え、禁断の主従関係のもとで成果主義に呪縛されている。しかしその後彼女がフェインの研究者としての実像を知り、精神的に彼と決別するのは（現実的には彼の死によってではあるが）、二人の文学観や研究姿勢における致命的な乖離によるものであった。フェインは政治、社会、道徳といった現実社会についての議論、特にジャーナリズムを忌避する典型的な象牙の塔の具現者である。さらにマーヤに放ったフェインの次の発言が決定的な決別を生んだ。「文学と同様に学問はおそらく、根本的に、ただの遊びであり即興であり幻影なのだ。時間と気力の途方もない要求を正当化するために、意味ごっこをするのだ」(228)。マーヤは彼のこの意見に対して、フェインはただ皮肉ぶっているだけだと反論するが、一方で「この男の中には私の人生の課題に対する答えがあるのだが、私はそれを見つけられない。フェインもたぶん同じことを考えているだろう」(228–29)と互いの根源的な人生観の相違について自問する。おそらくフェインの生き方の根底に潜み、マーヤにはないのは、人生に対する深い悲観主義や諦念であろう。オーツは一貫して悲観主義や自殺の概念を受け入れず、ほとんどいつも、最終的には、プラグマティズムが帰結するところのアメリカ的な楽観主義を肯定している。

マーヤの大学時代の創作にまつわる経緯はオーツ自身のものと考えていいだろう。マーヤが大学生のとき出品した短編小説が全国大会で一席に選ばれた。彼女はいったん書き始めると一晩中でも書き続け、やめることができなかった。あまりに深く没入するせいで、頭が変になり、自分が消滅してしまいそうで恐くなった。この種の無意識の世界の作品には挑戦してはいけないと自戒した。「別の文章──非常に意識的で、理性的で、批評的で、とりとめのないもの──ははるかに簡単で、危険性が少なく」(175)、マーヤはこちらの方では最高得点を取り、激励もされ、大学院へ進むように助言されたのだった。

マーヤが深夜に一人きりで没頭した読書の経験は、心震える興奮と輝きと魅惑に満ちていた。

自分の意識から離れて、無重力状態で、作家の意識の中を去来し、作品のリズムそのものに引き込まれた。また「作家の本当の自己は彼の作品にあるのであって、彼の人生にあるのではない。存続するのは、本当に真実なのは、想像の風景である」(135)と想像の真実性と永続性を確信した。このように創作に真摯に向き合ったマーヤの目には、フェインの文学研究は純粋な学問の追求というより、悲観的な諦念を覆い隠すためのものであり、知力・権威の誇示であった。しかしながら、冷たくて、自己中心的で、決して感傷的ではないフェインであったが、「時間がどんどん過ぎ去っていく前に、きみは母親の居場所を突き止めなければならない」(209)とマーヤに母親捜しを勧めたのは、フェインその人であった。

(七) 博士号を取得した二五才のマーヤは、東部の古い名門大学に助教授として就任する。二三〇年の歴史を誇るこの大学では、数年前まで女性はだれ一人終身在職権を得たことも、昇進したこともなかった。マーヤは天職を得たと思えるほど教えることに喜びを見出し、研究においても、一九世紀の無名のアメリカ女性作家に注目し、自分独自の研究分野を掘り当てていた。新しい環境で自立し、誰にも妨害されず、知的前進に専念できると思った。まるで女性戦士さながら髪をヘルメットのように短く刈り、自信がみなぎっていた。辺地の貧困家族出身のマーヤは今、「成功を手に入れ」(248)、「虚栄心」(236)をくすぐられ、「満足感」(248)に浸っている。昔の恋人は私に嫉妬するだろうか、フェインや育ててくれた伯母、自分の母親でさえ今の私を見たら見違えるだろうと想像する。

しかし、さらなる向学を誓うマーヤの世界を侵害する者が現れた。大学の黒人清掃員シルヴェスターによるマーヤへの嫌がらせが始まったのだ。最初は、「おはようございます。クナウアー教授」と話しかける彼の挨拶には何の「皮肉」も、彼女に向ける彼の凝視や笑みにも何の「あざけり」も感じられなかった。「たぶん無意識のうちにマーヤは、皮肉は白人の学究階層の特権だと思い込んでいたのだった。ともかく彼女は間違っていた。間違った思い込みの一年だった」(234)。

シルヴェスターはがっちりした体格の中年男で、目は鋭く、頬には傷跡があり、軽く足を引きずっている。いつもタバコとビールの臭いを漂わせ、仕事は怠慢で、態度は無礼で、扱いにくい人物だとの評判がある。その後シルヴェスターのマーヤへの嫌がらせはあからさまになっていった。マーヤの研究室を乱し始めたのだ。清掃の際彼女の机の上のものをかき混ぜ、並び替え、引き出しを開け、壁の絵をいつもわずかに斜めにし、窓を最上位まで開け放し、トイレを使い、暖房装置を最大限まで上げ、研究室は熱風が充満していた……。明らかにシルヴェスターは、自分の侵害の痕跡を故意に残している。マーヤは不信感、怒り、恐怖を覚え、シルヴエスターに直訴するが、「自分は部屋をきれいにしているだけだ」と言い、マーヤの言い分は彼には全く通用しない。ある夕方、シルヴェスターが彼女の椅子に「大胆に」「王様のように」（242）座っているのに出くわしたが、驚いてひるんだのはマーヤの方で、シルヴェスターは驚いた様子もなく、戸惑いや罪悪感の表情も見せない。

このようなシルヴェスターの嫌がらせは、表層的には、学究界を支配している男性の特権の視点からすれば、またシルヴェスターが代表する男性の攻撃性や肉体的な力の視点からすれば、女性で教授の存在は彼らにとって屈辱であり脅威であることの証左として読めるかもしれない。しかしながら、この章全体を覆っている微妙な皮肉や陰険さに注目すれば、別の読み方が可能であり、また求められている。マーヤは今、男性の地位や権威を手にした「成功」の側にいて、リベラルな知識人の優越感でシルヴェスターを見ている。シルヴェスターの方は、気取りや成功のもろさを意識下で恐れているマーヤを見ている。つまりシルヴェスターは、黒い影として、マーヤの表層に潜む心の深層を写し出す媒介として機能している（Creighton 68）。マーヤの強い自意識と暗い無意識に、被害者意識が加わると、解きほぐしがたい「アイロニー」（234, 242）が生じる。それゆえマーヤには、彼女に向けるシルヴェスターの「あざけり」（235, 239, 241）の正体がつかめない。

この章は「シルヴェスターは黒人だった。これが一番の問題だった。最も重大な問題ではなかったか？」（233）というマーヤの露骨で差別的な憶測で始まっているように、シルヴェスターの行為は全てマーヤの目を通して見られたものである。嫌がらせの被害者であるという彼女の主張は、白人男性の学究階層において「女性」で「教授」であることへの過敏な被害者意識や不安に起因する、マーヤの妄想が生んだものかもしれない。それが顕著に表れているのは、編集長がマーヤの掲載予定の論文について加筆修正の検討を示唆している手紙をシルヴェスターに読まれたのではないかとマーヤが疑う場面である。「彼女は外部では慎重に検討され、審査され、不十分だったのだ」とシルヴェスターに知られたと思うと、「恥ずかしくて顔がほてった」（243）。マーヤは学究界にあって、他者による能力評価にあまりに過敏で、被害者意識に取りつかれている。自信の奥に潜む不安や、自分は「人種偏見を持つような人間ではない」ので「今彼を黒人としてではなく、ただ人間として考えようとした」（239）という言葉から伝わる微妙な優越感や押しつけがましさは、シルヴェスターという鏡に映し出され、シルヴェスターのあざけりとしてマーヤにはねかえってくる。この視点から読むと、シルヴェスターの嫌がらせの行為は反転して、マーヤにとっては説諭的な行為となる。マーヤの研究室のものをかき混ぜて「並び替え」、窓を最高位まで「開け放し」、定位置に置かれている壁の絵を少し「ずらす」のさえ、マーヤが陥っている心の過敏と硬直状態からの、偏見や不安からの、解放の必要性を促していると読める。シルヴェスターはマーヤにとって深謀遠慮な「アイロニスト」であり、マーヤにとってもう一人の影の指南者なのかもしれない（Cologne-Brookes 148）。

（八）　三年間の研究と教育の他に、文芸雑誌への書評の寄稿にも専念した二八才のマーヤは今日、元恋人で同僚の三〇才のグレゴリー・ヘムストックと終身在職権の決定を待っている。業績と教育面において、実質的には二人の一騎打ちであり、二人にとって職業上の未来が今日決定する。グレゴリーは、互いの不安を紛らわすために三〇マイルのサイクリングに出ようと提案する。一見友好的な意図を持つかに見えるサイクリングは、実は、終身在職権の獲得を巡るすさまじい競争の現場そのものとなる（Bender 162）。用意周到なグレゴリーが提案したサイクリングは、長距離のサイクリングの経験のないマーヤにとって明らかに不利であるが、Dalyが示唆するように「ジェンダーと経済背景」の面で、その不利が残酷に浮き彫りにされている（132）。体力的に悪戦苦闘を強いられ、いつもグレゴリーに後れを取り、屈辱感を味わされるサイクリングと、審査員は全員男性で、一人の女性もいない終身在職権の「耐えがたく」（261）屈辱的な状況は、同一のものである。思惑通りに、サイクリングにも終身在職権にも男性であるグレゴリーが勝利するのだろうか？

経済力のある家の出身であるグレゴリーの自転車は反射器のついた立派な一〇段ギアの競争用のもので、一方マーヤの自転車は三段ギアの相当恥ずかしい中古車で、座席はすり減り、ペダルは錆び、すり切れた籐の籠がついている。グレゴリーの身支度も万全で、ヘッドバンド、白いTシャツにショートパンツ、ランナー用の靴、メガネはプラスティックのレンズで留められ、まさに「真剣な目的地」を目指す「真剣な乗り手」のものである（253）。マーヤは厚着の上にジーンズという不用意を恥じた。こぎ始めたころは不思議なやる気に駆られたが、すぐに不安や怒りに変わっていった。グレゴリーのペースについていけるうちは自分を鼓舞できたが、後れを取り出すと、マーヤは先に行かされ、後ろからグレゴリーがマーヤを見張る格好になった。並走を望むマーヤに対して、グレゴリーのかすかな叱責の混じった声を聴いた時、このサイクリングは間違いだったとマーヤは直感する。疲労のため活力も自信も失せ始まると、マーヤはふと「グレゴリーはこうなることを知っていたのだろうか。私に屈辱感を与えるためだけに、このサイクリングを提案したのだろうか」との疑いを抱く（255）。

グレゴリーはいつも一人でいることを好む研究肌の男性で、優秀で成功している女性を対等に扱うことができない。移り気な気質で、自責の念が強く、敬虔になったかと思うと、時に感情が抑えられない。彼の言葉にはいつも知的な冷淡さと皮肉が漂っている。マーヤの優秀さを十分知り、内心脅威を感じているのに、突然同居を提案するような独占欲を見せる。またマーヤの新しい恋人の出現を感じ取り、マーヤの不義をほのめかすような嫉妬を口にする。グレゴリーにとって、彼自身は気付いていないかもしれないが、マーヤは愛の対象ではなく、不倶戴天の敵である。

ストイックに上り坂をこぎながら、いつものマーヤの強みである「力が突然みなぎってきて」「私は絶対にへこたれたりしない」との思いがこみ上がる(256)。だが彼女の疲労困憊と痛みに乗じて、グレゴリーはずっと先の丘の頂上で休息し、忍耐強い表情を装って余裕で彼女を待っている。「彼は私を愛していない。私に失敗してほしいのだ」と突然思う(257)。気まずいムードを断つように、グレゴリーは「僕は僕たちのことを誇りに思う。喧嘩もせずにここまでやれたのだから」と言って、マーヤにサイクリングの中断を提案する。しかしマーヤの生来の「頑固さ」に火が付き、譲歩しない。

グレゴリーの計算高さに対して、業績に関してはマーヤも、不利なことには無言を通すしたたかさを持ち合わせている。学究界では文芸雑誌に寄稿する書評はあまり評価されない。そこでマーヤは「抜け目なく、自分のアカデミックでない書評についてはいっさい口にせず、学究界で通常そのような文書に対してするように、かすかに見くびったり、ほのめかしたりもしなかった」（259）。

昼食後再開した下り坂はクレゴリーが先導し、マーヤにはついて行くのがやっとだった。しかし最も長くて最も急こう配の下り坂にくると、マーヤは危険を知りつつ、グレゴリーの制止の声にもかかわらず、勝負に出て、彼を引き離し始めた。しかし自転車のスピードは加速する一方で、ブレーキが利かず、止められない。パニックで何も考えられない、このまま死んでしまう……。最後は、路肩に投げ飛ばされ、落下し、引きずられ、うめいていた。足の裂傷から多量に出血し、信じられない痛みに襲われ、足は骨折したようだ……。グレゴリーの手際のよい手当てを受けながら、グレゴリーが昇格するだろう……私は妻として町に残るのだろう、と思う。

身なりを整えるために立ち寄ったホテルのトイレの中で、マーヤは二人がとったこの自暴自棄で幼稚な選択を蔑みながら、委員会はもう決定を下しているはずだと気付き、電話で結果を聞きたい衝動に駆られる。だが手紙を待つ方が潔いと思いとどまる。マーヤはグレゴリーに自分の無謀な行為と事故を謝罪しかけるが、彼の表情はぼんやりしていて、マーヤと目を合わさない。対応が遅いウェイトレスのところまでわざわざ行って注文をする彼の声には、「毒がある。彼はいつも指図をするのに慣れているのだ。大事に扱われることに慣れているのだ。委員会がこんな彼を解雇するはずがない」とマーヤは突然思う（269）。その直後「大学に電話をしたでしょう！　あなたは私たちの約束を破ったのだわ！　彼らは何と言ったの？」とマーヤは問い詰める。グレゴリーは投げやりに肩をすくめて、落ち着いた、何とも皮肉っぽい声で「僕の身分についてかい、マーヤ、それとも君の身分についてかい？」と答えた。

劣勢の予想に反して、終身在職権を得たのはマーヤの方だった。だが、その後しばらくしてマーヤは大学の職を辞する。この命がけの、火花を散らしたサイクリングが象徴するように、等しく優秀で、等しく切磋しても本来きわめて機会の少ない終身在職に就くのは熾烈を極め、さらに、これから先も同じくらい激烈な業績主義の現実が待ち受けている。「たぶんマーヤは二八才にしてすでに燃え尽きていたのだ」（263）との思いは、追い詰められてマーヤを裏切ったグレゴリーの思いでもあるのだろう。

（九）研究生活に終止符を打った三四才のマーヤは、ニューヨークでジャーナリストとして現実社会に身を投じ、作家としても活動している。世界の拷問についての国際会議中、マーヤらしくなく集中力を欠き、質問をする寸前に気を失った。六か月ほど前、五一才の時に交通事故で突然亡くなった恋人エリック・ニコルズとの五年にわたる濃密な日々の記憶の中にいまだ引きこもり、深い喪失感に打ちひしがれていたからである。エリックはマーヤが大学院時代に書評を寄稿していた雑誌の編集長で、その後はプロフェショナルなジャーナリストとしての責務を彼女に伝授した。初対面の時からマーヤはエリックに生涯の伴侶めいた運命を感じたが、彼には長年別居している妻と疎遠になっている子供たちがいた。エリックはユダヤ系のエール大卒の頭脳明晰なジャーナリストで、仕事には情熱的かつ精力的であった。エリックはマーヤにとって人生で最後の最愛の指導者であり、またオーツが傾倒するウィリアム・ジェイムズの経験主義・行動主義・実利主義、そして改善説を具現している人物である。彼は「いつも旅をし、いつも動いていて」(287)、事件や歴史の「証人であることは、栄誉な役割であり、なくてならない役割である」(281–82)といつも口にしていた。さらに彼はジャーナリストとしての厳しい使命感を口にする――「他の人々を助けるために、彼らの苦しみの証人であるために、……彼らの痛みを吸い上げ、記録し、保存し、人々に伝えるために、我々ができることをするのが我々の責任なのだ」(282)。今回のマーヤの国際会議への出席もエリックの歴史の「証人たれ」の遺志を継いでの行動だった。

エリックは最高に多忙な人間で、知性の真髄であり、彼自身は社会生活にむしばまれていると思っているが、実際は、それによって元気づけられ、ばらばらのわずかな時間を縫って、目覚ましい実績を上げている。実に驚異的な功績だ。エリックが動き続けていなければならないことをマーヤは理解できる。彼女自身もそう感じていたからだ。つまるところ、活力は命である。活力は真の喜びである。光線のように素早くきらめいて、いつも動いている限りにおいて、死は決して我々の中では生まれないだろう。「光線のように素早くきらめいて」はマーヤがずっと好きだったニーチェの言葉である。(285)。

エリックの生き方についてのこの記述は、作家で研究者で、熱心な教師でもある活力に満ちたオーツ自身に言及しているのではないかと錯覚してしまうほどである。

悲しみのあまり自分を見失いそうになると、「行動が性格を決定する」(294)というウィリアム・ジエイムズの言説を、また在りし日のエリックの行動力を思い出し、できる限り創作、講演にと活動的な生活に身を投じた。小説の題材についても、「きみが抱えている問題を利用すればいい、それについて書けばいい、それをさらけ出せ、それを使って君のために役立たせればいい……これは昔からある伝統だ」と実利的な助言をマーヤに授けてくれたのもエリックであった(295)。

このようにマーヤはエリックから社会的使命感、世界的視野、作家としての基本的姿勢を教

むしろ力強い始まりの瞬間である。母の住む世界は、平和な楽園というより、むしろ荒野かもしれない。だがそれを拒絶し、否定するのは、永久的な亡命の中に身を置くことになるはずである（142）。

結び

自伝的要素を最も色濃く持つ本作品において、オーツの分身である三四才の主人公マーヤは、これまでの人生の大半、優秀な男性の指導者たちからの激励や有力な個人的指導を得て、知的キャリアに向けて猛進してきた。女性としては、小学生の時に受けた性的虐待が心的外傷となり、肉体を否定し、「性差のない」研究生活に没頭する。しかし知的前進は、競争以外に他者や社会との接点を持たず、主体性を失わせ、マーヤの心に疎外感を生む。研究生活に終止符を打ち、恋人となる優秀な男性からジャーナリストとしての真髄を教わり、世界の道徳や差別に取り組む。しかし、「歴史の証人たれ」を信念に行動主義を実践した恋人の突然の死により、深い喪失感の中で初めて自分というものと向き合わざるを得なくなる。自分の行動と選択を振り返る時、自分を欺き、避けてきたある存在――自分を捨てた母親と自分が拒絶していた地域社会――との関係を今から問い直さなければならないと悟る。
この作品では、見てきたように、母親、マーヤ、教授、同僚それぞれの背信行為が冷静かつ直截に描かれている。だが、オーツの言葉を借りれば、マーヤは「最終的には自分自身の背信を受け入れない方を選ぶのである」(Preface 378)。地域社会、母親、過去、そして内面を見つめる女性の視点を受け入れることで、新たな方向にかじを取り、マーヤは人生をより統合的に歩むことができるのだろう。

6章 『これだけは覚えていてほしい』

——一九五〇年代のアメリカの家族像

『これだけは覚えていてほしい』(*You Must Remember This*, 1987) は、アメリカの政治・経済・文化の各面においてきわめて特殊な時代であった一九五〇年代を背景に、労働者階級のカトリック教徒ステヴィック家 (Stevick) の家族が、冷戦下の恐怖、順応主義の風潮、性風俗と道徳的堕落に巻き込まれていく日常を詳細かつ写実的に描いている。家族の中でも特に、伯父フェリクス (Felix) と禁断の関係を持つ一五才の末娘イーニッド (Enid) と、マッカーシズムや水爆実験に代表される政治的恐怖におびえる父親ライル (Lyle) の二人が、もがき苦しみ、再起に向かうまでの姿が物語の中心に置かれている。

オーツの作品で一番読まれていた『これだけは覚えていてほしい』は、彼女にとって飛躍するきっかけとなった作品で、批評家もこの作品からオーツのことを他の現代作家とは違う、本当に最初のアメリカ独自の作家としてより真剣に考えるようになった (Johnson 362)。

本作品を読めば、一九五〇年代に起こったアメリカの国家的歴史的な出来事のほとんど全てを知ることができるが、基本的には家族の物語である。一九四六年から一九五六年までの一〇年間のステヴィック家の父母（夫婦）の実像、娘たちの結婚や恋愛、息子の戦争体験などが、時代を映す被写体として克明に描き出されている。第二次世界大戦後のアメリカの家族の変化を示すために、一九四〇年代後半から五〇年代にかけて結婚して子供を持った世代と、その息子や娘の世代（一九六〇年代後半から七〇年代にかけて成人期を迎えた世代）がよく比較されるが（岩井3）、ステヴィック家はほぼこの世代に当たる。カトリック信者の父ライルと母ハンナ（Hannah）は自分たちの「神聖な結婚」とは呼べない早い結婚に罪悪感と不満を抱き、長女は母親と同じような結婚・専業主婦という画一的な生き方に同調し、一方イーニッドはカトリックの教理や同調性を強いる社会風潮に反発して、背徳的な選択をする。このように本作品では、一九五〇年代の特に労働者階級のカトリックに多かった家族中心の両親の生き方と、母親たちの伝統的な結婚や社会規範への娘たちの同調あるいは反抗という二世代の対比が、当時の実際の社会背景として提示されている。

家族年代記（a family chronicle）は、オーツの文学において終始重要なテーマの一つである。『かれら』『悦楽の園』では最底辺層の離散家族を扱い、『ワンダーランド』では、孤児であり医師となった主人公が、代理父である優秀な脳外科医たちの父権に支配された擬似家族の拘束を経て、最終的には、自分の娘を精神的窮状から救い出すことで、自分自身も精神的に解放されるまでを追っている。さらに「田園の血」や「私はいかにしてデトロイト矯正院から世の中を考え再出発したか」などに見られる、「道徳的規範としての役割」を担うはずのイデオロギーとしての家族形態が破綻した富裕層の家族とも全く違って、ステヴィック家は時代の不穏な風潮や狂躁に巻き込まれながら苦悶する実物大の家族として描かれている。ライルの苦悩と忍耐と行動力を軸に、家族を守り通す父親像と最終的には互いへの情愛を取り戻す夫婦像という、これまでになかったオーツの肯定的な家族像が創り出されている。

『マーヤ』(1986) と『これだけは覚えていてほしい』は、オーツが自分の過去を振り返って書いた珍しく個人的な小説で、姉妹編として読むことができる。一九三八年生まれの作者にとって、一九五〇年代は思春期そのものであった。「『これだけは覚えていてほしい』は私にとって一番身近な作品です。舞台となるポート・オリスカニーは私の故郷ロックポートに非常によく似ていて、多くの思い出が詰まっています。これは歴史的な小説ではなく、一九五〇年代に成長した私にとって全てが本当のことなのです」と語っている (Parini 153, Germain 180)。しかし記憶を通して冷静に一九五〇年代を見直すとき、ステヴィック家も含めて激動の一九五〇年代はある意味で「未熟さ」('greenness') に溢れていたとオーツは捉えている。「最初の題名は *The Green Island* であった。「青い島」とは恋愛の未熟さ、懐旧の想いが抱かせる未熟さ、無垢の未熟さを表している。偽善とさらに、自国の市民に対して多くの捜査書類が不正に作成された犯罪に満ちていたにもかかわらず、アメリカの歴史の中でも奇妙にアメリカ的な無垢を代表してきた、ノスタルジックな特殊な時代が持っていた「未熟さ」である。この未熟さは島の持つ属性である。それは偏狭で、自己充足的で、自分にしか関与していないので、凶運に向かう。激情は集団的にも個人的にも消耗されたので、それは少し距離を置いて、記憶によって、最も正しく熟慮されるものである」と序文に記している。(Preface to *You Must* 379)。

このことは次の三つの点に焦点を当てることで明らかにできると考える。Ⅰ　主にイーニッド、フェリクス、父親がどのような時代の影響下にあって、Ⅱ　自分たちの過ちや未熟さを自覚し、Ⅲ　家族を守るために、父親は最終的にはどのような決断をしているかを追うことによって、作者の意図――時代を超えた彼らの個人としての自己回復――を読み解くことができるだろう。

Ⅰ　一九四六年―一九五六年の時代とステヴィック家

一九四六年から一九五六年の一〇年間、数々の国家的歴史的な出来事、経済繁栄、新たな文化の台頭、ご都合主義・順応主義による結婚と家族の実態などがステヴィック家の日常を取り巻いている。以下はこの一〇年間の具体的な出来事と時代の風潮である。朝鮮戦争（Korean conflict）（1950–53）、共和党上院議員ジョセフ・マッカーシー（Joseph McCarthy）が指揮したマッカーシズム、いわゆる「赤狩り」（1950–54）の猛威と恐怖。一九五〇年、ユダヤ系アメリカ市民ローゼンバーグ夫妻（Julius & Ethel Rosenberg）がソ連への核兵器情報漏洩の容疑で逮捕されて死刑判決を受けた。しかし事件は捏造されたものとされ、寛大な処置を求める運動もあったが、一九五三年六月一九年に処刑されたローゼンバーグ事件（Rosenberg Case）。一九四九年から一〇年近くマーシャル諸島で相次いで行われた水爆実験、核戦争に備えるための民間防衛（civil defense）の訴えと核シェルター建設の推奨。野放図な投資で容易に大金を手に入れ、だれでも裕福層の一員になれたビジネスチャンスの到来。テレビの普及とそれに伴う大衆文化の隆盛と生活の世俗化（ボクシングの試合は当時毎週テレビで放送されるほど人気を博した。熱烈なボクシングファンとして知られるオーツは本作品の執筆途中に本格的なボクシング論『オン・ボクシング』（*On Boxing*, 1987）を書きあげている。『オン・ボクシング』を読めば、フェリクスの攻撃的で、心を閉ざした、ストイックな内面は元ボクサーだったことと密接に関係していることが分かる）。ポップミュージックの流行もこの時代の特徴で、『これだけは覚えていてほしい』という題名は、映画『カサブランカ』（1942）で歌われた「時の過ぎゆくままに」（"As Time Goes By"）の出だしの文句である。本文ではイーニッドが初めてフェリクスとダンスをするとき、この曲が流れている（*You Must* 53. 以下頁数のみ記す）。また道徳面では、避妊を罪とみなし禁止するカトリック教会の影響力が支配的であったが、一方で五〇年代における若者層の性風俗の乱れと一〇代の少女の妊娠の急増という実態があった（クーンツ 296–97）。本作品中でも言及されているように、ひた隠しにされる一〇代の少女の妊娠は「結婚」という形で解消されるご都合主義がある一方で、早い結婚により家庭に閉じ込もることで無力感を味わうという別の風潮も生まれていた。

物語の構成はイーニッドが自殺を図る Prologue（1953）、I The Green Island（1944–1953）、II Romance（1953–1955）、III Shelter（1955–1956）、ステヴィック夫婦のぎこちない性愛の描写と互いへの感謝の言葉で結ばれる Epilogue（1956）から成っている。舞台はニューヨーク州北部にあるオーツの故郷ロックポートにバッファローの工場地帯を加味した架空の都市ポート・オリスカニーである。ステヴィック家は父母、長女ジェラルディーン（Geraldine）、次女リジー（Lizzie）、長男ウォレン（Warren）、末娘イーニッドの六人家族である。一家は古い借家に住み、湖に沿って、ジェネラル・モーターズ、U・S・スチール、スウェイル・シアナミド、ダイアモンド・ケミカルなどの大工場が立ち並び、排煙や廃棄物のために付近の空気は汚れ、悪臭が漂っている。

ライルは中古家具を売買するテナントを何とか営んでいる平凡な男だが、「アメリカの国土はソ連や中国より大きい」と言い張る客の発言を訂正したせいで、「転覆容疑」「共産党宣伝」の嫌疑をかけられ、その日のうちに「流れ作業のように」(72) 警察に逮捕され、「赤狩り」の恐怖を味わう。ハンナは専業主婦で、子育てと家事に疲れ、自分に価値を見出せず、社交を好まず、カトリック教会に出かけるのが唯一の慰めである。母と同じように結婚前に妊娠し、若くして結婚したジェラルディーンは、産児制限を禁じているカトリックの教えに従い、次々と子供を産み、裕福な生活を手に入れるが、両親や弟や妹への思いやりは薄らぎ、存在感の希薄な女性に変わっていく。母親と長女の生き方は、一九五〇年代のアメリカの中産階級や労働者階級の家族内で支配的だった性別役割分業を反映しているだけでなく、体制、社会規範、社会的価値観への「同調」や「順応」を強く求める風潮が女性を家庭に閉じ込めた結果、彼女たちが味わうジレンマ、不満、自信喪失、没個性といった鬱々とした内面的後退も投影している。

一方で時代の申し子であるリジーは、ポップミュージックに夢中で、有名な歌手になることを夢見て、軽薄な乱れた生活を送っている。

優秀で繊細なウォレンは、真剣に時代に向き合うのだが、結果的には時代に翻弄され、時代の犠牲者となっている。彼は一九四八年一八才で入隊し、マッカーサー司令官（General MacArthur）率いる国連軍の上等兵として朝鮮動乱に出征し、生死をさまよう重傷を負い、一九五一年に帰国後三度大手術を受ける。コーネル大学を卒業後ロースクールに進学するが、民主党候補のアドレー・スティーヴンソン（Adlai Stevenson）を熱烈に支持し、大統領選挙に奔走する。だがスティーヴンソンは敗れ、共和党候補のドワイト・アイゼンハワー（Dwight Eisenhower）が第三四代大統領（1953–61）に選出される。その後大学院を中退し、平和活動家として核戦争や水爆実験の反対デモに参加している。

父のお気に入りの優等生のイーニッドは、社会規範やカトリックの教理に従うことに強く反発する。倍ほど年上の叔父と近親相姦の関係を持ち、一五才のとき四七錠のアスピリンを飲んで自殺を図る。自殺未遂後、逆に二人の関係は急速に深まり、イーニッドは妊娠の事実を周到に誰にも知らせず、秘密にしておくが、最後はフェリックスに堕胎させられる。フェリクスは一九五〇年代の家族形態、経済、文化、精神のそれぞれの危うい負の部分を具現している。彼は父を知らずに育ち、母から勘当されて高校を中退後、一九四一年一九才で入隊、一九四五年日本に向かう南太平洋上で終戦となり、二三才で除隊する。その後ボクサーとして地元ではヒーローになったが、最後の試合で惨敗後、突然ボクシングを止める。今度はビジネスに着手し、成功者として華々しくステヴィック家や親族の前に姿を現す。

W・H・オーデンは一九五〇年代を「不安の時代」と名付けたが、そのことを最も表しているのは、ステヴィック家が経験する数々の死であり、死の恐怖である。ウォレンはイムジンの激戦で一度死んだが、「彼の魂が速やかに彼の肉体から出て、魂が肉体の上でさまよっているという異常な感覚」(108)、つまり蘇りの経験をする。しかし帰国後受けた手術で痛々しい「つなぎ合わせの顔」となり、左目は失明同然になる。生き延びはしたが、戦場で受けた肉体的精神的な打撃は生涯癒されることはなく、彼の存在には死と隣り合わせにいる人間の悲愴感が漂っている。ライルは赤狩りで逮捕され、釈放されたあと、屈辱感と極度の疲労の中で地下室の梁にロープを垂らし縊死を図ろうとするが、なんとか自制する。ライルの兄で司祭のドミニック(Domenic)は五九才で急死するが、原因は経済発展の負の遺産である大気汚染であった。早熟で感受性の強い一四才のイーニッドに突然襲ってくる死への衝動には、思春期特有の不安と「自殺は、煉獄ではなく地獄で絶対に罰せられる」(51)というカトリックの教理に対する反発が交錯している。運河の下を流れている急流や湖の下にうごめいている逆流を想像していると、イーニッドはそれらに引き込まれそうな衝動と恐怖を覚える。「もし死ぬときは自分自身の手で、自分の選択で死ぬ。たとえそれが神の意志でも、自分自身の意志の外側にある意志の強要には屈しない」(88)と、死に対して「自分の意志」を貫こうとする。そんな自意識の強いイーニッドは、「自白」の猶予を拒否して、自分の意志で死を選び、処刑を待っているローゼンバーグ夫妻を賞賛し、夫妻に自分を重ねて自殺を図る。カトリック信者の両親にとって自殺は罪であるので、「事故」扱いとなったイーニッドの自殺未遂について、彼らは最後まで微妙に沈黙を通している。それゆえ両親はその後のイーニッドのさらに恐ろしい胎児殺しの事実を知る由もない。

このように、新聞が伝える遠い戦場での兵士たちの死、戦争で生き残ったあとの生き地獄のような現実、無実の人々を精神的窮地や自殺に追い込むマッカーシズム、ローゼンバーグ夫妻の処刑、水爆による死の灰、カトリックの自殺への戒め、イーニッドの自殺未遂と胎児殺しといったように、ここには死がうごめき、ステヴィック家を取り巻く時代の恐怖と極度の不安をまざまざと伝えている。

Ⅱ イーニッドとフェリクス――背徳の恋の修羅と悔悟

イーニッドとフェリクスの三年に及ぶ姦通と、両親の鬱々とした結婚生活（妊娠による早い結婚への罪悪感を今なお抱き、避妊を罪とみなすカトリックの教えに背き、長きにわたり禁欲的な夫婦生活を送っている）は意図的に相対的に描かれている。最終的には、イーニッドとフェリスが迎える修羅場と懺悔の結末と、ライルが父親として家族を守るためにシェルターを建設し、妻への変わらぬ愛に気づく結末は、前者は時代の過ちを犯すが再起を図り、後者は宗教の教義から自らを解き放して自己卑下から自信を取り戻す、という意味において対照をなしている。

イーニッドに代表される一〇代の少女たちの情緒的不安、未熟な自意識、性への目覚めを描くのは、オーツの文学の特徴の一つである。ここではさらにイーニッドの性格に「二面性」を持たせることで、危うさ、衝撃、迫真性が増幅している（Creighton 70）。イーニッドには、イーニッド・マリアの他に、リジーと不良少女グループがイーニッドにつけたニックネーム「エンジェル・フェイス」（Angel-face）が妖しげに住みついている。「イーニッド・マリアはエンジェル・フェイスについてほとんど何も知らないが、エンジェル・フェイスはイーニッド・マリアについて全てを知っている」（36）。だからイーニッドは自分の心に潜む二重人格的なもう一人の存在エンジェル・フェイスをコントロールできず、このエンジェル・フェイスがフェリクスとの危険な情事を誘導することになる。

「良い子」のイーニッド・マリアは学校では優等生で、運動ができ、音楽の才能もある。家では両親とミサに行く敬虔で無垢な娘で、聖体を拝領し、「聖餅が舌の上で溶けるように注意している」(36)。一方エンジェル・フェイスは「ずるく、ふた心があり、淡いチョコレート・キャンディ色の目をして、無知で用心深い表情を浮かべ、鳥のように華奢な体で……こそこそうかがっている。」小悪魔のようなエンジェル・フェイスは「イーニッドのタンスの引き出しを引っかき回し」、イニードに「宿題を忘れさせ」「図書館の本や昼食代を失くさせ」「突然に、気まぐれに横断歩道を横切らせる。」教会ではエンジェル・フェイスは儀式に全く耳を貸さず、イーニッドのうわべだけの敬虔をあざ笑う。エンジェル・フェイスに取って代わられたイーニッドは、リジーと不良少女グループに「ゲーム」だとそそのかされて、万引きのスリルを味わい、挙句は「彼女なら人殺しもできる」と、その後の堕胎を予告されている。

Daly が指摘するように、「良い子」のイーニッドは五〇年代の家族中心の両親が娘たちに寄せる期待に忠実で、礼儀正しい娘であり、「もう一人のイーニッド」であるエンジェル・フェイスは、五〇年代の特徴である欺瞞やご都合主義に反発し、親の期待や道徳的規範に背き、叔父と姦通し、カトリックの教義では罪である自殺を図り、犯罪である堕胎を行なう、違反する心の側面を強烈に表している（188）。

エンジェル・フェイスの別の重要な含みとして、エンジェル・フェイスは理性とは逆の、抗しがたく襲ってくる情動、フロイトの言う「イドに近いもの」を表現しているという見方もある（Strandberg 7）。イドを代弁するエンジェル・フェイスは「良い子」のイーニッドを捨てるようにそそのかす――「イーニッド・マリア、あんたはかわいそうな哀れな女、死ねばいいのさ」（54）。「良い子」を捨てて情動の虜となったイーニッドはフェリクスとの禁忌の情事に一気に突き進む。一四才でありながら酔っているフェリクスを妖しげに誘い、フェリクスからこの間違った関係を終わらせようと言われると、フェリクスを失いたくない一心で自殺を図る。命をとりとめたイーニッドは朦朧とした意識にあったにもかかわらず、医師と父に巧妙に嘘をつき、自殺未遂は「事故」扱いとなるが、自殺を企てたという罪の意識が二人を強烈に引き寄せ、近親相姦のタブーの深みにはまり、官能に溺れていく。

フェリクスは両親から見捨てられ、孤独で、無学で、他者を寄せ付けない、非情な「闘う男」の典型である。家族の愛情を知らない生い立ちに加えて、一九才から二三才までいた軍隊での生活は彼から青春を奪い、「あまりに広漠とした戦争では、彼は人間的な意義を持たず、魂は無感覚になって、その後二度と戻らなかった」（391）。さらにボクサーとしての闘いが彼の性格や生活を決定づけた。リング以外に現実はなく、そのため現実感や生活実感が欠如し、頼れるのは自分の肉体と動物的直感だけである。勝つために最も大事なのは、直感的に対戦者の一撃が向かってくるのが見えるほど冷静でなければならないと分かっていたが、一度だけ対戦者に腹を立てて感情的に連打し、致死的な重傷を負い、ボクシング界を去った。ビジネスマンとしてもパートナーを信じることができないように、イーニッドとの恋愛においても、フェリクスの態度は唯我的で、支配的である。イーニッドを自分だけのものにしたい欲望にかられたフェリクスは、「自分の入りたいときに入っていける私的な空間の中に、彼の心の中にある個室の中に、イーニッドを置いておく必要があった。記憶のように彼の心の個室の中にただ一人いるイーニッドのことを思うと、興奮し、刺激され、夢中になっている自分がいた」(235)。自分の意識の中にイーニッドを閉じ込めるという偏執狂的な心理に陥ると、フェリクスはイーニッドの再度の自殺の企てと妊娠の可能性を警戒するのをやめ、独占欲はさらに増し、烈しい嫉妬に駆られ、暴力的になる。

情欲に囚われた叔父と姪の禁断の関係は、共謀して、堕胎という名の「殺人」を犯すという最悪の結果を招く。イーニッドは母親を上手にだまし、巧妙な嘘でリジーを利用し、家族の誰にも知られないで堕胎を行う。フェリクスの愛を失うことを恐れて、これまで兄、ピアノの先生、担任の先生にも嘘を重ね、「彼女の心は嘘をつくことで疲れ」(274-75)、「長い間嘘をついてきたので、嘘をつくのが第二の性格になっていた」(381)。人間としてすでに自分が堕ちていることを誰よりもイーニッドが知っている。冒頭の自殺の場面でイーニッドが思い出す「燃えているハト」は、手術の直前と直後にも現れ、彼女の追い詰められた心を投影している。

イーニッドは、少年たちが空き地で捕まえてガソリンをかけ、マッチの火をつけた、あのナゲキバトを思い出した。ハトは翼をバタつかせ、狂ったように、円を描きながら、飛んでいった。燃えながら、くちばしをあけて、おそろしいかん高い声をあげて、空中に高く、高く、飛んでいった。それから突然、地面に落ちた。(5)

「イーニッドはハトであった。しかし彼女はハトが燃えながら、大きな円を描いて上空に飛んでいって、見えなくなるのをじっと見ていた」(370)。イーニッドは燃えているハト、つまり「餌食」であり、同時に体内の命を「葬り去る者」であることをはっきりと認識している(Daly 190)。手術が終わるや病院を追い出され、かつては愛の巣であったフェリクスの部屋で負わされる肉体の代償は壮絶である。それはまるで肉体の罪は肉体の苦痛で浄化されなければならないかのようである――出血、吐き気、悪臭を放つ体、蒼白な顔、充血した眼、よろける脚、喉を詰まらせ、せき込みながら、イーニッドは「自業自得だ」とうめく。ウィスキーをあおりながら、自分の行いを軽蔑し、心は病み、別人のように無力になっているフェリクスを見て、「彼も自業自得だ」とイーニッドは思う。「自分とフェリクスが犯した殺害に対して骨の髄の髄まで罰したい」（391）とイーニッドは償いの言葉を口にする。突然にイーニッドの心に、叔父がこの部屋に一人で、いつも一人で、コーヒーを味わうことなく飲み、タバコを味わうことなく吸い、何の興味も抱かず新聞をめくっている姿が見える。フェリクスという一人の人間の心の空虚、人生への実感のなさを知り、イーニッドは絶望と悲しみに打ちひしがれ、もはやフェリクスを見るに堪えられなかった。だがフェリクスの中に見たのは自分自身の姿でもあった――「無用で、何の目的もなく、破滅の運命にある」（392）。イーニッドがどん底にいる自分と相手を初めて客観的に正視し、二人の関係を終わらせる瞬間である。

イーニッドと決別したあと、フェリクスも破滅の道をたどる。将来性を見抜いて投資し、大事に育てていた一八才の黒人ボクサーをリングで死なせてしまったことへの無念に加えて、イーニッドにしたことへの悔悟の念は彼を責めさいなませ、自暴自棄に走らせる。死なせてしまったボクサーの父親と暴漢に泥酔状態のまま報復されて人事不省に陥る。

もしライルが多少の皮肉を込めて、だが確信して言うように「フェリクスはいつだって自分の足で着地する」（421）のなら、それは彼のボクサーとしての自己鍛錬やプレーの公正さ、自制心、人間的な虚偽のなさに依拠している。初めてイーニッドと不道徳な関係を持ったとき、「おれは自分に吐き気を感じる。おれは本当にそんな卑劣なことをする人間じゃない！――君のような年の女の子、兄の娘につけこむなんて。おれはそんな種類の人間ではない」（132）とイーニッドに謝るフェリクスが過去にはいた。また自暴自棄の時にも「人が最終的にどんな人間になれるのかは謎なのだろうか？」（401）と初めて理性的に自分と向き合おうとするフェリクスがいる。以前、父を知らないフェリクスが義兄ライルに「父親とはどんなものだい？」（282）とたずねた言葉には、家族を求める彼の心の変化が読み取れる。「エピローグ」でフェリクスは近く結婚すること、この町を出て新しくやり直すことをイーニッドに伝える。

イーニッドの深い悔悟を少しずつ和らげ、心の空虚を満たし、生きる力と意志を取り戻させてくれたのは、音楽であった。いつもは厳しいピアノの先生が、三か月間レッスンから離れていたイーニッドに思いやりをもって、叱らず、以前に修得していた作品をあせらずもう一度弾き直すよう指導する。ピアノの前に座り、一つの鍵盤をたたき、「あの一つの澄んだ素晴らしい音を引きだすために」（424）、イーニッドは謙虚に、もう一度やり直そうと決意し、ピアノに没頭する。

彼女に心の目を開かせてくれたのは、母のキルトであった。ずいぶん昔に母がイーニッドのために縫ったキルトのかけ布団の模様は、白い生地に、すぐには分からないくらい大小の白い環が何重にも何重にも重ね合わされ、白いアップリケ、白い刺繍がほどこされた目を見張るほど精妙なものであった。ハンナ・ステヴィックの人生のとても多くの時間がそこに縫い込まれている。だが「家族の中で母が縫ったこのキルトを見た者がいただろうか」「母のかくも多くの時間、かくも深い愛にどうやって報いることができるのだろう」(419) と、顧みられることのなかった母の人生に初めて触れたイーニッドは、母から受け継いだ芸術の才能を大切にして、母の愛に恥じない自分の生き方をすることを誓う。

一九五六年五月末、イーニッドは秋に入学予定のニューヨーク州ロチェスターにある音楽大学を訪れる。「大学なんてあんたには値しない」と激しい、あざけるような、とがめる声が彼女の心の中から聞こえてくる。しかしキャンパスに響いている様々な楽器の音を聞き、大学のピアノを弾くとき、幸福感が何度も何度もこみあげてくる。イーニッドは母の無償の愛や芸術の力に支えられて、一つの澄んだ素晴らしい音を、新しい自分を探し求めて、人生の門出に立つ。

以上のように、イーニッドとフェリクスの愛の迷宮と修羅場は残酷なほどありのままに描かれている。二人は確かに罪を犯したが、絶望の中でもがきながら互いの過ちを正視し、罪を抱えて次の第一歩を踏み出している。

Ⅲ 政策としてのシェルターからライルのシェルターへの変容

ライル・ステヴィックが冷戦下の恐怖と政治的不正の中で生き延びるために持っている資質は、揺るがない自制心と正義感、家族への愛、そして家族を守り抜くという強い責任感である。しかし彼の全体像には、精神的な強さと豊富な知識にもかかわらず、孤独な家族背景や早い結婚により大学を中退せざるを得なかった人生設計の頓挫のためにどこか敗者の悲哀が漂っている。不満、怒り、疑念、軽蔑、屈辱感、失望、嫉妬、欲情、喜び、愛情、感謝の気持ちが溢れ出ている凡庸な人間ライルの饒舌な語りは、オーツが開拓した新しい語りの形である。オーツが「尋常性」や「普通」、あるいは平凡な人間を描くことはこれまではほとんどなかった。ささやかな成功さえ味わったことのない凡庸な人間を全人格的に捉えたライルの創造がこの作品に滋味と真実性を生み出している。

ライルの父カール（Karl）はポート・オリスカニーの市長を務め、政界引退後はビジネスマンとして成功したが、五〇才をすぎて息子たちより若いショーガールに溺れ、家族を捨てた。六二才の時にカールは病気を恥じて、病院でピストル自殺をした。若い頃ライルは父に愛されず、捨てられ、母親は四〇才代で亡くなり、深い孤独感を味わった。さらに自殺はカトリックの教えでは「恐ろしい罪」（20）であったので、父親の存在は一家にとって長らく恥であった。ライルは好意を寄せていた女性との結婚は宗教の違いからあきらめ、ハンナの妊娠が判明したので大学教育を途中で終えて、結婚したのだった。しかし家族のために日々営々と働き、四人の子供の父親として子供を愛し、黙って成長を見守り続けた。一番のお気に入りの成績優秀なイーニッドは彼の誇りであり将来を楽しみにし、奔放なリジーにはひたすら忍耐し、優秀だが繊細なウォレンは弁護士になる志を捨てて平和運動に身を投じているが、その選択を「非現実的」（284）だと失望する。義弟フェリクスから「父親とはどのようなものか」と聞かれると、堰を切ったように言葉が出てくる。「特に意識していなくても、時々、子供のことをずっと考えていて頭から離れないのだ……子供たちが小さい時は、ほとんど心配ばかりさ。もちろん愛が先さ。愛があり、また心配になるのさ。たぶん心配なんてものよりもっとひどいものさ。腹がむかむかするような感じだ。寝ても覚めても。……父親であることはおれの人生でかけがえのないことだと思う。ハンナとおれが本当にできたことはこれだけだ。ほかに何があるだろう……」(283)。欲望のままに生きた父親を反面教師としている部分はあるが、ライルには、自分を抑え、自分以外の誰かを守り、愛する人間に普遍的にあるひたむきさと精神的屈強さが秘められている。

そんな善良な一市民のライルが赤狩りの容疑者として逮捕され、六時間に及ぶ尋問を受ける。執拗に巧妙に繰り返される質問にその都度忍耐強く説明し、共産主義者の仲間の名前を挙げるよう迫られても、断固として「だれも知らない」と正義を貫く。尋問中、敗者のイメージは全くなく、彼の正義、信念、勇気、自制心、忍耐力がおのずと現れている。息子のウォレンが朝鮮で共産主義者と戦い、名誉のパープル・ハートを得たという事実のおかげで釈放された。「避難場所」であり「聖域」(80)である自分の店が警察に捜査され、汚されたことで、ライルは「子供を守れない無力な父親」(81)になるのではないかという恐怖に襲われる。一九五四年六月マッカーシー公聴会後、マッカーシズムは終焉を迎えたが(国務省に提出された八一の文書だけでも、そのことごとくが不正であった)、今度はフーバー(J・Edgar Hoover)がマッカーシーに取って代わっている。

水爆実験や核戦争に今また言いようのない戦慄を覚えるライルは、一九五五年の夏、最悪の事態に備えて家族の命を守るために、本気で、自宅の裏庭の四フィート地下に防弾シェルターを建てることを決意する。民間防衛の手段として推奨されている個人用防弾シェルターの写真がライルの心をとらえたのだった。シェルターなど全く馬鹿げていると思ったが、それでも家族を愛する者としてはそこに「ロマンス」（215）を感じたのだった。このロマンスの感覚には、観念的な性格で、文学を愛し、基本的にはロマンチストで、少し好色でもあるライルの性質が非常によく現れている。このように、市民の防衛手段のための、政策としてのシェルター建設は、ライルにとって、家族を守るための、父親として与えるべき庇護、果たすべき一種の使命に変容している。

さらに、シェルターの建設は個人としてのライルに自己達成感を味わわせ、またシェルターそれ自体がライルとアンナに夫婦の輝きを取り戻させる聖なる場所としての役割を果たしている。ライルはフェリクスから借金をして、最新の民間防衛ガイドラインに沿って、その設計に始まり、保護服や、展望鏡、発電機、放射能測定機などの装置の購入、九人分六〇日分の生活必需品の購入など、全て自力で完成させた。シェルターの壁には、静かな照明効果を出すために銀色に光る壁紙が貼られている。そしてシェルターを「明るくするために」、ハンナがベッドカバーを作ってくれていた。家族のために完成させたシェルターはライルにとってとてつもない誇りであり、光る壁は「彼自身の魂の神秘的な部分」（325）であると感じる。銀白色に光るシェルターはつかの間、破壊や汚濁の恐ろしい外の世界からライルを隔離し、ライルの心を照らし出す霊的な場所となっている。魂が安らぎを取り戻すと、記憶の奥に眠っていた二五年前の、一八才の若きハンナ・ウィアーと彼の純粋な愛の交感が突然蘇ってくる。二人は「神聖な結婚」に背いた若き日の行為をずっと恥じてきたが、それは罪や宗教と無関係な、実は「とても純粋な、とても自然な肉体の欲望によるものだったのだ」（427）。突然ハンナに欲望と愛を感じたライルは、避妊は罪であるというカトリックの教義に縛られた一八年間の禁欲に終止符を打つべく、「今ここで抱きたい」とハンナに訴える。夫の切実な願いに従順に応じたハンナの態度とは対照的に、好色な目で見ていた数人の女性を思い出しながらのライルの悪戦苦闘は実に滑稽だが、ライルの性的能力は取り戻せない。だが次の会話で終わる意外なエンディングで、二人は本当の気持ちを吐露し、互いへの愛は取り戻せている――「彼の心臓は勝利でどきどきしていた。彼のすべての血管は驚きと幸福感と感謝でほてっていた。彼は言った、「ありがとう、ハンナ。愛している、ハンナ」そのすぐあとで、静かな、ほとんど聞き取れない答えが返ってきた――「私も」」（436）。

結び

一九五〇年代の冷戦下の不安と恐怖、同調性の強要、カトリックの教理絶対主義、性風俗による道徳的堕落を背景に、イーニッドの自殺で始まる「プロローグ」と、ライルのシェルター建設とステヴィック夫妻の愛の確認で終わる「エピローグ」に具現されているように、ステヴィック家は死から性愛・愛へ、暴力から庇護へ、絶望から再起へと大きな変化を遂げている。彼らは時代の激流に巻き込まれながらも、今までのオーツの作品には表面化していなかった、凡庸な人間の人間的資質――正義感、責任感、自制心、勇気、知性、意志――や芸術の力、社会貢献によって、全員がそれぞれの形で苦境を乗り越えている。ライルが建てたシェルターは彼が今までに一度も味わったことのない、個人としてのささやかな勝利感さえもたらしている。ハンナの場合も、その素晴らしい裁縫の才能を活かしてドレスメーカーとなり、家庭から外に出る機会も増えるうちに自信を得て、卑下を抜けだし、生来の素朴な明るさを取り戻している。

以上のように、過酷で騒然とした時代や社会において個人が誤った選択をするとき、彼らのもがき苦しむ姿と胸中を偽らずに、あまさず描くことに作者は専念している。絶えず変化し続け、時に社会的大変動に襲われるアメリカ社会において、オーツが考える作家の使命とは、徹底して個人の生き方にこだわり、個人を全面的に描くことであり、そうすることで個人の精神的回復、そしてアメリカ社会全体の失地回復が見えてくることをオーツは願っている。それゆえ、ステヴィック家の家族は過去のある特殊な時代の人物としてだけではなく、現在の、未来の困難な時代を生き抜く人々の普遍的な懸命さを代表していると言えるだろう。

7章　『密会』

――一九八〇年代後半のアメリカの家族再考を反映した、新たな家族像と人間群像

一九八八年から一九九〇年の二年間に書かれた次の三作は、ちょうど五〇才代に入ったオーツの新境地と円熟味がうかがわれる作品である。清新なオーツに出会えて、嬉しさと安堵感めいたものが湧く。短編集『密会』（*The Assignation*, 1988. "The Assignation" が Rea Award 受賞）、長編小説『苦いから、私の心臓だからこそ』（*Because It Is Bitter, and Because It Is My Heart*, 1990）、中編小説『扉を閉ざして』（*I Lock My Door Upon Myself*, 1990）である。オーツの作品に通底する「性と愛、人種、家族、道徳、自我と自己」のテーマの結集、異なる形式における技法の円熟、オーツ自身の精神的解放感などから見て、これら三作は切り離せない作品と考える。特に『密会』は従来の強迫観念や宿命感からの解放、人生の達観、新しい技法の完成度から見て、オーツの多彩なキャリアの中でも記念碑的な作品である。「ミニチュア物語」（'miniature narratives'）とオーツが名付けた『密会』は、一～二ページほどの短いものも含むどの物語においても、普通の人々が日常生活にのぞかせる一瞬の戸惑いや疑惑、偶然の出会

い、記憶などが人生全体を集約し、小説のもつ深みと広がりを湛えている。短編小説の本領発揮であろう。四四編の題名もきわめて日常的なものでありつつ、暗示と機知に富んでいる。『密会』に見られるオーツの新生は、『苦いから、私の心臓だからこそ』と『扉を閉ざして』において、白人と黒人との関係において禁忌とされ、アメリカが触れたくない性と愛の問題を真正面から見据える契機となっている。特に民話風の文体を取った後者では、社会と絶縁した個の自立と絡めて、互いに求め合い、肉体的に結ばれた凄惨な真実の愛が深い感動を呼ぶ。

「父権家族、道徳、自我と自己」の従来のテーマを色濃く持ち、「自分主義」(meism) の出現した一九七〇年代の苦悩を反映している『ワンダーランド』(*Wonderland*, 1971) の概要をまず述べる。次に、家庭内の役割や男性が求めた鋳型の中で生きる女性を描いた、一九六〇・七〇年代のオーツの代表的な短編と、それらと背景、役割、人物像などが類似している『密会』の中の短編を比較吟味する。そうすることで、約三〇年間のアメリカの家族・社会の変化と、一九八〇年代後半にアメリカで起こった家族観の見直しを背景に置いた、オーツ自身の人間観や家族観の変化を知ることができよう。

I　『ワンダーランド』――人格の変幻の追求

「この作品で作家として一つの局面を終えた」（Clemons 39）とまでオーツが言った『ワンダーランド』は、外的世界に自分の肉体を自由自在に変化させるルイス・キャロル（Lewis Carroll）の『不思議の国のアリス』（*Alice's Adventures in Wonderland*, 1865）に触発されて書かれた野心的な長編で、オーツの作品の中で最も優れた作品とする批評家もいる（Johnson 119）。脳の病理について膨大な資料を読んだと言うオーツは、ここでは、人間の「脳と心」という究極の相関関係に取りつかれている。脱出不可能な脳と平行して、あらゆる生命体にある平衡と修正のメカニズムである「恒常性」（"homeostasis"）（*Wonderland* 118–19. 以下頁数のみ記す）を作品に浸透するメタファーとして伏せている。エゴが肥大化した個人による支配や外的世界によって移り変わる「人格の変幻[1]」の葛藤と迷路を必死でくぐりぬけ、ついに主人公が本当の内なる自己の探求に向かう文学的真実が突き止められている。

借金のために実父が一家殺害を図り、ただ一人生き逃れた孤児ジェシー（Jesse）は、その後アメリカ国家やアメリカの精神を寓意的に示す複数の父親・父権に強烈に支配される。孤児はオーツがしばしば使う設定で、彼にとって自由は自己のアイデンティティの喪失・自己を支える外的世界の喪失に等しいという意味で、孤児は悪夢のような自由を表象している(Friedman 99)。世界から孤立した唯我的祖父、虚無的実父、エゴ肥大の極致で、父権主義の権化ペダーセン医師(Dr. Pedersen)、人格を「永久的なものではなく、全く不安定で、一つの幻影にすぎない」(359, 360)と定義する冷徹でドグマ的実践主義者ペロー医師(Dr. Perrault)、実利主義と通俗性を備えもつ経験主義者で「人間の肉体を完璧な機械とみなす」(208)キャディ医師(Dr. Cady)の五人の父親・父権である。自身も医師となったジェシーは仕事至上主義に囚われ、家庭では夫・父親として妻や娘との心の交流を顧みず、三人の医師たちがたぎらせる権力と独断に呑み込まれそうになり、内なる自己を封印する。しかし象徴的なタイトルをつけた最終章「夢想するアメリカ」('Dreaming America')において、父権的な父親に反抗して家出し、六〇年代から七〇年代初頭のサイケデリックなアメリカン・ワンダーランドの中でフェティシズムの餌食として陵辱された娘シェリー(Shelley)(自己を閉ざした貝)の父を拒絶する絶叫の中に、実は父に救いを求める声を聞き知り、ジェシーは内なる自己をついに発見し、命を懸けて娘を救い出す。最終章はほとんどの批評家が、前の二章より迫力と説得力において劣るとしているが、筆者はジェシーの必死の自己探求を投影している章と解するJohnsonと同意見で、最終章を最大に評価する。「夢想するアメリカ」の章の存在によって、最終的には脳は象徴的な意味において「非人格的」になっている。すなわち脳は、人間性を分かち合う者としての相互認識に至ったとき、閉ざされ孤立した自我を乗り越えることを促す「驚くべき能力」として示されている（*Understanding* 138）。ジェシーは絶望の淵にいる娘の心と同化して、個人であることの上に共に生きる生き方に目覚めたのである。[2] 筆者自身には、この本自体がC・G・ユングの唱える「個性化の過程」を具現し、「夢想するアメリカ」の最終章は、「個性化」の実現に相当すると読める気さえする。[3] A・トクビィルは『アメリカの民主政治』（1835, 1840）の中で、アメリカの民主主義に潜むアメリカの個人主義の行き着く先を「民主制では、各人は自らの祖先を忘れるようになるが、自らの子孫も姿を消すようになり、そして自分自身をその同時代の人々から引き離すようになっている。そこでは、各人は絶えず自分一人に立ちもどり、そしてついには、自分自身を自らの心の寂寥のうちに全くとじこめてしまうことになる」（190）と予見しているが、これはオーツがこだわる「孤児」のイメージと重なり合う。しかしオーツが 'Dreaming' と言うとき、「夢想する」とは個人が、民主主義や資本主義に内在する暗い孤立主義や獲得原理にただれた悪夢的なアメリカに呑み込まれそうになりながら、どくろを巻く小さな自我からの解放を求めて彷徨し、内なる自己を模索し続ける精神風景を示唆している。

Ⅱ　一九八〇年代後半のアメリカの家族再考

松尾弌之の『民族から読みとく「アメリカ」』は、アメリカでは移民が国の活力や発展に貢献する一方で、人種問題は生得的であることを再認識させられる。旧世界や家族を過去のものとして断ち切ってきた移民の国アメリカでは、民族により異なりもするが、家庭を築き守るより、個人として生きる生き方や、未来へのビジョンを求めて止まない。それゆえ家庭は監禁の場であり宿命であり、さらに富の追求をアメリカの夢とみなすアメリカでは、家庭は根源的に退廃と機能不全の要因をはらんでいる。それでもオーツは世界というものを、感触できない「メタファーとしてではなく」、人々が共に根を下ろして生きる「我々の唯一の家」として強く認識している（*Contraries* 168）。この地上では人間は一つの家族であり、人種、共同体、社会は生来普遍的につながり、共生できるという宇宙的視座がオーツの世界観・家族観の根幹にあるように思う。

ところで、『密会』の背景には、一九八〇年代後半からアメリカで起こった家族のあり方を再考する風潮があったことを考慮に入れるべきだろう。アメリカの女性社会学者ステファニー・クーンツ（Stephanie Coontz）による『家族という神話――アメリカン・ファミリーの夢と現実』（1992）は、白熱した家族再考や論争にとどめを刺すような衝撃的な書である。家族論争の焦点は、現在の家族のあり方を否定して、一九五〇年代の郊外に住む白人中流階級の伝統的核家族への回帰を求める風潮であった。だがクーンツによれば、五〇年代の白人中心の理想的な伝統的核家族――富と愛に満ちた夫と妻の関係、父と母の役割分担がなされた完璧な家族――は存在しなかった、と豊富な資料で検証し暴いている。精神安定剤は五〇年代に生み出され、女性のアルコール消費量が急激に増えたのも五〇年代であった。さらに二〇世紀アメリカにおいて一〇代の出産が最も多かったのは一九五七年だった（64-65, 296-97）。これらの事実は、五〇年代の理想の家族像は「神話」であったと呼ぶのに十分に説得力がある。『アメリカの家族』の中で著者は、八〇年代後半、人々は自分の居場所を失い、疎外感を感じながら、キャリア一筋ではなく、パートナーや子供たちとの親密な関係を大切にしたいと考えるようになったと指摘している（岡田）。あらゆる境界を突き進むアメリカは九〇年代に入ると、人工受精、代理母、同性愛者の結婚と養子の育児、遺伝子組換といった多様化した家族の形態を創り出し、新しい絆を求め、開かれた家族を実現しようとした。

クーンツが論証している五〇年代の家庭神話の実態をオーツは『これだけは覚えていてほし

い』で活写する一方で、クーンツが提唱している人々の相互依存の必要性を二〇年前に次のように印象的に語っている。「我々は相互に結ばれているのです。我々は個々で、別々の存在のように思われますが、事実はそうではないのです」(Clemons 35)。また同じく一九七二年の別のインタヴューでは日常に潜む魔性と救いといった日常性が持つ多義について触れている――「ここウィンザーでは、日々の生活は人々で溢れています――両親がやってくる、荷造りをしなければいけない、最後の手配を済まさなければいけない、今晩夕食に何を出そうか、といったような、数十、数百の雑事でいっぱいです。でもこのような些細な出来事があるから有り難い！ 日常の些細な出来事のおかげで、私たちは闇の中に、摩訶不思議な世界の中に落ちていかなくてすんでいるのです」(Bellamy 27)。アメリカの個人主義（独立独行の精神、孤立主義とも換言できる）には非常に困難に思われる相互依存、人と人のつながりや親密さ、家族を超えた社会的絆、などの実現の可能性を『密会』では主に日常生活の中に見出している。

Ⅲ 『密会』――日常性の回復と人間関係のつながり

『密会』の扉にある、イタリア作家イタロ・カルヴィーノ(Italo Calvino)(1923-85)の

Invisible Cities からの引用句は、この本の基調を成すものであり、読み手の意識を強く促すものである――「物語を支配しているのは声ではない、耳である。」読者は、静寂、記憶、押し殺した夫のすすり泣き、笑いを振りまく痴呆気味の老人、悲運を背負って生まれた人間の声を発せないヤギ少女に耳を傾け、隠された心の声を聞き取ることが求められている。その意味で「我々が物語そのものである」というオーツの意図が解せる（Schultz 202）。最も短い七行のオープニング・ストーリー「一つの肉体」（"One Flesh"）はオーツが常に寄せる肉体への原始的信頼と、この本全体を包んでいる感覚的、身体的イメージを定着させている。ソファーの両端に座った二人は、雨の降る夜、濡れた草木の匂いを感じている。はっきりとは聞き取れない鋭い音の音楽が、記憶に残っている音楽のように部屋に浸透している。大きな羽をした虫が彼らの頭上を飛び交っている。数台の時計が一つに合体して、時を刻んでいる。二人は無言のまま、自然の静寂、臭覚、聴覚、視覚を共有し、二つの肉体は一つの肉体となって人と人、人間と森羅万象をつなぐ何かに耳を傾け、それを感じ取ろうとしている。凝縮した言葉は魅惑的なオーロラを発し、様々な人間関係の回復に寄せる期待が込められていて、この短編集のプロローグの役割を果たしている。作品は五種類に大別できる。（一）日常性のもつ明暗にスポットをあてたもの（二）夫婦、親子、恋人の交流や問題を扱ったもの（三）主に若い女性の爽やか

な人生の再スタートを感じさせるもの（四）他人との出会いやつながりを求めるもの（五）人生の晩年を一人迎える老人（男性）の追想を描いたもの。（一）から（五）を代表する作品を読み解いてみたい。

（一）「逸話」（"Anecdote"）は二ページ足らずの短い作品だが、奥行きはとても深い。彼女は町で恋人を見かけて、声をかける。彼は笑顔でその声に応じるが、実は彼女だとは気付いていない。彼女は驚愕し、瞬間、男の自分への愛の猜疑心にとらわれる。相手が自分に気付かないあらゆる可能性が頭の中を駆け巡るが、彼女は結論に達する――いつの日かこの事件は「逸話」となるだろう。老夫妻がしばしばそうするように、相手への気遣いと戸惑い気味の愛情を見せながら、子供たちや親族の前でしばしば引き合いに出され、語り継がれるあの懐かしいエピソードの一つとなるだろう。一見突拍子もない発想において逆に手応えを感じさせる日常性というものの見直しが軽やかにここにあり、その永劫性を称えている。

「ロマンス」（"Romance"）は、麻薬中毒者で売春婦らしいハイティーンの少女が中年男を誘惑するが、男は自分でも驚くほどきっぱりと、冷静に拒否するという、一見なにげない話である。オーツは一九六九年のインタヴューの最後で「向こうの川面に平和に浮かんでいるあのボートがいつ何時転覆するかもしれない。その時私はボートに乗っている少年を救うことはできない」とつぶやいている（Clemons 6)。一瞬先、眼下は奈落の底、人生の偶然性の悲劇という従来のオーツの強迫観念の構図からこの中年男は踏み止り、日常に潜む転落を免れている。逆に「牽引治療中」（"In Traction"）では、何不自由ない生活の中で日常の倦惰に囚われ、自分を見失って自殺を図った女性にとって、日々過ぎ行く時間の中に身を置いてただ「待つ」こと（'wait' はこの短編集によく出てくる）が再び生きる治癒となっている。

（二）「口論」（"The Quarrel"）はゲイカップルの叡智ある選択の話。かつては激しく燃えた肉体の愛の炎は衰え始め、平和で内省的な日々を送っている五〇才代のゲイカップルの生活に小さな事件が起こった。ガレージに潜んでいた強盗に襲われ、カップルの一人が負傷する。別々に警官の尋問を受けて、答えた二人の犯人像が全く異なっていた。二人は警官たちの前で激しく口論し、互いの顔の中に嫌悪と蔑みを見て取る。しかし月日が経つうちに、頬に永久に残る傷痕については決して触れられることはなく、警察の無能と不信を証明する逸話にすり替えられていった。この「我々の不思議なちょっとした冒険」（*Assignation* 63. 以下頁数のみ記す）以来、二人は決して相手の理解のくい違いに涙を流したり、口論をしなくなった。同性愛者としての、一線を踏み越えない覚悟めいたものを自覚し、通常の男女の間ではなかなか達し得ない、相手への礼節をわきまえたパートナーシップを築いていく。客観的視点で語られる事件の顛末に漂う諧謔とペーソスは、愛あるどのような形態の人間関係も容認する寛容さを含んでいる。親密さとは互いを認め合って受け入れることであり、アメリカ人がとても大切にする人間関係の要だろう。このゲイカップルは親密な人間関係の極意を修得したのである。

「中心地帯」(“Heartland”)はアメリカの老齢化社会と家族のあり方を鋭く問う一編。大学で研究に打ち込む一人娘は、両親にあれ程愛されて育ったのに、彼らを疎ましく思っている。何年かぶりの娘の儀礼的な訪問同様、両親も娘を形式的に受け入れる。愛に包まれていた自分の部屋は、埃をかぶった物置部屋と化しているのに愕然とする。だが自分の居場所がないと感じる娘は、両親にとっても家族がいなくなって久しいのだという深い認識や罪悪感に至っていない分、問題は深刻だ。老いた両親の外見の変貌は痛ましい。カナリア色に染めたカーリーヘアーと厚化粧には、いつも素顔だった昔の母の面影はない。考え込みがちな性格だった父は、ヘアーピースをつけ、愛想笑いを浮かべ、月並みな挨拶を繰り返す。実力・成果主義のアメリカでは、老人は無用の存在として子供から見捨てられ、社会からも排除される。そのことへの彼らの抵抗や迎合として、アメリカ特有の老人の若作りが浮かび上がる。上昇志向文化の中心にいる知的な娘は、両親の外的、内的変貌の正体は何なのか、自らに問おうとしない。家族の絆とは何か。かくもたやすく忍び寄る心の空洞をせき止めることはできるのか。アメリカにあっては、家庭は社会の取捨選択を映し出す鏡であり、そのメンバーは家族にさえ譲れない頑強な個であり、家庭は疎外の場であると思い知らされる。

（三）本短編集の主に若い女性の解放感や再起を描いた作品は、六〇・七〇年代のオーツの短編を占めている、男性が求めた少女・娘・母親といった役割や鋳型に閉じ込められた女性の不安や恐怖と比較することにより、女性の生き方・感じ方の変化がより鮮明になる。オーツは意図的に類似した物語を書いていると考えられる。（三）と次の（四）に属する作品群は、この約三〇年間のアメリカの家族や社会とオーツ自身の変化を知るのに適している。

初期の「娘」（"The Daughter"）と「頑固者」（"Mule"）は、タイトルそのものが内容の明暗を言い当てている。「娘」では、母の男性遍歴を許せず、義父に罪悪感と愛情を抱く一四才の「娘」の思いつめた気持ちが母親の情念にもまして、重苦しい雰囲気を生み出している。「頑固者」のママはタフだが男にはめっぽう弱く、不気味なユーモアの持ち主で、気まぐれかとおもえば頑固な面もある。ある日突然、娘に向かって「家を出ていってほしい。自分を一人にさせてほしい。首をつりたいのだけど、あんたがいると邪魔だ」（23）と言い渡す。「私はひとえにプライバシーがほしい。求めすぎかい？　おいしい朝食でもお食べ」（26）と娘に数十ドルを手渡し、別れのキスを求める。涙を浮かべて歩く汚いアスファルトの道や見慣れた風景は、驚いたことに「新たな日」(27)として娘の目に飛び込む。「やってゆけそうだ」と彼女は直感する。そして「私は今学びつつある」と爽やかに自立の門出をつぶやく。気まぐれママは、対話巧者の上に、意外としっかりした定見の持ち主かもしれない。

「傍観者」("The Bystander")は、夫に蒸発された結婚の失敗、読み書きが十分でないことなど、鬱々とした敗北者意識に捕らわれた五一才の中年女性が、あるとき起こった事件では「傍観者」ではなく、一瞬の躊躇もなく強盗に向かって突き進む挑戦者に変貌するという話である。偶然出くわした凶悪犯を取り押さえた事件、正確には、自分の肩に発砲した犯人が自分の存在価値に気付かせてくれた媒介者、人生再起の起爆剤になる、というどんでん返し風の結末が奇妙にも真実味があり、かつ痛快だ。彼女にとって何より大事なのは、新聞に載った英雄扱いの記事ではなく、自分自身の実感である。銃を持った凶悪犯を相手に「自分の強さ、力、意志」(101)をぶつけ、自分が勝ったのだという勝利感が彼女の体を熱くする。パートで生計をつなぎ、なんとか生き延びて来た、余り賢くもないこの中年女性の目覚めは、生活者ならではの迫真のすごみがあり、「中心地帯」の女性が属している研究機関で論じられているだろうアカデミックなフェミニズムが示す女性の自立とは、明らかに一線を画している。「傍観者」を初期の「大洪水の中で」("Upon the Sweeping Flood")と比較すると、約二〇年間のアメリカの社会における家族の変化は、母子家庭と役割分担の核家族という明瞭な形となって現れている。「大洪水の中で」のハイミドルクラスの父権的な夫である主人公は、他人を救おうというキリスト教的利他主義の大義に駆られ、嵐の中に突き進む。大洪水の中に置き去りにされた離散家庭の姉と弟との遭遇によって、彼は妻子との交流の欠如した家族関係と利他主義の欺瞞、それぞれの仮面を剝ぎ取られることになる。他方、イングラム夫人（Ingram）が強盗に立ち向かった動機には、隣人愛的、母性愛的義務感が確かにあったことが控えめに記されている。人質に取られた青年の母親は、昔同じ学校に通った同郷人で、がんの手術を受け、夫に先立たれた古くからの友人であった。辛い孤独な境遇を生きる女性同士が支え合い、助け合う心をさらりと描くときのオーツの筆には名状しがたい温かさ、人間のぬくもりがある。長年苦しみ、耐え、家族を支えてきた努力は報われていいのだ、というイングラム夫人のささやかなドメスティックな勝利感には、「大洪水の中で」の夫が求める社会的大義や使命感にはない真実味があり、平凡なひたむきさは人を勇気づける。

有名な初期の「どこへ行くの、どこへ行っていたの？」（"*Where Are You Going, Where Have You Been?*"）をめぐっては様々な解釈がある（Showalter 75–162）。一五才の少女コニー（Connie）の性への関心と不安に呼び出されたように登場する、全身フェイクの中年男が網戸を隔ててコニーに加えようとしている暴行には、ただならぬ凶悪さとサスペンスが漂っている。この出来事が現実なのか少女の白昼夢でのことなのか定かでない混濁した世界の描写は、コニーとさらに読者をも催眠術にかけられたような呪縛状態に放置する。しかし現実か白昼夢かという点こそが、注目すべきオーツのゴシック的世界である。アーノルド・フレンド（Arnold Friend）は精神病質者であるが、現実に潜む魔性（Friend は Fiend（悪魔）と解釈できる）を具現し、少女の性への欲望や陳腐な日常への不満を吐き出させ、未来の自分の姿である口うるさい母親と「監禁の場である家庭」（Showalter 45. 以下頁数のみ記す）からの解放を暴力的に執行するエクソシスト的側面を持っている。フレンドはコニーの性的、サイキ的求心に対する指南者であり、監禁の場から「陽光あふれる広大な土地」（48）への脱出を願うコニーの心の影とも解釈できよう。これに比べ、「誘拐」（"The Abduction"）の中年の誘拐犯と誘拐される一七才の少女の関係には加害者と被害者の関係は見て取れず、性的含みもおよそない。金色に塗ったおんぼろ車はコニーを家から連れ出すためのフレンドの魅惑的、魔術的手段であるが、「誘拐」の男の錆びたキャデラックはフィラデルフィアからボルチモア付近までフルスピードで爽快に疾走する。さらに誘拐犯は、アメリカ政府の腐敗を叫ぶ、身なりもきちんとした人畜無害の、自称平和主義者としてバーレスク化されている。「傍観者」の中年女性同様に、少女にとって誘拐犯は彼女の目に「特別な質」を指摘してくれる媒介者であり、少女も二人の間に生じた「特別な運命と特別な幸せ」(38) を心ひそかに喜ぶ。さらにあえて大局的な見方をすれば、加害者・被害者の関係の中にさえ人間関係の修復や人間信頼に期待の可能性を見出そうとするオーツの新たな側面は、二年後に書かれた『苦いから、私の心臓だからこそ』と『扉を閉ざして』における人種問題の核心への布石を打ったのかもしれない。

「重警備刑務所」(“Maximum Security”) の州立矯正院を視察しながら既視感に捕らわれる女性は、初期の「私はいかにしてデトロイト矯正院から世の中を考え再出発したか」(“How I Contemplated the World from the Detroit House of Correction and Began My Life Over Again”) の中で、強姦され売春させられた一四才の少女が成人した姿を想わせる。極限の窮地の果てに投獄されたであろう矯正院を「最大限の安全」と振り返り、彼女が今の自分を「この幸せ」(83) と一言つぶやくとき、万感の思いが込み上げる。

(四) 有名な初期の「氷の世界」(“In the Region of Ice”) と「センチメンタルな出会い」(“A Sentimental Encounter”) の女性主人公は共に若い優秀な学者であり、人間関係を回避する生き方を選択している。自分の弱い両親から逃れ、修道女としてカトリックの大学で教鞭をとる「氷の世界」のシスター・アイリーン (Sister Irene) の前に忽然と、自分と対極の世界に住むユダヤ人学生が現れる。精神病院に監禁しようとする父権的父親と闘い、彼は狂気の淵にいて彼女に救いの手を求める。だが彼の自殺という結末はアイリーンを動揺させない。本当の人間関係を求める青年に対して、結局アイリーンはキリスト教への奉仕という仮面と鎧を身につけ、人間への愛を断ち切った心の氷結した世界に再び戻る。一方「センチメンタルな出会い」のCにとって、研究にふける場所は地下にある汚い自動販売機室である。互いへのプライバシーをわきまえ、無言で自分の指定の席に座っている見知らぬ多人種の集まりは、一つの小さなコミュニティーを形成している。Cは徐々にその一人一人を自分の目線で捉え、心の中で相手とつながっていく。ある日、彼女を時おりじっと見つめるインド青年と二人だけになったとき、彼女は彼の突然の抱擁を拒まず、押さえていた欲望に身を任せ、熱烈なキスをかわした。人は時に衝撃的に見知らぬ人とつかの間の愛の交換を渇望する。同様に、夢の中で彼女の心を占めるのは、あの恋人ではなく、地下室で会う気のふれた太った少年であった。少年は「輝くような狂気」(137)の世界に住んでいたが、「その狂気には聖なるもの」が宿っていた。様々な境遇にいる見知らぬ者同志が一期一会の情熱と畏敬の念で結ばれている。

(五)「二つの扉」("Two Doors")では、記憶というものの頑迷さ、その生き続ける活性と神秘性が我々を圧倒する。未だ性を知らない一三才の純真な少年が味わった後ろめたい記憶が、死期迫る今、まるで休火山が再活動したかのように、老人を突然襲う。従兄弟の家の廊下を歩いているとき、当惑した小さな悲鳴に振り向くと、若い叔母の細く、白い、ほとんど全裸の姿が目に入った。彼の無垢な目の前で、扉が荒々しく閉められた屈辱的な光景は、青春時代ずっと彼の夢に現れ、彼を悩まし続けた。しかし老境に入って彼が見る夢は、実際には見たこともない霧の中に聳え立つチベットの山々、アマゾンの熱帯雨林に棲息する極彩色の羽をもつ鳥、不可解な幾何学模様、メロディーになっていない旋律などであった。そんなある日、ほっそりした、まっすぐの髪と曇りのない目をした孫娘が居るとおぼしき部屋の前を通り過ぎようとしたとき、否応なしにあの記憶が蘇り、彼を動転させた。朦朧とした意識の中で、怒りに震えながら「今度こそ、戸を開け、真正面から、訴え、説明するのだ」（165）と扉の取手をきつく握った。人生全体や宇宙を総括している感のある二ページ足らずのこの作品が湛えている深淵さは、生き続ける記憶が厳しい人生と伴走し、反照し合っている点にある。フロイト的思春期の性にまつわる個人的記憶は強迫的で、人を恐れさせ、傷つける。他方ユング的別次元の記憶の存在も示唆されている。光の陰影、積雪、地平線などの森羅万象に心引かれる東洋的無我の境地に入った老人の夢に現れる、行ったこともない世界の秘境、理解を超えるマンダラ模様や旋律などは、ユングの唱える「集合的無意識」（collective unconscious）を想起させるものがある。老人にとって記憶は生き続ける痛みであり、計りがたく神秘的な生の証である。この老人のように、名もなく声なき無数の人々が社会の激流に呑み込まれそうになりながらも、その一瞬一瞬を乗り越えることによって鍛えられることを信じるところに人間の尊厳がある、とオーツは言いたげだ。この作品群にいる彼らが冷厳な現実を受け入れ、生き抜く姿は神々しくさえある。

結び

以上、敵対する個人主義の中で人格の変幻を追求した『ワンダーランド』からほぼ三〇年後に書かれた『密会』は日常の時の流れを受け入れる安らぎ、平凡という名の非凡、日常の永劫性などを細やかな感覚でとらえ称えた女性作家ならではの作品である。様々な困難や異変を観念的ではなく、肉体的感覚的に受け入れる力として収束させている。ここに描かれた家族像や人間群像は、無力感や疎外感とは最終的にはほとんど対極の世界にある。変化を受け入れる力、新たな人生への出発の予感、対話、自分で人生を切り開いて行こうとする自尊心と清々しさなどが読者をいざない、我々に擬似体験させる。従来のオーツにはなかった諧謔性と高揚感、軽妙さも読者を引き込む要素であり、この本の魅力である。達見に加え、闊達に変貌したオーツにさらに期待を寄せたい。

8章　『苦いから、私の心臓だからこそ』
——白人と黒人の「魂の友」を希求して

「アメリカは、多くの声で語り続けられている物語であり、その結末を語るにはまだ程遠い」の発言どおり、オーツの飽くなきテーマは変化し続けるアメリカである（(*Women*) 371）。オーツは小さな自我の心の闇と渇望を描くことに専念して、アメリカ社会の暗い諸相に浄化の糸口を求め続けてきた。一九八〇年代後半アメリカで起こった家族観の見直しの中で、輝くような力強さに溢れる家族像と人間群像を描いて新境地を見せた短編集『密会』（1988）以降、オーツの再評価が静かに起こっている。その二年後に出版された二作品は、白人と黒人の関係を人種問題としてではなく、人間の心と肉体が求める血の通い合う関係として捉えている。長編小説『苦いから、私の心臓だからこそ』（*Because It Is Bitter, and Because It Is My Heart*, 1990. 全米図書賞候補。以下『苦いから』と略記）と、オーツの中編小説の中でベストと評される『扉を閉ざして』（*I Lock My Door Upon Myself*, 1990）である。二作品の手法と作風は全く異なる。『苦いから』は公民権運動の時代を背景に、北部の小さな町の民族と階層をカメラ・アイで写し取ったように緻密に描き込みながら、一〇代の白人少女と黒人少年の心の交流と宿命的な別れを追った社会心理リアリズム小説である。半年後に書かれた『扉を閉ざして』は、時代を『苦いから』より半世紀以上過去にさかのぼり、黒人男性との情死を計ったあと、五五年間の隠遁生活を送った既婚白人女性の挑戦的な生涯について、孫娘がその謎を探るように語るバラード風の物語である。

二作品に共通するのは、主人公の白人女性の方から求めた黒人男性との運命的な出会いと悲劇的な結末、そして白人と黒人の等しく入り交じる声である。前者は徹底した写実心理描写によって、後者は神話的願望達成のヴィジョンの中で、白人と黒人との精神的肉体的愛というアメリカが最も触れたがらないタブーのベールが取り払われている。二作品の根底にある、性愛を含めた「魂の友」('soul mate')としての白人と黒人との関係の希求を可能にし、作品に真実味とえも言われぬ温かさを生んでいる要因は、『苦いから』の女性主人公アイリス(Iris)と『扉を閉ざして』の女性主人公キャラ(Calla)の存在である。アイリスとキャラはその容姿と心の渇望において同一人物であり、さらに、一読して彼女たちは作家オーツのイメージと重なる。(1) 主人公と作家が重なり合って魂の友を求めている。因習や偏見を超えた、生理的とも言えるような生身の訴えは、一つには、作品と作家の一体化が生んだものかもしれない。(2) アイリスが全身全霊で問いかけ、願ったが、叶えられなかった黒人少年ジンクス(Jinx)との心の絆は、しかしながら、『扉を閉ざして』において、徹底した個の精神の自由と自立に生きるキャラを創造し、キャラと黒人男性ティレル（Tyrell）の命を懸けた真実の愛として結実することになる。本論では、二作品に見られるテーマの進展性も念頭に置いて、『苦いから』における一九六〇年前後の約一〇年間の北部の人種差別と社会階層の中で、アイリスがジンクスに求めたが成就しなかった「魂の友」の変遷を考察する（Creighton 101）。

Ⅰ　人種差別と社会階層の町ハモンド

『苦いから』の舞台は、ニューヨーク州北部オンタリオ湖の南にある人口三万五千人の多民族から成る、くすんだ工場町ハモンド（Hammond）である。中心となる時代背景は一九五六年から一九六四年、つまり、南部の公民権運動と同時進行の形をとっている。ハモンドは架空の地名ではあるが、位置や規模から見てオーツの故郷ロックポート付近と推察される。（若者の心をとらえて話題となり、英仏で映画化された作品『フォックスファイア――ある少女集団の告白』（*Foxfire: Confessions of a Girl Gang*, 1993）の舞台もハモンドで、時代も主に一九五〇年代である。）公民権運動の代表的な事件を含むこの時期に時代背景を置くことによって、北部の中流下層階級の町における民族、性、混血、家族、階層などから多角的に見た差別の実態が現実のものとして、またアメリカ全土の問題として、浮かび上がっている。この作品の最大の特徴は、黒人の家族を描くことを通して、彼らの黒い皮膚の濃淡へのこだわり、内面の欲求とフラストレーション、それを満たすための激しい性衝動、白人の意地の悪さへの憤り、といった生の感情を発露させ、さらに中流白人階級の価値観への彼らの追従や公民権運動に対する彼らの否定的な考えも引き出している点である。特に、次々に増えていくハモンドの黒人志願兵たちの追い詰められた焦燥感を描いている場面は、あまりに悲惨な黒人の現実である。

ヒルビリーの少年の死体がハモンドの川で発見された一九五六年四月のある早朝から物語は始まる。通報を聞いた警官の第一声「死体は白人か、黒人か?」(*Because It* 5. 以下頁数のみ記す)は、多民族から成る町の緊張を如実に伝えている。一〇代半ばの白人少女アイリス・コートニィ(Iris Courtney)と二才上の黒人少年ジンクス・フェアチャイルド(Jinx Fairchild)はヒルビリーの少年リトル・レッド・ガーロック(Little Red Garlock)の殺害に関ってしまう。粗暴で気の触れたリトル・レッドにつけ狙われたアイリスはジンクスに助けを求め、ジンクスはリトル・レッドを正当防衛で殺してしまう。ジンクスの無罪の判決はあり得ないことを知っている二人は、この事を暗黙のうちに二人だけの秘密とする。しかし成績優秀なバスケットボールの花形選手ジンクスは、罪悪感を抱いたままでの試合中、プレッシャーに押しつぶされ、大学進学という可能性に満ちた未来を自ら放棄する。アイリスにとっては、この秘密は白人としての自分と自分の身代わりになったジンクスの心を永遠につなぐ絆になる。罪悪感を分けもつ二人とは別に、彼らの家族は中流上層階級の浅薄な栄華を求め、凋落し、二人は孤独をさまよう。しかし結末は、大学進学、大富豪の息子との出会いと結婚という偶然と機会を手に入れるアイリスに対して、ジンクスは黒人ゆえに、唯一のチャンスを逃したことで人生の選択肢は他に残されていない――ヴェトナム戦争の志願兵となる以外には。アイリスとジンクスの間にある強く引き合うのだが、どうしても越えられない呪縛的な関係は、「白人と黒人の相互間にある好奇心、意識、性的魅惑、敵対心、恐怖と緊張」などのあらゆる禁断を「具現」している（Creighton 100）。同時に、それらの束縛や禁断を乗り越えて一つになろうとする内面の希求の声が、とりわけアイリスの側から、発せられている。「人種差別は「相互にとって損失」であって、白人と黒人の間で「強く引かれ合うもの」をアイリスは深く経験している」とオーツは語っている（Creighton 102）。

アイリスがジンクスに求める心の絆を阻む要因として、（一）白人の純血信奉（二）社会が疎外する崩壊家族（三）白人の価値観を追う黒人の悲劇、の三点を取り上げる。アイリスを取り巻くこれらの環境をどのようにアイリスが見、経験し、いかに認識するのだろうか。これらの障害の中で一心同体の絆を願うアイリスの想いはどの程度ジンクスの心に届くのだろうか。

（二）　白人の純血信奉

中流下層階級が大半を占めるハモンドは、コートニィ白人一家、フェアチャイルド黒人一家、南部出身のヒルビリー、ガーロック家、白人と黒人の混血「ムラトー」などの多民族と階層が複雑に入り組んでいる。純血信奉、黒人やムラトーへの差別、乱れ飛ぶ差別発言と中傷的な禁句、そして異民族への性的欲望が渾然となって、人々の心と体をとらえている。白人と黒人の居住区の区分、乗り物内の隔離、公立学校での教師による席の区分と管理など、公然と差別がある。ハモンド市長は白人によるアメリカ建国の歴史の事実を強調し、「純血の反対は雑種だ」（26）と演説の中で差別発言をする。一方で、他民族の異性に対する官能を誘う性用語が獲物を誘い出すように挑発的にしばしば使われ、黒人少年と白人少女の間で密やかで甘美な視線やジェスチャーが交わされるとき、異民族は性的に強く引かれ合う存在であるという隠れた事実が浮かび上がってくる。ムラトーと付き合っているアイリスの母パーシャ（Persia）は、「女性を一〇〇パーセント白人と感じさせるには、一〇〇パーセント黒人である必要はない。ムラトーとの関係は「官能的」だ」（152）とささやく。パーシャの別居中の夫デューク（Duke）は、ムラトーを愛人にしている妻のことを、アイリスに向かって「売春婦」呼ばわりする。彼らのこのような発言から人種・性・差別の錯綜した関係が読み取れる。このことを否定するかのように「血統」('Blood. Bloodlines. Pedigree.')、要は「純血」('Purity')(26)が全てであると叫ばれ、「混血」('mixed blood')は容認されない。法廷でもこの主張は正義である。白人の夫と離婚後、ムラトーと再婚し、「黒人地区」(「ニグロ地区」「雑多地区」の蔑称で通っている)に住む白人女性が裁判で二人の子供の親権を奪われた判決に対して、リベラルを気取るアイリスの叔母は「女性が子供を失うのは悲しいことだけれど、どこかで線引きをしなければならない」(25)と言う。しかし人々が、ムラトーを「淡い皮膚の黒ん坊」(*'a light-skinned nigger'*)(151)と陰で呼んでいることが示すように、法的線引きの基準もつまるところ、純血か混血かである。したがって、アイリスが父母や叔母から使ってはいけないと教えられるステレオタイプ的禁句である'nigra'(23)、'jig,' 'nigger,' 'coon,' 'spade,' 'spook,' 'shine'(24)と、人々が注意を払って使う政治的に適正とされる用語である'Negro' 'colored' 'black' 'African-American people'(23)の間には本質的に相違がないことをアイリスは知るようになる。

憑かれたようにサラブレッド馬に賭けるデュークの次の言葉から、純血が雑種に陥らないようにするためには、管理('control')が必要とされることが読み解ける――「民族と馬と繁殖に関して言えることは、「管理」がすべてである」(74)。町中にはり巡らされている「隔離」は、この「管理」の概念の具現化である。公立学校での分離教育は憲法違反であるとした一九五四年の最高裁の判決は、一九五八年のこの時点でハモンドでは無効である。アイリスが通う公立小学校の教室は、担任のルーディガー(Rudiger)先生の管理により座席の「隔離」が執行されている。教育の場が差別の温床であり、キリスト教的「慈悲」を装った絶対的「権威」(35)が差別を増長させた歴史の事実がアレゴリカルに描かれていて、作品中最も恐怖を呼ぶ。彼女の支配する「王国」では、生徒の座席は「成績、善良な「市民」、清潔さ、体格、性と人種」という彼女専用の「分類」(32)によって決められる。黒人の少年は後部に、最も従順で身なりのいい黒人女子は最前列に座らせる。彼女の巨体が立ち上がった時、「まっすぐに、真っ先に気持ちよく自分のお気に入りの顔を見ることができるように」(32)、中央には白人の少年少女を座らせる。先生にとって、「雑多な混合」('motley mix')(33)である教室は唾棄すべき存在で、黒人の少年少女は「天敵」であり、「罪のように醜い」(35)。彼女は「もし自分に力があれば、彼らを地上から消し去ることができるのに」(34)と異民族追放を思い描く。キリスト教的温情主義を偽装し、自分とは異なる他者を敵とみなし、抹殺せんとする彼女の究極の白人絶対主義こそは、差別のもつ根源的暴力性と破壊性の証左である。[3] ルーディガー先生は他者・他民族のとらえ方においてアイリスと対極の世界にいる。

黒人の様々な色の皮膚を「むさぼるように凝視し」（23）、ジンクスの闘わない弱さや両親の虚栄的生き方、さらに、大富豪の富の実体を「歴史の偶然」（312）の産物と見抜くのは、その名前が示すように、アイリス（「眼球の虹彩」（'the iris of the eye'）（39）の意味を持つ）の「鋭い目」（22）である。アイリスの肉眼は、ハモンドの黒人の生活を何十年も撮り続けている無差別主義者であるカメラマンの叔父の精巧なカメラ・アイよりはるかに深く冷徹に、差別を生む人間の心に向けられている。「じっと見てはいけない、アイリス」（'Don't stare, Iris.'）（21, 23）と母から何度も小声で諭される、アイリスの「じっと見る」癖は一般的には差別的行為とみなされるが、アイリスの本質を見抜く目となって機能する時、差別の表層が剝がされる。「黒人の血」（'black blood'）、「ニグロの血」（'Negro blood'）（21）という不可解な言葉を耳にしたアイリスは、黒人の皮膚の下に流れている血はその皮膚同様に、白人のそれより黒いのだろうか、と黒人の皮膚をむさぼるように凝視する。不当な仕返しに対してアイリスが殴り返した黒人少女の鼻から「自分自身の血と同じ、見るも鮮やかな真っ赤な血」（36）を見た時のアイリスの実感は、白人が取りつかれている血、すなわち純血・血統信奉を一瞬にして覆している。この時のアイリスの心を襲った感動にも似た衝撃は、その後ジンクスの心にも「兄と妹」

(186, 238, 243, 244) という血縁的な深いつながりを抱かせることになる。

何より、この「じっと見る目」が示すように、アイリスは黒人の存在そのものに見入り、魅了されている (Creighton 102)。異性としての彼らに密やかな関心があるのに、黒人の少年たちを無視しましょうという女友達の警告に対して、「そんな考えはとても馬鹿げている。彼らを無視するですって?」(49) とアイリスは一笑する。晴れやかに着飾って教会へ向かう黒人の集団、ムラトーの「なめらかなバター色の皮膚、暗褐色の歓楽的な目、べったり光っている、強い匂いを放つ髪の毛」(151)、白い制服を着た無表情の黒人ウェイター、大富豪の家で幸せそうに微笑んで働く黒人メイド、アイリスと同じシラキュース大学の学生で、皮膚のとても黒いジャマイカ人、などにアイリスは磁石のように強く引き付けられる。特に、アイリスはこのジャマイカ人をジンクスの代理として強く意識し、彼の声や笑い声に聞き入り、その足早な歩き方を記憶するかのようじっと見、後をつけさえする。彼を見ていると「胸が万力で締め付けられるような感覚、眠りのようなくつろいだ感覚」(274) に襲われる。しかしアイリスが本気で殴りつけた黒人少女の「勇気のなさ」(36) と、アイリスが最後はナイフを向けて追い返したジャマイカ人の「プライドの喪失」(276) は、ジンクスの「プライド、誉れ、男らしさ、の低落」(279) と同質の、黒人自らによる卑下・自己放棄としてアイリスの「心を凍らせ」(36)、憤らせる。このように、黒人を凝視するアイリスの目や、彼らの「かん高い早口の声」(49)や「大げさな話し方や大きな笑い声」(84)に聞き入るアイリスの耳や、とりわけジンクスに一心に語りかけるアイリスの懺悔、疑問、励まし、怒り、失望の声は、アイリスが彼らの存在を「実在として」(291)とらえて、全身全霊で黒人の存在に限りなく「近づこうとしている」(182)ことを伝えている。

白人の純血信奉の呪縛から解き放たれたアイリスは、自分の白い皮膚にこそ不信を抱く。黒人の外面から内面を凝視するアイリスは、自分の皮膚の白さを精神の薄弱さの表象と感じ取る。「まるで白さは、自分の精神の青白さ、深く言い表しようがない非存在性の外的兆候であるかのように」(155)、めまいと吐き気を覚える。一三才のアイリスは友達に「私が黒人なら……自分が何者であるか分かるのに！」(93)と本気で言う。自由と機会を与えられている白人が精神の空虚にとらわれ、拘束と限界の中であえぐ黒人の方がより実質的に生きているとアイリスは感じる。自分の中に白人の精神の脆弱さを見抜くアイリスは、白人が強いた苦難の中で生きる黒人に限りなく近づき、自分を重ねてみる。「あなたは決して責めを負ってはいない。私が責めを負っている」(155, 161)とアイリスがジンクスに繰り返して言う懺悔は、リトル・レッド殺害にとどまらず、白人としての彼女の有罪を表明している。

（二）　社会が疎外する崩壊家族

家族とは社会の経済や政治の変動に容易にさらされる、もろく壊れやすい最小単位の社会機構であるという社会学者の見解が白人、黒人、ヒルビリーの三家族に等しく当てはまる。[4] 中流下層階級から成るハモンドが抱える問題は白人、黒人、ムラトーなどの民族性だけではないことが、ガーロック家の存在によって浮き彫りにされている。ガーロック家は最初から破綻した家族として第一部一章から登場し、作品全体に環境決定論的な宿命感を生んでいる。同二章で、ガーロック家とコートニィ家が接触しているのは、不安定でひっ迫した社会階層の観点から見て示唆的である。ヴァーノン（Vernon）とヴェスタ（Vesta）のガーロック夫婦はやり場のない怒り、無気力、暴力、そして狂気の世界にいる。次々に生まれては学校へ行かない子供たちの存在は終わりのない修羅場を思わせる。ヴァーノンは酒乱のため妻と子供たちに暴力をふるい、外でも暴行沙汰で何度も留置場に入れられている。「生まれながらにして汚くて」(96)、粗暴でのろまだったリトル・レッドに絶望したヴェスタは正気を失い、町を徘徊する。彼らに父母の資格はなく、破綻したガーロック家は社会から蔑まれ、見捨てられている。二章では、コートニィ夫妻の家庭経済は危うくなり始め、ホステスとして働いているパーシャが、町を徘徊する気のふれたヴェスタに呼び止められ、悪臭が立ち込めるガーロック家の家に足を踏み入れる。「黒ん坊」（'nigra,' 14. 'nigra' は 'nigger' よりさらに屈辱的な言葉）に付け狙われているから、家まで送っていってほしいとヴェスタはパーシャにすがる。完璧な美貌と肉体の持ち主のパーシャと、実際より二〇才も老けて見える狂女ヴェスタが町を並んで歩く様子は、外見上の対比が際立っているが、実はヴェスタと同じくパーシャ自身の転落の人生を予告している。投機屋の夫の破産、離婚、「黒人地区」と蔑称されている貧民地区への入居、ムラトーとの交際で人々から受ける蔑視、アルコール中毒による幻覚症状、失われた美貌、そして肝硬変で三八才の死で終わるパーシャの近未来は、ヴェスタ・ガーロックとのこの出会いに予見されていて戦慄的である。二人の暗転は家庭の破綻から始まっている。「彼女はヴェスタのような狂った人間に同情するタイプの人間ではない……このような狂った人間は、その不運、しみのできた皮膚や抜けた歯のような外見でさえ、全部自分がもたらしたものなのだとパーシャは思う」（14）という厳しいコメントはそのままパーシャの人生にはね返ってくる。しかし社会から疎外される崩壊家族、階層、差別の紛れもない現実を考慮に入れると、パーシャの主張する「自恃」や個人の意志力の有無は皮肉にも十分な説得力を持たない。社会は疎外するものであり、その力は絶対的なので、個人は一瞬人生の方向を見失えばそのまま社会の激流に呑み込まれ、自分の滅びの原因を突き止められないまま奈落に落ちていく。「自分の身に起こっていることを表現する言葉を発見できないまま、悲劇と向かい合っている多くのアメリカ人」(ケイズィン230)を白人・黒人・ヒルビリーの三家族のパーシャ、ジンクス、ヴェスタが具現している。

崩壊家族同士の敵対心は差別の悪循環を生んでいる。白人はヒルビリー一家の弱さを責めながら、自分たちの身にもいつ起こるかも知れないという恐怖を抱き、ヒルビリーは黒人を嫌悪し、黒人は白人のヒルビリーへの蔑みをまねて、感情的に激しくヒルビリーを憎悪する。三者は社会の最下層を脱しようと互いを差別する。パーシャはヴェスタに堕落をかぎつけられ、ヴェスタは「黒ん坊」を「悪魔」('Devil')(19)呼ばわりし、それに付け狙われているという被害妄想を抱く。ジンクスの母はガーロック家のことを、「くず! けがらわしい! 最低の奴らさ……ナチ以外で、白人の中で最悪さ」(136)と最大級に罵倒しながら、殺害されたのがガーロック家の者でなく「黒人だったら、誰も気にとめないくせに」と本音を漏らす。何より、リトル・レッド殺害の根底にもヒルビリーと黒人の相互間の敵対心と差別があったことが、普段は冷静なジンクスのリトル・レッドへの過剰な反応と激昂した言葉に読み取れる。警察に電話をしようというアイリスの提案にも「あのバカ野郎、だれかやつの首をへし折ってやればいい」(110)、「ここには警察なんか用はない! ちくしょう! おれはあんな赤っ首野郎なんかこわくない。おれはふがいない女じゃない！」（111）と平常心と判断力を失う。ジンクスの警察への不信感は、四年前の一九五二年ハモンド州立刑務所内で起こった、白人警官の暴行による無実の黒人の死亡事件で暴かれた白人警官の黒人への不正と野蛮さに依拠している。「ジンクスがこんなに強い「黒人の口調」でしゃべるのを今まで聞いたことがない」とアイリスはジンクスの複雑な胸の内を聞き逃さない。しかしアイリス自身心の中で「ジンクス、彼を殺して。ジンクス、彼を生かしておいてはいけない」（116）と加勢した直後、殺害が行われる。これは、パーシャのヴェスタに対する冷酷な反応と呼応している。その後リトル・レッド殺害に対してジンクスに「彼は死んで当然だ。これははっきりしていること。……私はこの世に彼など要らない」（240）とまで言うアイリスの冷たさは、アメリカ社会の崩壊家族への疎外性や排除の思想を物語っている。

（三）　白人の価値観を追う黒人の悲劇

フェアチャイルド家は典型的な黒人家庭である——経済力のない父親失格の軟弱な父と一家の稼ぎ主でたくましく強要的な母。宗教にのみ安らぎを求めて黒人教会に逃げ込む夫に対し、妻はキング牧師がキリスト教の愛と無抵抗主義を掲げて率いる公民権運動を激しく非難する。白人医師のもとで看護婦として白人患者に尊敬されて働く母は、身につけた自分の白衣の威力に心酔し、白人とりわけ上流階級の白人を批判したりはしない。「有用たれ」(135)が口癖の母に育てられたジンクスは、母の希望であり人生の光であった。真っ白いスニーカーと決してずれ落ちない真っ白いソックスをはき、絶賛の歓声を聞きながらコートにいるとき、ジンクスは「白人の期待」(239)であり、他チームの白人選手の煮えたぎるような憎悪からも安全である。母とジンクスの白い制服が象徴するように、フェアチャイルド家は公民権運動の主旨には賛同せず、とりわけ母は白人の価値観を痛ましく追っている。しかしバスケットボール州決勝大会最終セットで起こったジンクスの骨折は(アイリスはジンクスが故意に骨折したと見抜いている)、中流階級を自認するフェアチャイルド家を一瞬にして粉砕する。長男は残忍に殺害され、白人医師の死後、白人社会との接点を失った母は、彼女の皮膚を必ず一瞥する冷たい白人の視線を浴びながらホテルのメイドとして働くようになる。彼女は「いやな白人女」「白人のくず」「黒ん坊のくず」といった罵声を浴びせる、屈辱感と卑下と憤怒の塊と化した典型的な黒人女性になっていく。ジンクスの悲劇は、白人にも黒人にも属さず、自分という確固たるものが見出せない点であり、ジンクスの挫折の人生はその名前ジンクス=悪運に象徴されている。黒人のほとんどがそうするように高校を中退し、工事作業員に落ちぶれたジンクスは、黒人が「白人の期待」に応えるなどとは、兄が言ったように「芸をするよう仕込まれた猿」

（'performing monkey'）（193, 195, 197）でしかないということを自ら経験し、心の中で母と同じ罵声を白人に浴びせる。その一方で、人々が使う常套文句「ここは自由の国だ！」（'It's a free country, girl!'）（182, 185）をアイリスに力なく言うジンクスが選ぶ道は、最も悲劇的な黒人のステレオタイプのそれである。多くの黒人がそうせざるを得なかったように、ジンクスはケネディ政権下長期化したヴェトナム戦争の兵士を求める米国政府「アンクル・サム」の「兵士求む」（349–50）のポスターの誘惑に負ける。一九六〇年代初頭のこの時点において、南部の黒人はアメリカ市民としての市民権を与えられず、その結果公民権運動の死闘が続いている。北部においても公民権法は、法的にはアイゼンハワー時代に二回（1957, 1960）成立してはいるが、大都市のブラック・ゲットーの不潔と貧困と絶望やフェアチャイルド家の転落が示すように、有名無実である。市民権を与えられていない黒人に残された唯一の道は、ジンクスがそうするようにアメリカ兵士となってアメリカ市民であることを証明するという、国家の差別と矛盾、非道のさらなる犠牲となることであった。(5)

Ⅱ　アイリスとジンクス――魂の友の希求

以上見てきたように、アイリスとジンクスは白人と黒人それぞれの民族の加害者と被害者としての負を負っている。それでもなお、確かに、アイリスの未来にはジンクスよりはるかに多い選択の余地、幸運な偶然さえ与えられている。人生を切り開いていけるアイリスに備わっている特性――「抜け目のない」(33)、「反抗的な」(34)、嘘を上手について急場を逃れる「二枚舌」(156)、「よそよそしく、お高い」(235)、「強引で、容赦しない」(239)、「強さ」(243)、「孤独と冷淡さ」(244)、理解してはいるが愛を感じていない男性のことを「あなたが結婚相手だ」(324)と冷静に判断し、結婚の機会を見逃さない「日和見主義」('opportunism')(Creighton 101)――は、少なくとも黒人から見た白人の属性である。しかし他方、アルコール中毒の母を最後まで一人で看病するように、自分の身に起こったことを引き受ける強さ、その「強さ」と同居するアイリスの「温かさ」(243)がこの作品の血肉である。二人に共通しているのは、目にちなんだアイリスの名前とジンクスのバスケットボール選手としてのニックネイム「アイスマン」が伝える外見の冷静さ、そしてそれぞれの冷静さの奥にある荒涼とした心――挫折感、罪悪感、一〇代の若者が抱くにはあまりに深い孤独と心の飢え――である。ステイーヴン・クレイン（Stephen Crane）の“The Black Riders”の詩句からとった題名『苦いから、私の心臓だからこそ』は、二人の苦しい心と飢えた心を示唆しつつ、加害者としてのアイリスの深い罪悪感を言い表している。砂漠の中で一匹の裸の生き物が自分の心臓を食べている。おいしいか、と聞かれると「おれはこいつが好きだ。苦いから、おれの心臓だから」と答える（Creighton 101）。白人が黒人に対して行った罪悪を自分の罪と感じるアイリスにとって、ジンクスの苦い心臓は自分の苦い心臓そのものである。

この作品の中で最も真実なものとして我々の心に訴えてくるのは、現実がいかに厳しく立ちはだかっていようとも、アイリスがジンクスの悲痛な心に肉薄し、心の底からジンクスを求め、心と心、体と体を結ばせたいと願う気持ちである。故意に骨折したジンクスの弱さにアイリスは本気で怒り、失意の彼に再び大学に入るよう必死で励ますが、その非現実性がジンクスを激怒させる。絶対の信頼を寄せてジンクスに身を任せるアイリスの「親密さ」（243）をジンクスは恐れ、避ける。だが、「その白い悲しげな皮膚に混じった、自分の孤独よりももっと鋭く、痛ましいアイリスの孤独、伝説的な白人の孤独」（244）を感じ取り、女性としてではなく、彼の「小さい白人のかわいい妹」（243）として、その壊れそうな細い体をきつく抱いて慰め、「ごわごわした縮れた髪」は「白人のそれとは思えず、むしろ自分の妹の髪の感触に近い」

(244) ことに気付き、心を開いていく。アイリスはジンクスに何度も次の言葉を繰り返す——"*No one is so close to me as you. No one is so close to us as we are to each other.*" (182, 186)。響き合うようにリフレインするこの言葉は、精神の相互作用を果たして、ジンクスの心に少しずつ染み込み、自分の方から会うことを避けていたアイリスを思い出し、一人の人間としてアイリスを見るようになる、アイリスがジンクスにずっとそうしてきたように。アイリスにとって、ジンクスに関わる経験は「ジンクスのためなら死ねる」ほど、「これまでの人生で唯一真実」のものであった (291)。ジンクスにとって、アイリスは「自分を見、自分を知ってくれたただ一人の白人」(183) として記憶に深く残る。群集の中にアイリスとよく似た少女を見つけ、しばらく互いに見つめ合い、アイリスではないと分かっても一瞬「二人の間に特別な気持ち」が生まれる——「この少女は白人の少年と同じように黒人の少年も、あるいは多分どんな皮膚の色の人でも好きになれるのだろう」と思い、「とても幸せな気持ちになる」(361)。「私にとってあなたほど近い人は他にいない、お互いにとって私たちほど近い人は他にいない」というジンクスの魂に触れるアイリスの言葉は、オーツの言う黒人と白人の間にある「強く引き合うもの」をこれ以上ないほど純粋に、心と心が引き合う心象風景として表現したものと言える。

公民権法通過が難航する最中、突然起きた一九六三年一一月二二日のケネディ大統領の死は、全米を深い悲しみと喪失感、恐怖で打ちのめした。暗殺のニュースを聞いた直後、夢遊病者のようにアイリスは大学のキャンパスを越えて、ハモンドの町を想い浮かべながら、みすぼらしい家々が並ぶ黒人地区の中に「恐れず、挑むように」(377) 入っていき、数人の黒人の少年に殴る蹴るの性的暴行を受ける。(6) アイリスのこの帰巣本能的な行動とそれに伴う暴力はハモンドにいるジンクスに対する、またアメリカの歴史の中での黒人の受難に対する贖罪を果たしているように思われる。黒人の信頼と期待をになって大統領になったケネディであるが、国内に彼らの生きる場はなく、彼の政権下のヴェトナム戦争は多くの黒人志願兵を戦場へと駆り立てた。アイリスに宛てた写真の中の、軍服姿のジンクスの二四才の人生はこの歴史の非情な事実を反照している。アイリスがジンクスに彼の先祖がいるかもしれないと言って以前にみせた、宿命と決死の表情をうかべて白人の軍服を着た自由奴隷の写っている南北戦争の古い写真が伝えると同じ黒人の歴史が、今ここに繰り返されている。

終章

まっすぐに、静かにカメラを凝視して写っている上等兵ジンクスの写真の裏に書かれている、さらに痛ましいコメント"*Honey—Think I'll 'pass'?*"（403）は、ジンクスがアイリスに言い得る唯一の返答であり、彼の人生を総括している。最期まで、白人社会の中で歴史の濁流に呑み込まれ、黒人であるがゆえに自分という確固たるものを見出せなかった、又、その悲劇的な事実に気付くことさえなかったジンクス。魂の友でありたいと願い続けた人の心のよりどころのなさに心突かれ、何より、愛する人を失った深い悲しみと喪失感で、アイリスは生まれて初めて泣いた。暴行による心の傷を抱いたまま、純白のウェディングドレスに身を包み、アイリスも"*'Do you think I'll look the part?'*"（405）と問いかける。そして、この悲壮感漂う言葉で作品は終わる。しかしながら、「受かると思うかい？」というジンクスの問いかけと、「富豪の花嫁らしく見えると思う？」というアイリスの問いかけは、歴史や社会的慣行への従属と未知への出発というパラドックスにとらわれている点で同質のものである（Creighton 103）。一九六〇年代における白人と黒人の運命には確かに明暗はあるが、二人の若者は不安と孤独を分かち合い、人生の選択を余儀なくされながら次の一歩を踏み出している。生死をかけて。アイリスのジンクスとの経験は、白人と黒人の「隔離」という最も排他的で暴力的な社会の壁に立ち向かって、魂の友として心と心の「統合」を希求したものと言えるだろう。

過酷な社会環境の中で持ちこたえ、立ち直ろうとする屈強さをオーツはよく'resilient'という言葉で表すが、アイリスの「極細の針金のように硬く、ばねのような、弾力のある髪」('her hair..... stiff, springy, resilient like the finest of wires')(346)に用いているのは象徴的である。アイリスの目が現実を見る冷徹さと実利性への傾斜を表象するものであるならば、しばしば言及されるアイリスの髪(10, 186, 244, 268, 346, 361)は生命力、回復力、逆境における強さの表象であり、次章で論じる『扉を閉ざして』において、より自意識の強い、より自由を渇望する、より精神的に強靱なキャラとしての「アイリスの蘇り」を予感させるものがある。

9章 『扉を閉ざして』

——アイリスの修正としてのキャラ／「魂の友」の成就

オーツが「自分の作品において絶対に不可欠な概念」として提唱する「魂の友」（'Soul Mate'）を検証する。[1]『苦いから、私の心臓だからこそ』（以下『苦いから』と略記）と、半年後に出版された『扉を閉ざして』（*I Lock My Door Upon Myself*, 1990）は共に白人女性が黒人男性に「魂の友／魂の伴侶」を求める革新的な愛を描いている。『苦いから』のアイリスは白人としての自己矛盾を抱えながら魂の友を希求するが、最終的には白人特権階級の価値観規範に断ちがたく従属している。アイリスの分身である『扉を閉ざして』のキャラ（Calla）は、強烈な自我で社会に対抗し、人種差別に屈さず、魂の伴侶として命を懸けて黒人男性との愛を完遂し、生涯を全うしている。

現実の差別やアイリスの自己矛盾を暴き出す『苦いから』の写実性と、霊的と言えるほどの想像力によって、魂と魂を呼応させている『扉を閉ざして』の神話性は、実証を追及する一方で、神話を創り出すアメリカ文化の二極性の表れでもあるだろう。大きな枠組において、この二極性が白人の女性主人公の差異をさらに際立たせ、アイリスからキャラへの修正を可能にしている。

『苦いから』の中の逆説的な含みを持つ最終部『儀式』で、全く偶然に、人生の岐路で手に入れた目も眩むようなチャンスを前に、アイリスに深い影と負い目が付きまとうのは見逃せない。翻って、『扉を閉ざして』のキャラは、性差や人種差別においてはるかに因習的な時代に、なぜ、どのようにアイリスの化身として復活し、自我の煩悶を退け、愛を貫けたのだろうか。二〇世紀初頭北部にあっても無法状態であった人種差別の中で、キャラの魂の伴侶であった黒人男性ティレル（Tyrell）に託されたキリスト教の使命はどのような意味を持つのだろうか。ティレルの死後、何がキャラの五五年間の長い隠遁生活を支えたのだろうか。キャラとティレルの壮絶な愛と死の真相が世代を経て今語られようとする意図は何であろうか。主にこれらの点を論じることにより、アイリスの自己矛盾の苦悩と、アイリスの修正としてのキャラ創生の必然性が浮かび上がるだろう。

連帯を掲げながら民族闘争が激化する時代にあって、究極の到達と思われる白人と黒人による「魂の友／魂の伴侶」という根源的な提唱は、「全ての限界を試し」（Bender 2）、「徹底した開放性」（Wesley 180）を特徴とするオーツ文学の一端であり、時代のはるか先を行くオーツの先見性の現れでもある。(2)

I アイリスの自己矛盾

南部の公民権運動時代と同時期、ニューヨーク州北西部にある中流下層階級の工場町ハモンドでも同じように、「皮膚の色による差別」(‘color line’)が横行している。アイリスに助けを求められた黒人少年ジンクス(Jinx)は、アイリスを付け狙っているヒルビリーの少年を正当防衛で殺害してしまう。法廷の場でも、「皮膚の色による差別をしない」(‘color-blind’)ことなど存在しないことを知る二人は、この事件を最後まで二人の間の秘密とする。バスケットボールの名選手として大学に進学できる輝かしい未来を、罪悪感ゆえに自ら放棄したジンクスに対して、アイリスは自分が事件の加害者であるという事実以上に、自分が白人であること・白い皮膚にはるかに深い罪悪を感じる。アイリスはジンクスの悲痛な心を自分のものとして感じ、魂の友でありたいと欲する。アイリスのジンクスへの愛は別離の時も、一瞬たりとも途切れることはなく、真実のものである。しかしアイリスとジンクスが魂の友になり得なかった背景には、「白人の純血信奉/社会が疎外する崩壊家族/白人の価値観を追う黒人の悲劇」といった複雑に錯綜した現実があることが挙げられるが、実はアイリス自身が抱える二面性にこそ、より深刻な原因があると考えられる。アイリスの自己矛盾、あるいは、自己偽装ともとれる属性は、アメリカ文化における生来的な二律背反の原理を反映している。アイリスの精神性と即物性、Creighton が指摘する洞察力と「日和見主義」、真実性と「二枚舌」（101. *Because It* 156. 以下頁数のみ記す）、温かさと彼女自身もしばしば恐れる父親譲りの「冷たい心」（36, 50, 72, 235, 244, 346, 377）、さらに、社会に張り巡らされている「隔離」を乗越え、ジンクスと心の「統合」を求める純粋さに相反して、殺害したヒルビリーの少年のことを「私はこの世に彼など要らない」（240）という敗者に向ける彼女の排除の思想などが挙げられる。

このようなアイリスの心の表裏・二心は、ジンクスとの間に最初から埋めがたくある致命的な乖離である。ヒルビリーの少年の死に対するアイリスの先の冷酷な発言にジンクスは絶句するが、排除の原理から言えば、ヒルビリーの少年の死はジンクスの死に容易に置き換えられるわけである。なかんずく、アイリスの二面性の中で最も悲劇的な事実は、ジンクスと魂の友でありたいと全身全霊で願いながら、愛していない大富豪のエリート、アラン・サヴェッジ（Allen Savage）と結婚することによって、白人特権階級の一員になることを本能的に選び取った結末である。他方ジンクスに残された唯一の選択は、アメリカ市民を証明するために、他の黒人同様ヴェトナム戦争の兵士として戦場に向かうことであった。アイリスの心の表裏はジンクスとアレンの間で激しく葛藤し、最後はその心は破綻をきたしかけている。作品のタイトルである「苦いから、私の心臓だからこそ」とうめきながら自分の苦い心臓を食らっているアイリスは、「自分を消耗している」原因をあえて見過ごし、直視していない（Gates 28）。アイリスのこの点こそが、この作品中で最も暗い罪深さであろう。タイトルと結末に漂っている言葉では言い表しがたい暗い正体とは、Robinson が言うように、アイリスの「心の闇であり、苦さ」なのかもしれない（7）。

このようなアイリスの心の影は、第一部と第二部では見逃しがちなのだが実は微妙に現れていて、第三部の『儀式』では顕著である。第一部『死体』と第二部『ねじれ』では、アイリスの観察眼は大人の純血信奉の偏見、皮膚の色で差別する人間の本性を洞察している。「虹彩」にちなんだ名前が示唆するように、アイリスは物事を凝視し、見抜く「鋭い目」（22）と感受性と知性を持ち合わせている。しかしアイリスの曇りのない透視眼は成長するにつれ、陰りを帯びてくる。三〇年以上も非営利でハモンドの黒人を撮り続けている無差別主義者の叔父の写真館に「黒人と白人の子供たちの顔の群像」の写真が貼られている。様々なアングルから撮られ、何度も反復されている何百人もの黒人と白人の小さな顔のどこかに、アイリスと両親の顔もあるのだが、アイリスはこの写真を見るたびに「はらわたをえぐられるような恐怖」

(“visceral horror”)(58)に襲われる。多民族から成る群集に息を止められ、この土地に閉じ込められてしまいそうな自分の将来への不安と恐怖である。孤児同然となったアイリスは、この土地で両親と同じ転落の「宿命」(149, 267)をたどることだけは絶対にしないと決心する。

第三部一章、ハモンドを脱出し、シラキュース大学に入学したアイリスを待ち受けていたのは、人生にまたとない絶好の「偶然性」(272)であった。成績優秀なアイリスは、大富豪で高名な学者であるサヴェッジ(Savage)教授の学生助手となり、教授はアイリスをサヴェッジ家の感謝祭のパーティーに招待する。中流下層階級の薄汚れた工場町で生まれ育ったアイリスが、富・地位・名声を持つごく少数の白人特権階級に属することができる、目も眩むような機会が目前にある。アイリスの日和見主義、現実主義、偽善者(286)、「自己消去」(“self-effacing”)(311)、そして改ざん者の側面が露になるのは、偶然にサヴェッジ家に遭遇したこの時点からである。大邸宅で催された豪華なパーティーで語られるサヴェッジ家の祖先の話を聞きながら、「サヴェッジ家の巨万の富は、彼らは自分たちの生得権とみなしているが、実は歴史の偶然性によるものだ」(312)とアイリスは冷徹に判断を下す。サヴェッジ家の富が歴史の偶然性なら、自分がサヴェッジ家の一員になるのも等しく偶然という機会のたま物であるとアイリスは自分を正当化する。

家名であるSavageは獲得原理の蛮行と、家族のうわべの優雅なマナーとは対照的な彼らの心の未開・荒涼を表している。共に西洋美術史を専門にするが、対立する美術観を持つサヴェッジ教授と息子アレン、キリスト教への信仰心と家族愛にのみ生きるサヴェッジ夫人、久しく家に帰らない娘ジェニファー（Jennifer）――彼ら四人全員に対して、アイリスは何らかの形で素早く感応する。アイリスがすぐに見て取っているように、アランは「女嫌い」（336）で、華やかな母親とは似ても似つかぬ石のように硬い表情のジェニファーは、恋愛恐怖症である。つまり家名と優秀な血統を存続させるために、サヴェッジ家はアイリスを必要とする。敬虔なクリスチャンにもかかわらず、公民権運動で闘っている黒人の怒りや痛みに鈍感な夫人にアイリスは時に辛辣に反論もするが、娘ジェニファーの身代わり（Gates 28）としてサヴェッジ夫人に優しくされるうちに、アイリスは自分の意見や感情を徐々に押し殺し、両親の過去を偽証し、最後はサヴェッジ家の精神の退化に同化して行く。

アイリスとサヴェッジ家は互いを映し出す鏡である。アイリスはアランの印象を「あいまいで、相反する側面を持つ」（319）とすぐに感じ取っているが、これはアイリスの自身の内面性でもある。特にアイリスとアランは過去の消去と事実の否定の二点において、まるで二卵性双生児のように反照している。超現実主義派の美術観に傾倒するアランは、「超現実主義派の画家にとって、個人の歴史は作品と無関係で、彼の家庭環境や子供時代、その他全ては単に個人的なものである。言い換えれば、画家は過去を消し去り、ゼロから始めなければならない」(327) とアイリスに教える。アランが説くこの思想にアイリスは言葉を失う。なぜならアランのこの説を聞くより先に、アイリスはサヴェッジ夫人に「はっきりしない家族背景」(320–21) について探られて、父と母の過去をほぼ全面的に嘘で塗り替えていたからである。アイリスの偽証はアランのこの発言によって是認されることになる。それゆえ、その後、アランからも両親のことをたずねられたアイリスは、何のためらいもなく、父と母についての嘘をよどみなく繰り返す。

完璧な美貌と肉体の持ち主で、心は温かいが栄華を好んだ母は、離婚後は酒場で働き、白人と黒人の混血であるムラトーの若い愛人を持ち、離婚の辛さから立ち直れずアルコール中毒者となった。アイリスがこつこつ貯めた金で入院し、アルコール中毒の幻覚で錯乱状態となった母をアイリスは励まし、つきっきりで看病するが、三八才で肝硬変のため無残に死んだ。だがアイリスは次のように自立心と責任感の強い理想の母を作り上げ、サヴェッジ夫人とアレンに感銘を与える。「パーシャ・コートニーは類まれな温かさとヴァイタリティに溢れる強い女性で、離婚後も再婚しようとはしなかった。親戚に助けを求めず、店員、タイピスト、司書の助手などの低賃金の仕事を続けて、自活して娘を育てた。また、並外れた勇気で病気の末期に立ち向かっただけでなく、自分の苦しみを娘に気付かせまいと最後まで娘を守った」（308）。

父に関しても、まるで人生をゼロから始めたように、全くの別人に仕立て上げる。父は世俗的で利己的で冷淡な人間で、頭はいいが根っからの投機屋であった。多額の借金を抱え、妻から離婚され、金目当ての再婚をする。臨終の妻との面会をアイリスに何度も懇願するが、アイリスは静かに一言「ノー」と言い続け、最後まで父を許さなかった。五才の時以来父とは会っておらず、実際はアイリスが一六才の時に離婚したのだが、今でも愛しているし、尊敬しているとまで嘘を言った上でさらに、世界の難題や人間の性悪に苦悩する理想主義者に改ざんする。

このように、チャンスを手に入れ、新たな人生を始めるには、過去の抹殺や嘘は許されるのがアメリカ文化の暗黙の了解であるかのように、両親の過去や過ちを消去し、立派な父母として生まれ変わらせる。アイリスはアランが引用した超現実主義者の次の言葉をその日の日記に記す――「今日のごまかしは明日の真実になる」（339）。アラン自身も同様に、その後アイリスの身に起こった性的暴行にこの詭弁を適応する。「私はあなたのためなら死ねる。あなたは私の人生で唯一真実のもの」（291）と思えるほどジンクスを愛していながら、「私はアレン・サヴェッジを愛していない、サヴェッジ家を愛している」（371）と自分の愛と結婚における自己欺瞞を自覚しているアイリスは、ケネディ大統領の暗殺の日、魅入られるように黒人地区に足を踏み入れ、数人の黒人少年に激しい暴力と性的暴行を受ける。だがアランはアイリスに性的暴行を加えた黒人が「顔が分からず、名前も分からない」のであれば「あれは事実ではない、可能性すらない」(394)と不都合な過去を葬り去る。「この世界を消し去り、塗り替える美術の力」(340)に洗脳されているアランは、ごまかしと真実の区別がつかない空虚な観念の世界を漂っている。一方、暴行によって抜けた前歯を「完璧に偽造し」(405)、まばゆいばかりの純白のウェディングドレスに身を包んで「富豪の花嫁らしくみえるかしら?」と自問するアイリスもまた自分を見失いかけ、偽りの仮面をつけている。

以上のように、アメリカの歴史の覇者を代表するサヴェッジ家の一員になるためには、アイリスは両親の過去を消し去り、自分の過去から逃避し、自己を封印し、様式美、受動性、女らしさ、そしてアランが望むように「処女性」(332, 342)を重視する結婚という社会的慣例や因習に従属しなければならない。「自分の過去を忘れなければいけない」(404)と何度も自分に言い聞かせるアイリスの言葉が空ろに響く。Stout が言うように、オーツがしばしば描く、家庭の中で精神を病む女性の多くは、受動性が極端に進み、緊張性昏迷強硬症に陥るのだが(208)、おそらく結婚後のアイリスも例外ではなくなるだろう。結婚の入り口に立ってすでに鋭敏な感性を失い、自分を欺いているアイリスに危機感を察してか、アレンは自分たちの結婚の失敗を想像して、次のように、自信なさげにアイリスに問いかける――「なぜ僕と結婚するの、なぜ僕を愛していると言い張るの？」（377）。

Robinson は、この作品が内包する複雑さは、次々に襲いかかる厳しい経験や歴史の偶然性・不可避性・宿命の中では、アイリスの人生の選択も含めて、何が真実であり何が偽りであるか分からない「測り知れない不可知論」（9）の世界観・人生観によるものであると示唆している。だが一つだけ明白なことは、アイリスはジンクスの記憶を決して消すことはできないということである。ジンクスはアイリスの記憶の中で生き続ける――「記憶は体に染み込んでいる」とアイリスは日記に記す（404）。アイリスが『扉を閉ざして』でキャラとして甦ることを予告するような、オーツならではの生理的な飢えが心の飢えを表している印象的な挿話が『エピローグ』の最終部にある。ハモンドの町とジンクスを思い出しながら黒人地区に入った途端、急に用を足す必要を覚え、アイリスを好意的な目で見るカフェの黒人女性オーナーにトイレを使わせてもらったあとで、今度は「体が震えるほどの空腹」（380）を覚え、オーナー特製の「とてもおいしいパイ」で空腹を満たす。このカフェにいる時のアイリスは、ハモンドで黒人独特の話し方やリズムに耳を傾け、彼らの様々な皮膚の色を凝視し、ジンクスに心引かれていた頃の生身の実感と感性を取り戻し、ジンクスと結ばれたいと願う渇愛がつかの間充たされている。最後までアイリスは心も体もジンクスとの愛の成就に飢えている。

Ⅱ 『扉を閉ざして』――アイリスの修正としてのキャラ

『苦いから』のわずか半年後に書き上げられた『扉を閉ざして』では、アイリスはキャラとして、ジンクスはティレルとして蘇っていると読みたい。(3) アイリスが両親と同じ宿命をたどることを恐れ、自分の過去を必死で忘れようとし、最後は愛のない結婚を選ぶのに対して、キャラは数奇な運命に立ち向かい、魂の伴侶だったティレルの記憶は、彼の死後五五年間もキャラの中に生き続けた。アイリスが鋭い目で社会を見続けたが自らの声を押し殺したのに対して、キャラは偽りのない自分の声を発する。自己矛盾を抱えるアイリスに対して、キャラは徹底的に自我にこだわるが、最後は自我の懊悩を退け、魂の声に全てをゆだねる。それゆえ、一瞬のためらいもなくキャラはティレルのために命をさし出す。評論集の中でオーツが共鳴して引用しているローレンスの言葉――「深い、情熱的な魂から現れ出るものは、何一つ邪悪ではない、邪悪であるはずがない」――はキャラとティレルの魂の有り様を言い表しているように思われる（*Contraries* 12）。

McPhillipsによれば、作品の題名はベルギーの印象派画家フェルナン・クノップフ（Fernand Khnopff, 1858-1921）の画題『私は私自身に扉を閉ざす』（*I Lock My Door Upon Myself*, 1891）からとられている（198）。絵の構成を見てみよう。扉を閉ざした薄暗い部屋の中央に、一人の若い女性が食卓台の上に両手を組み、その上にあごをのせ、こちらをじっと見据えている。ラファエル前派の小さいふっくらした顔立ち、縮れて豊かで弾力のある長い赤毛、そして何より特徴的なのは、白目の狂気じみた凝視するその目である。左手の薬指の結婚指輪が不釣合いに光っている。前景として、中央と左右に三本のオレンジ色のユリが配されている。彼女の後方左側にはどんよりした鏡、後方右側には翼をつけた白い男神の頭像が置かれている。暗黒色の食卓台とキャラの体の間には、この画家が好んだ色とされる濃い青色の何かが流れている。青い流れは地下水のように枯れることのない この女性の生命力、解放への強い欲求を象徴しているように見える。男神の翼にも同じ青が一筆はかれているのは暗示的である（『世界美術大全集』143）。

このように閉ざされた空間の中で沈黙を貫く女性のナルシズムにも近い自意識が絵の世界を支配している。沈黙こそが彼女の欲求を語っている。外の世界から孤絶した若い女性に霊魂を吹き込み、その自我の殻を破らせ、決死の勇をふるって禁忌の愛を貫く物語のヒロインに生き返らせたオーツのインスピレーションには感嘆させられる。さらにオーツの霊的な、限界を越境する想像力は、同じ青色の翼を持つ白い異教の男神を黒人の水脈探知者ティレルとして変身させている。

中編小説『扉を閉ざして』は、自然の荘厳な静寂に包まれた、息を呑むような決死のシーンで始まる。伝説の事件がまるで映像を見るように眼前に現れる。一九一二年九月の夕暮れ時、ニューヨーク州北西部にあるショトーカ川（Chautauqua River）を一人の中年黒人男性と一人の若い白人女性が乗ったこぎ舟が、下流にあるティンターンの滝（Tintern Falls）をめざして、「快活に、挑戦するように」（*I Lock* 3. 以下頁数のみ記す）急流を力強く突き進んでいる。これを見守る岸辺の人々の恐怖と驚愕の叫び声も、滝の轟きも、二人の耳にはいっさい入らず、二人は微笑み向き合っている。男は静かにオールを置いた。宇宙のしじまの中で二人は運命の時を待っている。小舟は一気に滝を落ちた。二人は心中を計ったのだった。黒人ティレルの遺体は死後数日間放置され、白人既婚女性キャラはその後視力障害を負い、生涯歩行困難な身となった。彼女は心中の翌年から一九六七年に七七才で死ぬまでの五五年間を婚家の一室で「扉を閉ざして」閉居の生涯を送った（“She locked her door upon herself.”）（83, 86）。

……で始まるオープニングシーンは、禁断の愛が美しい農村風景の中で人々から人々へ、世代から世代へと語れ継がれてきた民話の始まりを想起させる。視覚と聴覚に訴える臨場感あふれるこのスペクタクルシーンの直後から、キャラの孫娘が心中事件と五五年間の隠遁生活に象徴されるキャラの不可解な人生をいぶかるように、しかし努めて客観的に「他人」(83)の目で回想し始める。およそ一世紀近くも昔の伝説を蘇らせる語りの「神話性」「再生と浄化」「永劫性」は、三世代をつなぎ、魂の伴侶としての至高の愛を復活させ、それを「不滅の」ものにしている。語り手の抑制の効いた回想の中で、キャラは自分の声を発し、生き生きと現在に蘇っている。自我への固執、宿命や社会への挑戦、自然から得る心の慰め、心の飢えと情欲、生きることへの貪欲さ、勇気、信仰と償いなどの、全てイタリック体で記された言霊にも似たキャラの内面の声は、キャラの心の軌道であり、キャラの人格の形成を伝えている。これらのキャラの欲求や精神性のほとんどがティレルのものでもある。二人は、とりわけ、社会から疎外された者としての社会への挑戦、愛の渇望、自然との強い帰属感、生きる指針としての信仰、といったことによって強く結ばれ、究極の一体感に達する。まず、キャラが自我の煩悶を超えて「魂の孤高」(20)に目覚めるまでの孤独な前半生を追うことで、ティレルとの魂の伴侶を全うする素地が引き出せよう。

キャラの人生は出生の時から宿命づけられていた。ニューヨーク州エデン郡ミルバーン（Milburn）の小村の農家でキャラは一八九〇年に生まれたが、母親は生まれたばかりの子供に「墓を連想させる」(5) キャラという名前をつけ、出産後死んだ。キャラリリー（オランダカイウ）は白いユリで「葬儀の花」であった。キャラの洗礼名はイーディス・マーガレット（Edith Margaret）であったが、母親が死の床でつけた名前を誰が教えたか定かでないのに、自分をキャラだと言い張った。その名前のとおり厳しい天運の中で、キャラはいかなるものにも妥協せず、彷徨を好み、個としての自分に固執する。最初からキャラは手に負えない子供だった。「あり余るエネルギー」(6) のため、家族の大人たちから厳しい折檻によるしつけを受けた。決して涙を見せず、許しも乞わない強情さに、大人たちはさらに激怒したが、幼いキャラは心の中で譲れない自我を主張する――「私自身が全てなの。私はあなたなど必要ではない」。ついに父親は自分の子供ではないとまで口にする。というのも、馬のたてがみのようにかたく、燃えるような赤毛、神経質な鷲のような鋭い顔立ち、蒼白な皮膚、深くくぼんだ暗褐色の目――これらの外見上の特徴は父母の血筋にはなかったからだ。大人のしつけもむなしく、キャラは早熟で狡猾、わがままで、何をしでかすか分からない少女に成長した。家の中でいるより野山を好み、動物たちとむさぼるように食べあった。野性児は当然、学校では反抗児であった。むちを持って複式学級を担当する中年のヴォーゲル女先生（Mrs. Vogel）の手から機敏にそれを奪って、先生の顔面いっぱいに放つと、先生の丸めがねが吹っ飛んだ。キャラは他人、大人、社会の規律を全く寄せ付けない孤独な異端児だった。

そんなキャラも一三才の時、土地を奪われて家を出ていった父が死ぬと、突然信仰心が芽生えてきた。それまで拒絶していた教会に現れ、神やキリストの名を口にし、讃美歌を美しい低音で熱っぽく歌い、パイプオルガンをひき、聖書の暗誦は人より秀でていた。その顔は「輝き、この世のものとは思えない」（10）と人々は口々に言った。多感で、生来優れた頭脳の持ち主の少女は、一人で生きていくための確固たる何かを欲したのだった。「神は我々の中に、我々の外に平等に、あまねく存在する」（11）という信仰から心の慰めを得た。そんなキャラを人々は一方では、「頭がふれた」と陰口を言ったが、キャラはその言葉を「神の指に触れられた」狂人（12）という考えの方に解し、内心喜んだ。神が与えた「特別の運命」を生き抜くことを予感する。だが少女期の宗教の体験はいたって教義的で慣習的なもので、その後の空虚な結婚生活では何の心の慰めももたらさず、放棄してしまう。だが本質的に求道的なキャラは最後は宗教に殉じる。思春期の聖書との出会いは、後半生の生き方の原点であり、生前ティレルが説いた「神の御心」がキャラの心に届いたかのように、修道女を彷彿させる五五年間の黙想生活の中でキャラを支えたのは聖書であった。キャラとティレルのカリスマ的で教祖的な激しさ、それゆえの愛の凄惨さと贖いの深さも宗教的な厳格さを感じさせるものがある。

キャラを引き取った母親の実家もこんなキャラに手を焼き、唯一の解決策を見出す。早急にキャラに夫を見つけることだった。相手に近づかなければいいという幼い考えで、一九〇七年一七才のキャラは、三九才のドイツ系移民の農園主ジョージ・フライリヒト（George Freilicht）と結婚した。だが寡黙で醜い小男の夫と義母に対するキャラの拒絶の態度は最初から尋常ではない。義母を決して母とは呼ばず、キャラという名前を誰にも教えず、婚家の人々は最後まで彼女をイーディスと呼んだ。しかし賢いキャラも結婚というものについてはほとんど知識がなかった。体に触れようとする夫に激しく抵抗し、無様な夫を憎み、夜になると寝台は無言のつかみ合いの闘いの場所となった。しかし子をもうけられない「哀れな男、愚か者」という周りの人々の夫への蔑みの声をキャラは知っていた。わずかたりとも愛していない男だが、この男の哀れ、ある種の優しさ、そして人並外れた忍耐力をキャラは見てとって、夫に譲った。三人目を生んだ後で、これで「自分と同様に夫も救われた」（30）と判断し、それ以来夫と交わることはなかった。

子供を持ち、家庭にいることはキャラにとって「死」に等しかった（26）。鏡を見るのを毛嫌いするキャラは「誰もそこには映っていないのだから」(32) とつぶやく。母親たらんと努力はしたが、子供が目の前にいないとその存在を忘れるありさまだった。アイリスが愛なき結婚という迷宮の淵でおののいていたように、夫や義母に仕える義務、妻・母としての役割を強要する結婚は、反社会的で自我を譲らないキャラにとって、本能的に最大の敵である。個に固執すればするほど、キャラは家庭で孤立を深め、夫は挫折感と無気力感にとらわれる。結婚という制度が抱える隷属性と疎外性にキャラは抵抗するが、出産は「言い表しがたい恥辱」(37) であり、子供は「フライリヒト家の子供であり、私のものではない」とまで思うとき、それは個に固執することの限界である。キャラも自我の煩悶と居場所のない疎外感にもがき、心はおぼれかかっている。

追いつめられたキャラは、めぐり来る四季を瞑想するうちに「唯一の魂」のありかに気付き、慰められる。その頃から再び放浪を繰り返すようになった。家を出ていったきり何日も帰らなかった。今まで行ったことのない野山を歩き、夜はそこでまるで動物のように深い眠りにおちた。自然の中に身を浸すことで、自我は沈静し、自分の魂と向き合える。自分を全て投じることができる、一種恍惚なまでの「神聖さ」をキャラは自然の中に感じる (Bryant 62)。キャラの自然への放浪は紛れもなく「精神の彷徨」である (山本 186)。

キャラの傲慢とも思える強い自意識は、根本的には、隔絶された世界の中にいて自我にとらわれ、人への愛を知らなかったからである。キャラが夫に離婚を申し出た直後、心の中で待ち望んでいた愛に運命的に遭遇する。無垢な気持ちで初めてティレルの姿を目でとらえたときのキャラの童女のような表情は妖しくもあり、桃源郷のような情景は神秘的な美しさをたたえ、生命が息づいている。一九一一年秋の暖かい日、ショトーカ湖に流れ込む名もないクリーク付近は、りんご酒工場の廃虚にある腐葉土に群がる無数の蜂できらめいている。日を受けて光り輝くクリークの岸辺で、一人の男が釣り糸を垂れているのを背後の工場の窓からキャラは食い入るように見ている。真新しい麦わら帽子をかぶり、体にぴったりした黒いコートを着た姿は牧師のように見えた。一目でキャラは「その暗い、暗い皮膚に魅せられた」(36)。男が去ったあと、キャラは"Ne-gro"(38)と大声で言ってみると、「それは甘草のような黒く、濃厚で、今まで味わったことのないような味がした」と自分の心情を初めて吐露する。

外の世界を知らないキャラにとって、ティレルは彼女を社会に開眼させてくれる人となる。キャラは今までに黒人を実際に見たことがなかった。白人女性が決して近づかない川辺へ一人で行き、屠殺場付近にある黒人のみすぼらしい長屋を凝視する。彼らの親たちは、個人としてではなく奴隷として「彼らの本質である黒さゆえに所有されていた」(40)という事実にキャラは恐れおののいた。キャラは彼らの中に自分と同じような社会から「追放された者」の烙印を見て取る。「私の比でない。彼らは本当の追放された者なのだ。」

社会から見捨てられた者同志が半年後についに出会った時、キャラはすぐに愛を感じ、ティレルも彼女の愛により激しく応じた。一九一二年の春、あの牧師のような服装の黒人が自分の家の敷地に無断で侵入し、地面を測定している姿にキャラは釘付けになった。男はティレル・トンプソンだと名のり、巡回している水脈探知者("a water dowser")(42)だと言う。手には一八インチほどの二またのやなぎの占い棒("a dowsing rod")を持っている。このあたりの地下水の水脈は下がっており、ここの農園主が新しい井戸を掘る計画をしていることを耳にしてやってきたのだと言う。キャラはティレルの説明など一言も聞かず、「そう、私は――キャラ。フライリヒトの妻よ」(43)と頬を紅潮させて言った。ティレルは一瞬ためらって握手をし、それから大きく微笑み「――キャラ」と呼んだ。これはキャラが初めて他人に自分の心を見せた瞬間、自我から解放された瞬間である。この心の奇跡をキャラは「一瞬、まるで空が傾いたかのようなめまいを感じた」(44)と表現している。

水脈探知者としての黒人ティレルの存在には、重く深い意味が込められている。逃亡奴隷の子供であるティレルは人種差別の犠牲者でありながら、干ばつの続くエデン郡に水脈を探す救世主として現れた。三〇才の強靱な体は、実はリンチによる数々の傷でうずくが、彼には「神によって与えられた水を支配する力」(72) が授けられている。エデン郡を襲った干ばつは「二〇世紀の社会の枯渇現象」を予見し(山本 194)、フレイリヒト家に代表される因習性と人種偏見、夫とキャラの結婚生活における愛の不毛、キャラの精神的な瀕死状態も象徴している。ティレルは、愛のない結婚から、精神の飢餓から、社会の因習から、キャラを救い出すためにやって来た。水脈・水脈探しは地上における万物・生命の起源と精神の復活を表象し、作品には水と自然界のイメージが溢れている。川、クリーク、滝、水脈、フレイリヒト家の枯れた井戸から湧き出る豊かな水、月、野の花、果実、鳥、みつばち、ホタルなどの自然界の生物は、いつもキャラとティレルを包み込む。クリークのほとりで狂おしいほどに互いを求め、新しい生命が宿ったとき、二人はいかなる暴力にも屈さず、生き延びようとする。

ティレルは水脈探しを「神聖な職業」("a sacred calling") (42) と呼ぶ。ティレルが牧師の口調で、マタイ伝六章二八・二九節の「山頂の垂訓」に出てくる、神の創造物であるがゆえに愛でられている野のユリのたとえを、差別される者の側から次のように厳しく解釈する。

アメリカのような市場社会ではどんな神聖な職業も汚される。……神の子孫の大多数は野のユリではあり得ない。あくせくと、ユリの根を枯らす雑草を刈り取って一生を過ごすような労働をしても、十分に養われることも、守られることもないのだから、自分を卑しめ冒瀆を犯してしまうかもしれない時が人の人生にはある……ある人々はそれは神の意志でさえあると言う。例えば地下水を探すとき、新鮮で澄み切った湧き水が、土の中に、泥の中に、馬糞の中に、汚物そのものの中に、見出されて人類の恩恵と栄光のためにくみ上げられるように（46)。

水脈探しは、どのような屈辱の中にあっても、神の配剤のもと「人類のために、汚れの中から清らかのものを引き出すがゆえに神聖な仕事」なのである（山本194)。屈辱と苦悩の中にあって誇りと不屈の精神をもって労働するとき、神の恩恵と栄光がもたらされることを信じる水脈探知者ティレルの信念は、この作品の底流を流れる貴重な水脈である。ティレルの言葉はこの時から、過酷な年月を経て、死を迎えるまでキャラの心に深く刻み込まれていたに違いない。物語の最後を締めくくっているこの世に光を見るキャラのヴィジョンは、ティレルのこのメッセージに美しく呼応している。

ティレルの予言どおり、エデン郡は干ばつに見舞われ、ティレルが指示した場所に新しい井戸を掘ると「奇跡的と思えるほど、透明できらきら輝く豊かな地下水が流れ出た」(52)。地下水がこんこんと湧き出たように、ティレルはキャラへの激しい愛と欲情を押さえきれず、目も眩むような月光の夜、「キャラ　おお　キャラ!　キャラ!」(*"Calla oh Calla! Calla!"*)(55)と呼び、キャラを求める。その動物のように飢えた声に覚醒され、キャラも生まれて初めて欲情を覚える。溢れんばかりの月光の中で激しく抱擁し、キスを重ねたこの夜以来、逢瀬する時はいつも、二人を祝福するような神々しい月夜であった。彷徨を繰り返していた少女から、欲情に身を任せる「成熟した女」(59)へと生まれ変わり、「ティレルの女として」(65)生きることにいっさいの迷いはない。

しかし黒人男性と白人既婚女性の情事は忌むべき罪として、ペンシルヴェニア州付近にまでたちまちに広がり、数々の恐ろしいうわさ話が口々に語られた。二〇世紀初頭の人種差別の中では、二人の情事は許されざる最大の悪徳であった。白人女性と関係を持った黒人が無事でいられるはずがなかった。それゆえ、うわさの中で最も恐ろしい話こそ本当の話だとキャラは直感した。ティレルは白人集団による黒人狩りのリンチを受け、裸にされ、両くるぶしを紐で縛られ、ショトーカ川に投げ込まれた。しかしティレルは神から与えられた水を支配する力により、泳ぎきった。これを知った時点で、キャラは彼と生死を共にする決心をする。ティレルも「片を付ける方法は一つしかない」(61)とキャラに告げる。キャラは動揺するどころか、自分の勇気を試されていることに、ティンターンの滝を共に砕け散る「挑戦」と「狂気」(72)の光景に、気持ちの高ぶりを押さえられない。初めて出会ったクリークのほとりで最後の愛を交え、小舟に乗って滝に向かう二人は、岸から見守る村人たちの目には「女王と王のように」(78)映り、この光景は何年も、何十年も、何世代にもわたたって語り継がれることになる。

しかし病院の一室で目覚め、自分だけ生き残ったことを知ったキャラの慟哭は、地獄絵を見るようだ。この時キャラは二二才で、身ごもっていた子供は流産した。その後夫より四三年間、ティレルより五五年間生きなければならなかった。滝を落ちた時に強打した足と膝は激痛を伴い、目は断続的な奇妙な痛みに襲われ、生涯これらの痛みは消えることはなかった。肉体の痛みは、心中を、ティレルのことを忘れさせることはなかった。肉体の痛みはせめてもの心の償いであった。若いキャラの孫娘にとっては、この隠遁の決心と長い年月の意味は謎であり、あまりに無慈悲としか思えない。だがこの過酷な年月こそ、キャラにとって、償いであり、救いであり、慈悲でさえある。五五年間自室の扉を閉ざして、自問し、生き続けたキャラを真に支えたのは「本物の渇望」("a true hunger")(86)であった——ティレルへの渇愛、ティレルが生きられなかった生を生きる貪欲さ、勤勉さと忍耐力と優しさを持った夫を生涯愛せなかったことへの悔悟、今は亡き義母を一度として「母」と呼べなかったことへの自責の念、そして信仰にすがる心。生きることが必然的に生む「渇望は、それが本物の渇望であるなら、満たされるということはない」との境地にキャラは達する(86)。

思えば、魂をゆさぶり起こすほどの渇望を求めつづけたのがキャラの人生であった。そして冷厳な現実を全て受け入れたところにキャラの人生の尊さがある。我々が最も心打たれるのは、キャラの中に潜在していたであろう「より高次の自己」(Boesky 54)[4]がティレルとの愛によって引き出され、試練の中で自分の傲慢を悔い、他者を思いやるキャラの人格が形成されたことである。それゆえ、ティレルとの愛は「愛以上のもの」("more than love")(79)となった。死者たちへの償いと神の慈悲をキャラは聖書に求めた。死後キャラの机の上には、繰り返し読み続けられ、擦り減った聖書が置かれてあった。

キャラは扉を閉ざした部屋の窓から、初めてティレルに会って「私の名前はキャラ」と言った時の、ティレルの目に光ったものを昨日のことのように思い出しながら、毎夜あの川を見ている。満たされることのない渇望と過酷を生きてこそ、キャラは「私は決して不幸ではなかった、私はなにも後悔していない」(96)と言えるのだろう。

キャラが死ぬ前の夏、暗闇の中からまたたく間に無数のホタルが現れ、小さな光を放つ中、最後にキャラが孫娘に語った回想の言葉には、厳しい人生を全うした人の崇高さと、次世代と世界に光明を見る人の慈しみが込められている。ホタルは、キャラがかつてむちを放ったあのヴォーゲル女先生から生徒たちに手渡され、それを持って一列になって家路に向かった、あのカンテラをキャラに思い出させた。「ずっと昔」の命を懸けた魂の伴侶の愛と峻厳な生き方は、愛以上に尊い、「不滅の」ものとして、あのカンテラが山々を点々と灯したように、世代から世代へと語り継がれ、人々の心の中に永遠に生き続けるだろう。

10章　『ブラックウォーター』
——アメリカの女性神話の悲劇

中編小説『ブラックウォーター』（*Black Water*, 1992）は、一九六九年七月一八日の夜、マサチューセッツ州ナンタケット湾にあるチャパキディック島で起きて大論争を呼んだ、痛ましいチャパキディック事件（Chappaquiddick incident）をもとに書かれている。エドワード・ケネディ上院議員（Senator Edward（"Ted"）Kennedy, 1932–2009）が運転する車が川に転落し、ケネディは脱出したが、同乗していた彼の若い秘書マリー・ジョー・コペクニ（Mary Jo Kopechne）は車中に残されたまま溺死した事件である。ケネディは脱出後、長い間警察や救急などへの通報を行わなかった。飲酒運転や救助放棄で起訴されたが、事実上無罪の判決を受け、さらに大きな批判を浴びた。この事件の影響でエドワード・ケネディの大統領への道は生涯閉ざされた。オーツは被害者の女性に「恐ろしいほどの興味と同情をおぼえ」、長い間、いつかこの事件を小説に書きたいと思っていた（Horeck 27）。「テッド・ケネディがあの事件のことを繰り返し「悲劇的な事故」と呼んでいることに憤りを覚えました。飲酒運転をして車が川に転落したのは事故でしたが、彼が同乗者を溺れさせたのは決して事故ではありません。

想像できますか——彼は九時間も事故について通報しなかったのです。それなのに現場を離れたこと以外に罪に問われなかったのです」と語っている（Johnson 383）。『ブラックウォーター』の起源がオーツのケネディの行為に対する義憤であったのは確かなようである。

本作ではチャパキディック事件は一九九一年の執筆時とほぼ同時期に起きた設定になっている。したがって、実際の事件から二〇年以上を経て、作中の「上院議員」は五〇才半ばの中年男性になっている。この時期に政治と性、政治家の倫理性の欠如を露にした事件を小説にした背景には、一九九一年のウィリアム・ケネディ・スミス（William Kennedy Smith, ケネディ一族の一人）の強姦容疑に対する全面無罪、同じく一九九一年の民主党の最高裁判事サーグッド・マーシャル（Thurgood Marshall）の退官後、ジョージ・H・W・ブッシュ大統領（一九八九-九三　共和党）が後任として指名したクラレンス・トマス（Clarence Thomas）はセクシャルハラスメントで訴えられたが最高裁判事に就任、といった一連の破廉恥な不祥事が「一つの時代の終焉」を象徴しているとオーツの目に映ったことがある（Johnson 383）。その当時の政治や経済、人種問題などにおける精神的文化的後退について、本書では「最近の最高裁判決の傍若無人ぶり、富裕階級のイデオロギーとして公認された利己主義と冷酷さ、公民権運動の成果が構造的に崩れていく現状、サーグッド・マーシャル判事の引退、一つの時代の終焉」

と吐露している（*Black* 82-83. 以下頁数のみ記す。以下訳は中野訳による）。オーツはブッシュ対クリントンの大統領選ではクリントンに投票したと言っていることからも分かるように、民主党支持の主人公ケリー・ケラハー（Kelly Kelleher）のレーガンとブッシュに対する痛烈な批判はおそらくはオーツ自身のものであり、当時の政治に対する憤慨と幻滅感がにじみでている。ケラハーは次のように激白している。「レーガンの時代、悲しむべき精神的堕落、偽善、冷酷、うわべだけの微笑から吐き出される嘘――アメリカ人はかならずそれを見破るはず……」（106）。「ジョージ・ブッシュ、こんな男を見たり聞いたりしたら、誰だって拒否反応を起こすにきまっている。なんて見え透いた偽善者なんだろう！　なんたる腐敗！　なんたる愚かさ！　なんたる物知らず！　敬虔なふりをして……」（42）。

　しかしながら、ケネディへの道徳的な憤りに駆られて、わずか六週間で一気に書き上げた『ブラックウォーター』は、オーツによれば、最初の意図とは違うものになった。事実（fact）と虚構（fiction）を融合させた実話小説（faction）と呼ばれる形式をとったこの中編小説の特異性ならびに真価は、当時メディアがこぞって追っていたケネディ関連やスキャンダル面に重点を置かず、車中にひとり閉じ込められ、溺れていく女性の最後の必死の数時間に焦点を当てている点にある。車がガードレールに激突して転落したあと、ケリーが生存していたと想定された二時間で読めるように、一五四頁の中編小説として作られた。死にゆくケリーの口から語られる語りが生み出している鬼気迫る悲愴感と緊迫感が作品を成功させている最大の要因であり、『ブラックウォーター』はこの年のピュリッツァー賞候補となった。

わずかな空気を吸いながら、恐怖と闘いつつ、独立記念日当日の午後の上院議員との出会い、裕福だが暗い影を落としている少女時代、父親との気まずい関係、一九八八年の大統領選での民主党候補マイケル・デュカキス（Michael Dukakis）の惨敗に失望した学生時代などが回想され、ケリーの努めて冷静だが絶望的な声が全篇に絞り出されている。せり上がってくる「黒い水」（"black water"）の中で、「彼女の体をテコ代わりに利用し」（76）脱出した「上院議員」が自分を助けに来てくれると最後まで信じて、「黒い水が彼女の肺を満たす」（65, 103, 109, 138, 148, 154）まで待ち続けるケリーの最後は、あまりに痛ましい。

迫りくる死と対峙しながら回想する中で、自分のことを繰り返し「アメリカの女性」（"an American girl"）（18, 52, 99, 149, 152）と総体として定義し、一方上院議員は名前を持たず、終始大文字で、地位と力を誇示させて"The Senator"と表記している画一性こそが、悲劇の元凶である。この画一性には、個人的な犠牲者と犠牲を強いる者の関係を超えて、アメリカの女性と男性の性差に課された抗えない力学が象徴されている。自分を救ってくれると信じている

（あるいは信じようとしている）ケリーの必死の誤った望みこそが、アメリカ文化の中に植え付けら、作り上げられた「女らしさ」（femininity）と「男らしさ」（masculinity）の空想、あるいはそれらの誤った通念が生む悲劇を物語っている。「私はこの作品で、自分よりかなり年上の男性を信頼して、その信頼を裏切られた若い女性の経験の、やや神話的な、原型ともいうべきものを書きたかった。ですから男性には名前を付けず、「上院議員」とし、一方ケリー・ケラハーは原型的なアメリカの女性なのです」とオーツは本作品についてアメリカの性差をめぐる根本的で鋭い注解を加えている（Horeck 27）。「すべてのケリーに」（"for all Kellys"）捧げられている作品の中で、ケリーを通して「アメリカの女性」の原型がどのように描かれているのだろうか。アメリカの女性に負わされる「正常」（"normality"）とか「いい子／ふしだらでない娘」（"a good girl,""not a bad girl"）といった女性像は、彼女たちの生き方にどのような影響を及ぼしているのだろうか。若い女性の憧憬の的であり、社会的地位と政治的力の象徴である「上院議員」は、ケリーの目にどのように映っているのだろうか。これらの点を追うことで、性差に基づいた「女らしさ」や「男らしさ」の神話が社会的差別を生み、暴力をも刺激していながら、そのことを黙認しているアメリカ文化の成熟の度合いを探ることができるだろう。

二六才のケリー・ケラハーは五年前ブラウン大学でアメリカ学を専攻して最優等で卒業し、保守主義全盛の今では発行部数が激減しているリベラルな雑誌社で働いている。ケリーは非常な勉強家で、潔癖なほどの理想主義者であるが、恋愛では男性に対して被虐症的と言えるほどで、精神的には傷つきやすく、拒食症を患っていた。恋愛においては、彼女の高い知性は愛や価値の対象にはならず、恋人にとって外見の美しさが全てだった。彼女がきれいだったとき、恋人は彼女を愛したのだった。彼女の方も「ベストの状態に見せるためには何でもするアメリカの女性だった」("She was an American girl *you want to look your best and give your ALL.*")(51-52)。破局後、規則的に食べ、体重を元に戻し、睡眠剤と飲酒をやめ「健康と正常を取り戻した」(51)。アメリカの大半の女性がそうするように、読むのが習慣になっている雑誌の星占いについて繰り広げられる、ロマンスの可能性に関してのかまびすしい会話の中に、ケリーも目立たずにいる。

しかし、ケリーの原点はこの「健康」と「正常」の強制にあったことが幼少時代の暗い回想の中で明かされている。彼女は生まれつき左目が「斜視という名の欠陥」を持っていた(21)。「ケリーの目は両親にとって苛立ちと悩みの種であり、特に父親は「異常」("abnormalities")

には動転する人であった。彼は健康であること、魅力的であること、正常であることを偏重していた」(22)。二才の時「「悪い目」のほうは手術によって矯正され、小さな娘はどこから見ても正常になった」(24)。(アメリカ文化に潜んでいる正常でないこと、健康でないことへの異常なほどの不安や恐怖に関してケネディ家関連で連想するのは、知的障害を持っていたとされる娘ローズマリーの思春期特有の行動や暴力的な振る舞いが政治活動の妨げになると考えた父親ジョセフ・ケネディ(Joseph Kennedy)は、母親に言わずに、ローズマリーにロボトミー手術を受けさせ、その結果彼女は半世紀以上施設で過ごすことになったという残酷な悲劇である。もし娘ではなく息子が同じ病気を持っていたなら、父親は同じ処置を選択しただろうか。)

家庭で実権を握る弁護士の父親は、娘に発言や反論を許さず、「いい子」を強要する。「よけいなことを訊くんじゃない。ちゃんと座っていなさい。そう、それでいい。おまえは大事なかわいい娘なんだから、いいね?」("Don't ask. . . . You know you're *someone's little girl*, don't you?" (16)「かわいい大事な娘」という庇護的だが、独占的で威圧的な呼びかけの常套句は、父親のほかに、ケリーの元恋人も彼女に同じ意図で使っている。元恋人はケリーの体を傷つけて、一方的で身勝手な性的征服感を味わいながら、「きみを傷つけたくはないんだ、ケリー、わかってくれるよね」「きみはぼくの大事な女の子なのだ」と言う(45)。うわべの優しい言葉とは裏腹に、恋人は押しつけがましさと優越感に浸っている。ケリーの方は、痛みに耐えて哀願の声をあげる被虐性愛的な立場にとどまっている。心の中で「わたしにはあなたを傷つけるほど力はないの」と自問するのだが、言下に「自分にはもうそんな力がないことはわかっていた」と卑下して、自分の能力をも否定している(46)。並外れて知的で社会的見識をしっかりと持っている成人した女性でありながら、「かわいい娘、かわいい女の子」「ふしだらではない娘」(89, 93, 94, 117, 152)でいなければならないという「女らしさ」の神話に縛られたまま、性的には男性に服従し、自信を喪失し、主体性まで損なわれている。ケリーはこのようなアメリカの「全てのケリー」を代表している。

六〇年代世代の古いタイプのリベラルな民主党員であった「上院議員」は「何事にも傷つかない男、男らしい男で、自分の目標に合わせて歴史を導き、操作する力を与えられた男で、彼の人生は政治であった」(61)。「男らしい男」の上院議員が表象する強い男性のエゴと権力、溢れる自信と性的魅力、その社会的発言力と人心掌握術の前では、ケリーが代表する「アメリカの女性」の受動性、忍従、自己犠牲、無力感、沈黙が自ずと著しく顕在化している。

独立記念日の午後、パーティ場で初めて知り合った上院議員とケリーは政治について議論をしているとき、彼ははっきりと政治的な意見を言うケリーに深い関心を抱き、周囲の仲間の目にも明らかに二人は息が合い、急きょ当日の夜パーティ場を脱け出して本土に帰ることになった。フェリーの最終便に間に合わせようと、暗闇の中、あたり一面に広がる沼地の中を、乱暴な運転で知られる上院議員は車を性急に走らせているうちに、道に迷った。それでも最初のうちケリーは、背が高くて生き生きとして、人を引きつけるカリスマ的な上院議員に「選ばれた女性」（"She was the one he'd chosen."）(44, 48, 54) として、これから始まる冒険に期待し（"*Am I ready?—it's an adventure.*"）(60)、「おとぎ話のお姫さまみたいな自分が怪我などするはずがない」と、アメリカの若い女性が抱く幻想「シンデレラ・コンプレックス」(Cinderella complex) の実現を思い浮かべていた。しばらくしてケリーはやっとのことで、名前は呼べずに、とても慎重に「道に迷ったみたいですね、上院議員」と口にする。だが彼は「これは近道なんだよ、ケリー。一本道だから、迷うはずはない」と自分の正しさを譲らない。これより前に、上院議員がすぐに発つことを決めたとき、ケリーには発言の機会が認められないこと、彼の決定が絶対であることを思い知らされていた。女友達から、発つのはもう少しあとでもいいのではないの、となじられたとき、「彼の言うとおりにするのでなかったら、もう少しあとも何もないのよ」(7) と思ったケリーの心の声には、上院議員の強硬さ、絶対性の前ではなすすべのないケリーの無力感がこの作品中で最も鮮明に聞き取れる。運転中に飲むためのウォッカ・トニックを持ってくるよう求められたときも、ケリーは唖然としたが、何も言えず従った。どうして彼女は「道に迷った」とはっきり言えなかったのか？　どうして彼女は「車をUターンさせて引き返そう」と言わなかったのか？　彼女は自分自身の身の安全と命を引き換えにしても、「上院議員を怒らせたくなかったのだ」(98)。

上院議員が「彼女の体をテコ代わりに利用して」足を蹴り上げたとき、彼女がつかんで脱げた彼の片方の靴を持って、助けに来てくれると信じ、「黒い川はわたしのせいだ」(“The black water was her fault.”) (98) とまで自己犠牲を捧げているケリー。「上院議員」の脱げた片方の靴を持って、「黒い水」の中で彼の助けを待ちながら死んでいくケリーは、王子さまが「残した片方の靴」の持ち主を捜し出してくれて、最後は、お姫様になるシンデレラ童話のシンデレラの恐ろしいパロディである。文学装置としてのパロディでありながらパロディを超越して、アメリカ女性が抱く、抱かざるを得ない受動的な（だが夢はかなうと信じている）シンデレラ・コンプレックスの幻想がこの残酷な現実の背景にあるとオーツは糾弾している。一方、雄弁に死刑廃止を訴え、スポーツマンシップを披露して紳士的に見えたはずの「上院議員」は、脱出後、「片方の靴をはいた」屈辱的な格好で、置き去りにしたケリーの存在も彼女を救い出すことも頭に浮かばず、自分の政治生命が断たれるだろう未来への絶望的な恐怖の中で、それでも逃げることしか考えていない。彼はパーティ場にいた友人の弁護士に電話をして、事故の原因をケリーの飲酒のせいだと嘘までついた。「上院議員」が代表する「男らしい男、男らしさ」の神話は、たとえ女性の命を犠牲にしても自分が生き延びる術にたけている男性の卑劣さと不正と倫理性の皆無の事実を露にしている。

「男性に選ばれる女性」を夢みて、「正常と健康といい子」の制約を負わされ、「女にバカにされるのに我慢できない男というもの」(99)の見栄やエゴ、野心の犠牲になっても、自分を助けに来てくれるものと信じているケリーに対して、最終章で次のようなあまりに残酷な言葉が用意され、反復されている。「あなたは、自分の人生を愛しているアメリカの女性です。あなたは自分の人生を愛しています、自分で選んだ人生だと信じています」("*You're an American girl you love your life. You love your life, you believe you have chosen it.*")(149, 152)。アメリカの女性神話の呪縛とケリーの絶望を隠蔽して、そのうえでさらに、「自分の人生を愛しているアメリカの女性」に置換し、彼女たちの人生の制約を彼女たちの選択にすり替えている。ケリーへのあまりに矛盾し、誤ったこの美辞は、ケリーの死を独立記念日に設定していることを考慮すれば、「女らしさ」を負わせた社会や国家が招いた彼女の死に対する、儀礼的な追悼の一句に聞こえてくる。同様に、人道に反する「上院議員」がケリーら若者に説いたあまりに理想的で、民主党のプロパガンダ的なメッセージも欺瞞に満ち、空疎に響く――「きちんと言葉にして、未来をリハーサルすること。そうすることがわれわれにはとても重要なのだ。それをはっきり口に出すために生きているのだということを、疑ってはいけない。自分の話を語るのだということを、疑ってはいけない」(83-84)。この政治標語は、未来志向のアメリカ国民にとって、普遍的な国家ヴィジョンを表しているだろうが、「原型的なアメリカの女性」ケリーの人生には、ここに込められた可能性、つまり言葉に出すこと、未来を描くこと、自分の話を語ること、生きることが全て奪われている。

オーツの描く女性はしばしば伝統的な制約に閉じこもり、または性的暴力の犠牲となり、その結果、極端な自己否定に陥っている。オーツがこのような自己否定型の女性をあえて描き、さらにもっと問題なのは、彼女たちの恐怖や内面の鬱積した感情の描写があまりに迫真であるがために、作者自身が彼女たちの自己否定に加担しているかのように「見える」ところが、特にフェミニストたちの間では長らくオーツの評価をめぐる争点となっていた(Horeck 30)。しかしアメリカの現実の不正や矛盾に鋭敏に反応する「アメリカ作家」を自認するオーツにすれば、アメリカの土壌や文化には、人種差別と同様に、性差に基づく社会的差別や性的暴力が紛れもなく根強く存在することを公に表すことこそ先決問題である。女性に対する鋳型の強要、性暴力の事実、性暴力を受けた恐怖、を女性が沈黙し続けたことで事実は黙認され、差別と暴力をさらに助長してきた側面があることもオーツは訴えてきた。『ブラックウォーター』はアメリカの女性神話の虚像と実像に着眼し、それら両面を描くことで性差別の文化的温床に迫れている。

『ブラックウォーター』の中でケリーという一人のアメリカの女性の悲劇が最も戦慄的に思える点は、公然とある男性優位が生む暴力をはらむ性差別、政治標語、そして壮大な国家ヴィジョンの前では、女性・弱者の存在、女性・弱者の選択や自由は無残にかき消され、葬り去られてしまうというアメリカという国の強権・力志向の正体を改めて見せつけられることにこそある。

11章 『生きる意味』
——アイルランド系アメリカ人の生き方、ペルソナからパーソナリティへ

『生きる意味』（*What I Lived For*, 1994）は典型的なアメリカ人男性像の創造と文体と構成上の新しい大胆な試みで高い評価を得た長編小説で、PEN/Faulkner賞とピュリッツァー賞の共に候補になった。メモリアルデー（Memorial Day, 戦没将校追悼記念日。五月の最終月曜日）を目前にひかえ、数十年間、心に封印していた両親の屈辱的な死の回想から始まり、アイルランド系アメリカ人男性主人公コーキー・ココーラン（Corky Corcoran）が自らの民族性、性、男性らしさ・男性性（masculinity）を赤裸々に語り、これまでの自分の退避的な生き方を見つめ直し、両親の死の呪縛から解放されて、新たな自己認識に至るまでを追っている。アイルランド人にとっての原点である家族の絆の他に、政治と性、政治と倫理性、アイルランド系アメリカ人や黒人への差別と暴力といった多くのアメリカの測面が複雑に絡まり合っている。アイルランド系アメリカ人男性の創造と、政治・民族・性という新しい主題に加えて、主人公の回想、独白、饒舌、諧謔、卑猥、目まぐるしい行動、退役軍人の演説などが混然一体となっ

た新しい文体が創り出されている。時間設定も新しい試みで、一九九二年五月二二日（金）から五月二五日（月）までのメモリアルデーの週末四日間に限定されている。戦没将校追悼記念日という国家の重要な行事を中心に据えることで、ヴェトナム戦争に行くことから逃げた若き日の自分の行為は、アメリカ男性として最も恥ずべき勇気のない行為だったと主人公に断罪させ得ている。

貧しいアイルランド移民としてアメリカにやってきたココーラン家の四代目にあたる四三才のコーキー・ココーランは、今では富と市会議員としての地位を手に入れている。多数派への強い同化意識と、「アメリカ男性万人」（Johnson 389）をとりわけ表象している性的放縦の二点はアイルランド系アメリカ人コーキーの顕著な特徴である。一方彼の心の中には三〇年以上両親の死の記憶が棘のように突き刺さったまま隠されている。ジェローム・ココーラン（Jerome Corcoran、のちのコーキー・ココーラン）が一二才の時に殺害された父ティモシー・ココーラン（Timothy Corcoran）と、その数年後発狂のうちに死んだ母テレサ（Theresa）の汚点のような死の記憶である。メモリアルデー週末中に両親の死の記憶が呼び起こされる一方で、継娘サリア（Thalia）から、彼女の友人の黒人女性マリリー・プラマー（Marilee Plummer）が同週末中に自殺したとされる真相を突き止めてほしいと哀願されたコーキーは、サリアの助けを求める必死の声に父親として応えようと奮闘する。両親の死の呪縛から目を覚まし、娘のために初めて父親として、また黒人に対して白人としてどう向き合うかが問われることになる。黒人女性マリリーの自殺は、疎遠になっていたコーキーとサリアの親子関係を引き寄せ、恩義ある現市長一家が絡む政界の闇にコーキーを引き入れるかぎになっている。

マリリーの死の裏には、現民主党市長オスカー・スラタリー（Oscar Slattery）と下院議員である息子のヴィック（Vic）が関与している人種差別と政治と性が絡む腐敗がある。扇動的な黒人の牧師で、民主党市会議員でもあるマーカス・ステッドマン（Marcus Steadman）を失脚させるために、市長はマリリーに賄賂を払い、マーカスがマリリーを強姦したとねつ造し、マーカスを告発しようとした。だが政治工作のおとりとして利用されたマリリーの死は、自殺ではなく、実は謀殺であったことが物語の結末で劇的な形で明かされる。

コーキーの生き方は、貧しさゆえに差別されてきた少数派民族アイルランド系アメリカ人としてではなく、多数派に同化し、主流を装うペルソナとしての生き方であった。父の殺害の真相を知ることを避け、アイルランド系アメリカ人の住居地区であるアイリッシュ・ヒル（Irish Hill）を捨てて、そこの出身であるという出自を隠し、支配層の一員としてアメリカの成功を享受していながら、恩義のあるアイスランド系アメリカ人の親族たちと距離を置き、継娘とも親子関係が希薄になっている。しかしマリリーの死は自殺ではないというサリアの必死の訴えに対して、父親の死に対する今までの逃避的な態度を改め、また生来的に持っている道義心や正義感に目覚め、マリリーの死と父親の死に共通する政治の不正にたどり着く。

サリアは支配層出身の母を拒み、あまりに理想的であるために精神を病み、拒食症に苦しんでいる。オーツの従来の作品ではサリアのような存在は、弱者・犠牲者として固定観念化されていたのだが、本作品ではサリアは女性殉教者の役割を拒絶して、現実に立ち向かう不思議な行動力を持ち合わせていて、躍動感さえ漂わせている。サリアはコーキーに父親としての責任、黒人差別に対する社会的正義、さらには「彼自身の人生」「生きる意味」に目覚めさせる触媒的な存在として機能している。精神的な危機にあってその苦しさから逃げていないサリアは、コーキーに彼自身の人格や人生というものに目を開かせる告発的な存在としてあり、ある意味では作品の中枢を担っている。それゆえ小説の最終部では、親友だったマリリーの復讐を果たすべく、またコーキーに代わって政治の不正を裁くべく、「勇気ある主役として登場して物語の全ての決着をつけている」(Araújo 166)。

オーツが指摘しているコーキーのペルソナから「パーソナリティ(人格)への変容」(Cologne-

Brookes 559）は、次の四点に焦点を当てることで立証できると考える。Ⅰ　アイルランド系アメリカ人としてどのようにアメリカの成功を手に入れ、支配層の一員になれたのか。Ⅱ　黒人とアイルランド系アメリカ人は共に被差別民族ではあるが、白人コーキーが黒人ビーチャム（Beechum）に訴える共感や団結の実体はどのようなものか。Ⅲ　マリリーの葬儀に参列したコーキーは何を感じ取ったのか。Ⅳ　アイリッシュ・ヒルに戻った後のコーキーの変化と決意はどのようなものか。メモリアルデーのパレードに参列している同世代の退役軍人の生き方に照らして、コーキーは自分の生き方をどのように見極められているか。Ⅰ、Ⅱ、Ⅲ、Ⅳの視点から、コーキーのペルソナからパーソナリティ（人格）への変容を追ってみたい。

Ⅰ　少数派アイルランド系アメリカ人から多数派へ

舞台はニューヨーク州北部のエリー湖近くの架空の町ユニオン・シティ（Union City）である。物語は一九五九年のクリスマスイヴにココーラン・ブラザーズ建設会社の経営者ティモシ・ココーランが、新居の豪邸の玄関で疾走してくる車中から何者かに銃殺されるという衝撃的な場面から始まる。当時一一才だった一人息子のジェロームだけがこの一瞬の惨事の目撃者だった。共同経営者だった伯父ショーン（Sean）の激しい追及にもかかわらず、生真面目で、父親ゆずりの「頑なプライドと嘘をつくことへの侮り」（*What I*, 9. 以下頁数のみ記す）の血を引くジェロームは、偽りの証言をすることを断固として拒否する。第一部は、それから三二年後、ジェロームはコーキーとして現れる。名前の変更が示唆するように、そこにいるのは全くの別人に変貌した社交的で饒舌で好色な四三才の中年男性コーキーである。彼は不動産開発と株とギャンブルで成功を手に入れ、民主党市会議員も務める町の名士になっている。

コーキーはハンサムで、寛大で、機転が利き、居るだけでまわりを明るくさせるカリスマ的な雰囲気があり、女性にとても人気がある。身に着けているのは全てブランドで、友人や同僚からは「コーキー」（'corky' には活発な、酒に酔った、の意味がある）のニックネームで親しまれている。しかし心の中では、所属するグループや仲間の「メンバー」から除外されることを非常に恐れている。人々の視線を気にして、レストランではばかげた額のチップをはずみ、「コーキー・ココーランは、怒らせなければ、ユニオン・シティで最高のナイスガイ」（53）と不安と自己心酔がないまぜになっている。しかし彼の結婚や恋愛面の個人生活は破綻していている。富裕層への強いあこがれから、不動産業界の大物の娘（離婚歴があることも子供がいることも知らされていなかった）の美貌に引かれて結婚したが、一一年後度重なる浮気と彼女の嫉妬とわがままが原因で離婚して、四年になる。家族に絶対的な価値を置くアイルランド系アメリカ人のコーキーにとって、空っぽになった大邸宅でただ一人いる孤独は耐えがたく、隠れて酒を飲んでいる。さらに「将来子供を持てない、父親になれない」という虚しさと諦念は思いのほか根深く、アルコール依存を強めている。新たな恋愛の相手である夫のいるクリスティナ・キャヴァナ（Christina Kavanaugh）も裕福な名門の出である。彼女を初めて見たとき、コーキーは彼女の知的で自信に満ちたたたずまいとその圧倒的な美貌に圧倒され、手に入れたいと妄想した。クリスティナの夫は元判事で、難病のため九年間車いすの状態にある。コーキーは向こう見ずにも本気で彼女との再婚を望み、「もう一度子供を産むつもりはあるかい」（71）と衝動的にたずねる。クリスティナは「そうするつもりよ。ふさわしい状況で。ふさわしい男性との間で」（72）と、彼の勘違いの申し出を冷酷に一蹴する。クリスティナは夫の了解を得てコーキーとの情事を始め、情事を重ねるたびに夫に報告していたことを偶然知ったとき、コーキーは彼女の嘘と裏切りに激昂し、夫婦に欺かれていたことに恥辱を味わう。夫妻に代表される支配層の傲慢さへのコーキーの憤りは抑えがたく、すがるクリスティナを暴力的に犯すことで怒りを吐き出す。コーキーの異常な性的放埓さと野卑さは、彼と同様に不貞な前妻や恋人とその夫に逆に利用され、また陰で変態呼ばわりされているように、万人が周知のアイルランド系アメリカ人コーキーの恥ずべき弱点である。度重なる女性からの裏切りと辱めを受けたせいで、好色の一方で、コーキーの女性不信は女性へ敵意をにじませるほど激しいものがある。

ココーラン家の初代に当たる曾祖父は、一八二〇年代初頭から始まり一八二五年に完成したエリー運河建設の労働者としてアイルランドから移民してきた。その後一八八〇年代に移民してきたココーラン家も含む全てのアイルランド人は家族総出で昼夜、製陶所で働いた。アイルランド人はユニオン・シティの北西地区にある富裕層が住むメイドン・ヴェイル（Maiden Vale）には住めず、南側の工場地帯にあるアイリッシュ・ヒルに住んだ。アイリッシュ・ヒルでの彼らの生活はカトリックの信仰に深く根ざし、毎日みんなでミサに出かけ、親族全員が一つの家族として深い絆で結ばれていた。コーキーが今なおいとこたちに学費を出しているように、富める者は親族に経済援助をするのは同然のことで、祖国にいる家族に仕送りをする者もいた。同胞ゆえに、貧しさゆえに助け合って生きていかなければならなかった。まだ少年だったジェロームに父親が漏らした「アイルランド人はここでは黒人のようにみなされていたのだ。我々アイルランド人は他の白人たちの靴についた糞だったのだ」（17）という言葉には、貧しいアイルランド系アメリカ人に向けられた蔑みと彼らの屈辱感がにじみ出ている。

しかし一九五九年の父の死の直後、一九六〇年代という新しい時代に入ると、政治も含めて全てがアリ地獄のように足元から変わっていった。メイドン・ヴェイルにあるクリスティナの実家の豪邸を初めて見たとき、こんなところに住む人々と知り合いになりたいとコーキーは強くあこがれた。また白人の支配層しかなれないユニオン・シティ・アスレティック・クラブ（当時はユダヤ人もアイルランド人も除外されていた）の会員になりたいと切望し、どうしたらその「会員」になれるのだろうかと、彼の上昇志向はかき立てられた。子供の頃から信仰心を全く持たず、カトリックの罰の教えを拒絶する反抗心の強いコーキーは、アイリッシュ・ヒルを逃げ出し、新しい時代の波に乗って、富と地位を手に入れ、今では「私はこの町でいわゆる支配層の一員だ」（112）と自負している。高校卒で学歴を持たないコーキーは、アイルランド人特有の「げんかつぎ」や自分の「直感」を頼り、「全くの運」（"sheer luck,"111）に賭けて金を手に入れた。彼が自分の会社を設立した資金は、実は賭けで得たものだった。「生涯のチャンス」と見るや、一九七四年の「アリ対フォアマン」の世紀の対決に借りた一万ドル全部をアリに賭けて、大金を獲得した。だれもがアリはピークを過ぎていると侮り、オッズは八対一でフォアマンが圧倒的に優位であったが、コーキーはこう考えた——「アリは真に偉大なチャンピオンで、一発屋なんかではない。彼は、俺と同じで、ハングリーなのだ。黒人とアイルランド人はたくさん共通点があるのだ。どちらもクレイジーだろう? だからアリが勝つと思ったのだ。おれにははっきり分かったのだ。そしてアリが勝ったのさ」(111)。苦労して弁護士になっているユダヤ人を前に、コーキーがアイルランド人特有の「語りの名手」の才能を発揮して、自分の成功を大得意でしゃべっているこの場面には、アメリカにおける成功の二つのタイプが意図的に対比されている。このユダヤ人のようにたゆまぬ努力と学歴によって得た社会的で知的な成功と、危険な賭けや投機を好機ととらえる「縁起担ぎの楽天主義」に基づく成功である(Sheridan 498)。

自分の成功を饒舌に語る一方で、コーキーは今、自分の若き日のある行為を心から恥じ、悔いる。父、伯父、年上のいとこたちはみんな朝鮮動乱、第二次世界大戦、ヴェトナム戦争で戦ったのに、当時のコーキーには愛国心などなく「ヴェトナム戦争に行くつもりなどなく」(138)、軍隊に入ったことさえなかった。メモリアルデーを目前にして、このことを考えると「恥じている。自分は臆病者だったみたいだ。自分は本物の男ではないようだ」(119)と独白する。

愛する両親の屈辱的な死の記憶、アイリシュ・ヒルの出身であること、学歴のないこと、離婚、子供が持てないこと、恋愛での裏切りと辱め、アルコール依存、国のために戦わなかったことなど、コーキーの心を覆っているのは、敗者の意識と恥の意識である。彼の敗者・恥の意識の根本的な原因は、多数派への同化、支配層への帰属といった人生の外面的な価値を追うがあまり、本当の意味での内面的な自己確立や自己信頼が形成できていない点にあった。

殺害された父親の死の原因を突き止めようともせず、主体的に生きていないコーキーの生き方に否を突きつけるのは、支配層の自分の家庭環境から、また男性遍歴を繰り返している母親からも決別している、自立心の強いサリアである。マリリーの死後、真実を知っている自分に危険が及ぶことを恐れて身を隠していたためにさらに痩せ、精神的にも衰弱している中で、サリアは次のようにコーキーに問いただす――「あなたの人生は何なの？　……両親の死はあなたには、あなたの人格には、影響を及ぼさなかったみたいに見える。あなたは人生そのものね。走り続けている」(298)。コーキーは、サリアの真剣な意見を聞いて、ショックと怒りと恥ずかしさで消え入りそうになる。サリアから指摘された「人生の意味」「人格」という概念は、コーキーにとって、今初めて知るものだった。

主流、支配層への帰属を強く求めていたコーキーではあるが、実のところ、政治や金儲けには生来あまり関心はなかった。彼が心の奥底でずっと大事にしてきたものは「友人や友情であった」(99)。コーキーは小学校時代のある友人を大事に思っていて、彼に会っても貸した金の返済を求めようとはしない。同じくアイリッシュ・ヒルの出身であるオスカー・スラタリーは、コーキーに黙って、高校の授業料をずっと払ってくれていた。オスカーの父親が禁酒法時代に富を築き、次・次世代は学歴と社会的地位を手に入れたのだったが、コーキーはオスカーへの恩義を決して忘れることはなく、政治的忠誠も誓っている。中高時代からの親友で、彼の息子のヴィックへの友情と敬意と忠誠はコーキーにとって何ものにも代えがたいものである――「私は一〇〇パーセント君を支持する。私は君の家臣だ」("I'm with you one hundred percent, I'm your man.")(136)。彼のスラタリー親子への忠誠心や友情は、しかしながら、あまりに盲目的で、彼らの政治家としての欺瞞と不正を見抜けなくしていた。

しかし、スラタリー親子がマリリーの死に関与しているらしいと知るや、コーキーの忠誠心と友情は、嘘と裏切りに対して生来持っている「道徳的憤怒」に変化し、即座にヴィックにマリリーとの性的関係の有無を問い詰める。その後スラタリー親子の陰謀と彼らの自分への嘘を知ると、激昂型で「カウンターパンチャー」(68, 90)を自認するコーキーは、彼らと対決しようとする。(コーキーは自分と重なる部分が多々ある、とオーツは明かしている。また彼女は「私はカウンターパンチャーです」と何度となくインタヴューで打ち明けている(Cologne-Brookes 561)。カウンターパンチとはボクシングの用語で、相手の攻撃をかわして反撃することである。本作とほぼ同時期に書き始めた『ブラックウォーター』(1992)の起源は、いわゆる「チャパキディック事件」でケネディ上院議員が取った不正な行動に対するオーツ自身の「義憤」('moral outrage')であった(Johnson 383)。オーツの義憤が『ブラックウォーター』を書かせたように、コーキーは政治家の権力のおとりとして、性の餌食として、利用されたマリリーに対して報復と正義を果たそうとしている、と関連性を念頭に置いて、読むこともできる。)

スラタリー親子と道徳的、政治的対決を果たす前に、コーキーは黒人が所有するクラブ・ザンジバルに出向いて、「白人の代表」として、白人の優位性の根拠のなさと白人の唱える「団結」の欺瞞をさらけ出す必要がある。さらにマウントモリア墓地で行われるマリリーの葬儀に会葬し、コーキーは「彼らの一人」になる必要がある。第三部七「クラブ・ザンジバルでのコーキー」と次の八「マウントモリア墓地でのコーキー」は、前者は笑劇的、後者は内省的な、全く異なる文体を駆使して、コーキーの無知・軽薄さ・傲慢と彼の良心の両面を巧みに描き出している。

Ⅱ 「クラブ・ザンジバルでのコーキー」――一人の黒人対一人の白人

自己防衛のために所持していた銃をサリアに盗まれたために、銃の不法密売をしているらしいという怪しげな情報をもとに、コーキーはアイリッシュ・ヒルにあるクラブ・ザンジバルに出向く。ザンジバルの前身は「シャムロック」（シロツメグサの意味。シロツメグサはアイルランドの国花）という名前のアイリッシュパブで、かつてはここの住民の誇りと安らぎの場であった。一九六七年のデトロイト暴動と翌年一九六八年のキング牧師暗殺後に噴出したアメリカの都心での破壊行為は、アイリッシュ・ヒルにも波及し、コミュニティをパニックに陥れ、人々は郊外へと流出し、今ではアイリッシュ・ヒルは黒人地区となっている。被差別民族としてのアイルランド系アメリカ人と黒人の近似性はこの住居地区の変化にもうかがい知ることができる。時代と社会の変遷を映し出しているザンジバルで、コーキーは一人の白人として一人の黒人と言葉で対決して、無残に自滅することになる。Sheridan が指摘しているように、「トリックスター」を想起させるザンジバルの黒人所有者ロスコ・ビーチャム（Rosco Beechum）は、コーキーの身勝手で無思慮な発言に対して機知に富んだ鋭い言葉で応酬している（508）。コーキーは同じ被差別民族として共有しているつもりの被害者意識や安易な団結心をやかましく騒ぎ立てるばかりで、当り障りのない善意の奥にある浅薄さや無知を自虐的に露呈している。

民主党員としてのコーキーは「あらゆるリベラルな大義を一貫して支持する」(40)と主張し、黒人解放の原理にも反対ではないが、個人としての明確な政治的見解を全く持ち合わせていない。選挙の票を獲得するために人当りよく取り入る彼の態度は、ユニオン・シティの一部の黒人たちからは「好印象を与えようとわざわざ近づいてきては、友情の握手を交わす白人のおべっか使い」(41)と揶揄されている。黒人の報復の時機が差し迫っていると扇動するステッドマンのことも「市議会の会合を怒鳴り合うけんかの場に変えてしまった民衆扇動家だ」(49)と叫びたてるだけで、黒人問題に深入りはしない。

コーキーは場違いにも愛車キャデラックをザンジバルの向かい側に止めて入るが、ザンジバルはクラブではなく、黒人所有者の軽食堂だと知りがっかりし、従業員も客も全員黒人であると分かるが引き返せない。ユニオンシティ・アスレティック・クラブでするように、「メニュー」を求めて失笑され、閉店時間だと気付かずに注文したコーヒーは出てこない。自分が無視されているように感じるが、「アイルランド人はイギリスでは黒人と同じようなものだったのだ。アイルランド人はユニオン・シティでは黒人と同じようなものだったのだ。俺たちはWASPの靴についた糞だったのだ」(370)、「私は君たちの仲間だ。友人だ。君たちの味方だ」

(372)と心の中で叫ぶ。しかしこのような同病相憐れむ感情や仲間意識とは裏腹に、その後の彼の発言は白人の側から出た利己的な勘違いの連続である。コーヒーが出てこないことに腹を立てて、「私の市民権は侵害されている」("My civil rights are being violated.")(377)と叫ぶコーキーは、黒人の問題を短絡的に自分に置き換える身勝手さと無知の極みを抱腹絶倒に伝えている。この騒ぎを聞きつけて「奇妙ないでたち」で現れ、「ブルドッグのような恐ろしい顔」に「機敏で知的な目」をして、巧みに言葉を操り、トリックスターさながらに圧倒的な存在感を放つビーチャムと、自分の出自を隠し、主流の帰属性に拘泥し、政治家として自分の意見を持っていないコーキーとの、個人としての対決の勝敗は明白である。ビーチャムは終始この男を「どう理解したらいいものか、どう見きわめたらいいものか」(380)分からないでいるのだが、コーキーのほうは身構えて、その後も、本来黒人の主張であるはずのことを白人である自分にすり替えた愚かな発言をして墓穴を掘る。以下はそのことを絶妙に伝えている二人の対話である。

コーキー「私はここで敬意をもって接してもらわなければならないのに、失礼な扱いをされた」「私がここで望まれていない理由はただ一つ、私が……白人だからだ」

こんな驚いた話は今まで聞いたことがないというかのように、ビーチャムは目を丸め、頭を振って言う。

ビーチャム 「あんたは白人で、それがあんたの問題だというのか?」「これを聞いてコーキーは珍しく洞察し、民族問題の核心に触れる」「私は白人なのか? どうして分かるのか……。この地上にビーチャムとコーキー・ココーランしかいなくて、コーキー以外に白人を定義してくれる「白色人類」が一人もいなければ、自分はひどくおびえることだろう。目の前にいるこの男に恐れずに立ち向かうなんて万に一つもできっこない」「それでも彼は願望充足的な発言を続ける」

コーキー 「私が黒人なら、店でこんなふうに扱われはしないだろう」

ビーチャム 「じゃあどのように扱えばいいのか」

コーキー 「兄弟のように扱ってもらいたい」(“Like a brother.”)(383)。

「安易に兄弟としての団結を口にするコーキーに対して」

ビーチャム 「あんたはおれの兄弟ではない! ……だれもおれに手を挙げることはできない。あんたの皮膚の色など知ったことではない。おれはロスコ・ビーチャムだ!」

このように、ビーチャムの言う明白な事実とその説得力の前に、コーキーは返す言葉がなく、ザンジバルを追い出される。

Ⅲ 「マウントモリア墓地でのコーキー」――痛みの共有

メモリアルデーの前日、黒人やヒスパニック系労働者階級が住む地区にある質素な教会でマリリー・プラマーの葬式が行われた。コーキーは「マリリー・プラマーを偲んで。追悼の気持ちを込めて。ジェローム・A・ココーラン」の言葉を添えて献花していた。彼はただ一人の白人の会葬者として、棺が教会を出て、マウントモリア墓地に埋葬されるまでを離れたところから双眼鏡で凝視し続け、マリリーの無念と家族の悲しみと怒りを心に深く刻み付ける。

コーキーは彼女の家族をじっと見つめている。彼はこれまでの人生で誰かをこれほど見つめたことはなかった……一心に、魅了されたようにじっと見つめ、頭の中は何も考えていない。……悲しみの中でこわばった表情をしているが気丈にふるまっているマリリーの母親らしき人をじっと見つめ、他の人の腕に寄りかかっているマリリーの祖母らしき人をじっと見つめ、涙を流しても和らげられることのない怒りでむっつりした顔をしているマリリーの弟らしき男の子をじっと見つめている。……滑車がゆっくりと、長方形の湿った土の墓穴の中に、見えない遺体の入った棺を降ろしている間、彼の体の全ての分子が双眼鏡のレンズに押しつけられているかのように、コーキーは棺に没頭し、集中し、強烈なその存在をじっと見つめていた。(394)

オーツの他の作品にも頻繁に出てくる「凝視」('stare') は疑惑、敵意、洞察などを内包するのだが、コーキーの凝視ほど長く、深く、個人的で、内省的で、真実性を喚起する凝視は、他のどの人物にも見られない。マリリーの無念、家族の悲しみと怒りは、父の殺害以来ずっとコーキーが心の中で抱き続けてきた感情そのものであった。長い凝視のあとで、「私は彼らを監視しているのではない。私は彼らの一人なのだ」("I'm one of them.")(395) とコーキーが言うとき、痛みを共有することで人と人は、民族の違いを超えて、別々の離れ離れの存在ではなく、根源的には引かれ合い、一つにつながることができるのだということを証明できている。

Ⅳ　メモリアルデー——原点への回帰

　メモリアルデー当日、自分の原点であるアイリッシュ・ヒルに戻ると、そこは懐かしい我が家だった。亡き伯母のコーキーへの終生の愛情を思い起こし、伯父とのわだかまりも消えて、伯父への心からのいたわりが自然に湧いてくるうちに、コーキーは初めて自分の原点を冷静に客観視できる。アイリッシュ・ヒルを逃げ出した時点で、実は自分を捨てていたのだった。支配層の一員という装った自分を生きてきた半生であった。同胞で支配層のスラタリー親子にあまりに心酔していたので、スラタリー親子についての「誰もが知っている」疑惑を前義父と伯父がほのめかすまで、コーキーは全く気付きさえしていなかった。恩義ゆえに、また亡き父を敬慕するあまり、オスカーはコーキーにとって亡き父に代わる擬似家長的父親であった。またヴィックのことは全てを兼ね備えた完璧な「兄弟」（518）として美化していた。

　メモリアルデーの退役軍人のパレードに出席していた同世代の退役軍人ビリー・ブラノン（Billy Brannon）の存在とスピーチは、コーキーに若き日の自分の卑怯さをまざまざと思い知らしめている。ブラノンは昔近所に住んでいた知り合いで、ヴェトナム戦争で重症を負い、武勇の勲章をもらった。戦争中ヘロインに手を染めたが今は立ち直り、高校の校長をしている。

湾岸戦争を始めたアメリカ政府の愚行を痛烈に批判したあとで、「我々の死は記念されなければならないとか、彼らの死は記録に刻まれなければならないとかいう古い考えを超えなければならないのです……。どんな戦争にも勝者はないのです。みんな敗者なのです」（563）という彼のスピーチをコーキーは「本物だ」（"the real thing."）（562）と思う。ひきかえ自分は、「何たるばか者、何たる臆病者だったことか」（"Corky, what a shithead, Corky, what a coward."）（553）と裁決を下す。「ヴェトナム戦争に巻き込まれないようにするために、あらゆる手を使った息子を父は恥じたことだろう。男の中の男――コーキーは永久にこれを逃したのだった。だからコーキーはただべらべらしゃべっているのだ、たぶん。必死で何かを確かめようとして、女を追っかけまわしているのだ、そうではないか？」（557）と自分を断罪する。

カトリック教会の墓地に眠る両親の墓の前に立ったとき、父の葬儀以来ずっと抑えられていた感情がせきを切ったように溢れ出し、コーキーは嗚咽する。しかしながら伯父から聞き出した父の死の真相には、コーキーの生き方と重なる意外な父の側面があった。コーキーにとって英雄であった父の記憶は、今、実像にとって代わられる。父は影響力があると思われる政界や経済界のだれかれの区別なく接触を持ち、金をばらまいた。また自分の出自を隠せるかのように、銀行から大借金をしてメイドン・ヴェイルに豪邸を建てた。父は確かに妻を愛していたが、人々にあまりに多くを要求し、他の人の意見に耳を貸さず、一人派手な振る舞いをし、あまりに強い自尊心と正義感ゆえに組合の長年の慣習である「キックバック」を拒み、結果孤立し、アイリッシュ・ヒル出身の当時の市長にも裏切られ、組合という組織によって闇に葬られたのだった。

さらに、誰もが周知のオスカー・スラタリーの陰謀によるマリリーの自殺の事実を伯父から知らされたとき、父親の殺害の背後にあったと同じ政治と民族差別（ユニオン・シティのアイルランド系アメリカ人は黒人を嫌悪していた）が絡んだ暴力と不正に対して、コーキーの道徳的憤怒は抑えようがなかった。

メモリアルデーの夜、ヴィックのためにスピーチをする予定であった民主党の晩餐会の直前に、コーキーはヴィックに詰め寄って、身の潔白を問いただす。ヴィックはひるみ、何も答えず、コーキーの顔さえ見ない。「ここから立ち去るのだ。スラタリー親子を糾弾する必要はないのだ」（593）と妥協を促す心の声にもかかわらず、もう引き返せないと決意し、ヴィックの方に進み出たちょうどその時、招待客の中を「決然と張りつめた表情」でサリアがヴィックに向かって進み、バックの中から拳銃を取り出し、ヴィックに狙いを定め、「ヴィック・スラタリー！　人殺し！」と叫びながら、三発発射する。コーキーはとっさにヴィックを守ろうとしてサリアを阻止すると、銃弾はヴィックをよけ、コーキーの心臓と左腕を直撃し、頭蓋骨をかすめた。マリリー謀殺の直接の原因は、ヴィックは否定していたがマリリーとヴィックの性的関係だったことをサリアは身を挺して示した。内部告発者として一瞬躊躇したコーキーに代わって、サリアは事件の真実をただ一人知る者として、コーキーに約束していたとおり、正義を実行した。

オーツの後年の小説に時おり見られるように、エピローグには作者による人物への慈しみが込められている。わが身を犠牲にしてサリアとヴィックを救ったコーキーもまた優秀な医師たちのおかげで瀕死の状態から生還できた。長らくコーキーの心を呪縛していた母の記憶は「夢」(607) だったのだと精神的にも蘇生したコーキーは、今やっと母の記憶からも解放される。長い間ベッドの上にいて、生まれて初めて自分の人生について真剣に考え、自分はもう大丈夫だ、アルコール依存も終わったと確信できる。親族、元妻、同僚、敵対していた同僚さえからも何度も見舞いを受けて、コーキーは母だけの愛ではなく人々の愛に触れ、最後は立ち直りの早いアメリカ万人らしく、楽観的に未来を思い描く――前妻と再婚し、子供が生まれることを夢み、オスカー・スラタリーが辞職を表明した今、「人々は次期ユニオン・シティ市長にジェローム・A・ココーランの名前を挙げている」(603) 以上は、この好機を逃しはしないと。「アメリカ男性万人」の楽天主義、機会主義、未来志向が再びコーキー・ココーランの野心をかき立てるところで物語は終っている。

結び

コーキー・ココーランはアイルランド系アメリカ人として、家族への愛と絆、家父長的父親への敬慕、貧困ゆえの民族差別、そのことによる劣等意識と屈辱感、忠誠心と正義感、直感的な行動力、性的放縦、飲酒癖、多数派への同化、成功への野心などを具現している。同時に、これらの特徴に加えて、楽天主義や機会主義を生きてきたコーキーは「アメリカ男性万人」を代表している。父親の殺害の真相を知ることを避け、その死の記憶を封印していたことが象徴しているように、コーキーは自らの出自を隠し、多数派に同化し、主流を装うペルソナとして偽りの生き方をしてきた。一方であまりに盲目的な恩義や忠誠心のせいで、彼は政治家スラタリー親子の虚像、物事の本質を見抜けなくなっていた。しかし生来強く持っている義憤に駆られ、父の死と黒人女性マリリーの死に共通している、民族への差別が絡む政治の腐敗と不正の事実を突き止める。メモリアルデーという象徴的な日に、自分の原点であるアイリッシュ・ヒルに回帰したコーキーは、若き日の卑劣で臆病な生き方を直視し、また英雄視していた父の過ちにも気付き、両親の死の呪縛から解き放される。彼は初めて父親として娘と向き合い、黒人に対する白人の無知、軽薄さと傲慢をさらけ出し、またマリリーの死を見届けて黒人一家の深い悲しみと痛みを共有することで、ペルソナとしての偽りの盲目的な生き方と決別して、生まれ変わった自分を生きようとする。

付録　公民権運動と南部女性文学
——人種と性のせめぎあい

一九三八年ニューヨーク州北部に生まれたオーツは、若き日北部にいて、ケネディ大統領暗殺とキング牧師暗殺で頂点に達した公民権運動をひりひりと肌で感じ、その混迷の時代を共に生きた。南部の公民権運動と同時期、権力や社会に蔓延する人種差別に不満を抱くデトロイトの黒人やヴェトナムからの黒人帰還兵士たちが暴徒化した「デトロイト暴動」(1967)を当時デトロイトに住み、目の当りにしたオーツは、事件と同時進行で『かれら』を書き上げた。『苦いから、私の心臓だからこそ』では、主人公アイリスはケネディ暗殺のニュースに激しい衝撃を受け、その直後、彼女はまるで白人としての懲罰を受けるかのように、数人の黒人青年に凌辱されるという屈折した方向に身を任せている。オーツが「アメリカの縮図を描く」とか、「歴史の証人としての作家」という作家姿勢を貫いている背景の一つに公民権運動があったのは確かであろう。黒人差別、暴力、性、そして黒人と白人の融和への模索は彼女の終生の重要なテーマとなっている。オーツの先達として、あるいはほぼ同時代人として、公民権運動時代に南部女性作家たちの多くが南部人として、南部女性として、黒人と白人の問題に真摯に向き合い、優れた作品を書いている。
オーツはユードラ・ウェルティ（Eudora Welty, 1909–2001）を敬愛し、会ったことがあるとオーツ自身から伺ったことがある。ウェルティの『デルタの結婚式』（*Delta Wedding*, 1946）についてのオーツの簡潔で鋭い書評を読み、作家ならではの独特の視点に驚きと新鮮さを覚えたことがある。ウェルティの短編「デモンストレイターズ」（"Demonstrators"）は公民権運動時代の最高の作品という評価もある。以上のような観点から、参考の付録として、「公民権運動と南部女性文学——人種と性のせめぎあい」を載せておく。

一九六〇年代はアメリカにとって、公民権運動（The Civil Rights Movement, 1950～1960年代）とヴェトナム戦争（1965–1973）に苦闘した、二〇世紀で最も混沌とした時代であった。ヴェトナム戦争を契機にして、人種問題や公民権運動は南部だけの問題ではなく、アメリカ国家全体を揺るがす大問題となった。公民権運動時代に多くの南部女性作家が信念を持って優れた作品を発表している。彼女たちの発言の背景には、人種と性のせめぎあう南部白人優位主義文化があった。Richard H. King は *A Southern Renaissance: The Cultural Awakening of the American South, 1930–1955* の中で、このような南部文化の悪しき根源を「南部家族神話」

として洞察し、また、Lillian Smith が人種差別の元凶として訴えた「二人の母親―黒人乳母の伝統」も大きく取り上げている。本稿では（一）「南部家族神話」と（二）「二人の母親」でそれぞれの要約も試みた。

I　一九六〇年代の公民権運動をめぐる南部と北部

一九六〇年代には公民権運動に深く関わった組織や国家のリーダーの暗殺が相次いだ。南部で最も差別が根深いミシシッピ州の公民権運動のリーダー、メドガー・エヴァース（Medgar Evers）の暗殺（1963）、ケネディ大統領暗殺（1963）、マルコムXの暗殺（1965）、キング牧師の暗殺（1968）、ロバート・ケネディ司法長官の暗殺（1968）である。アメリカ南部で起こった一九六〇年代を頂点とする公民権運動は、ヴェトナム戦争の長期化に伴い、北部の都市のブラック・ゲットーで貧困にあえぐ黒人の暴動という別の形で現れた時、実は黒人の差別と貧困と絶望は全国的な問題であることが浮き彫りにされたのであった。

南部の公民権運動は、連邦政府と州政府の権限の優位性をめぐる対立がその激化の一因でもあるが、連邦政府の「公民権法」制定による白人優位主義に基づく南部各州の憲法上認められた人種差別、すなわち「人種隔離」(Segregation)を撤廃し、「人種統合」(Integration)を目指そうとするものであった。『アメリカ黒人解放史』によると、一九六〇年代の公民権運動に至るまでの、黒人差別問題に関わるアメリカ史上重要な最高裁判決は以下の一から五である。一、一八五七年、ドレッド・スコット事件の判決、差別をしても憲法違反にはならない。二、一八六八年、黒人に各方面にわたる市民権の自由を認めた憲法修正第一四条。三、一八八三年、各州の権限を憲法修正第一四条より優先させる。南部各州の合法的差別待遇が堂々と行われることになる。四、一八九六年プレッシイ対ファーグソン事件の判決、「差別はするが平等に」('separate but equal')。平等な施設ならば、分離してもよい。この後南部社会は上から下まで分離され、いわゆる「ジム・クロウ」(Jim Crow)として知られる南部黒人差別=分離は一九三〇代を生き延び、一九六〇年代まで続くことになる。五、一九五四年、公立学校での分離教育は憲法違反である(猿谷 175-76)[1]。そして翌年一九五五年には、アラバマ州モントゴメリーでキング牧師率いるあの有名な、黒人のバス・ボイコット運動が起こった。一九六三年六年、ケネディ大統領はホワイトハウスからラジオ、テレビで全国放送を行って、全国民に次のように呼びかけた。「我々は全世界に向かって自由を説いています。それは本心からであり、また国内における自由を大切に思っています。けれども、アメリカに関しては黒人を除いて自由の地であるとか、黒人を除けば階級差はないとか……そのようなことが世界に向かって言えるでしょうか。いや、もっともっと大切なことは、お互いの間でそんなことが言えるでしょうか。……」（猿谷 195）。一九六三年八月二八日、キング牧師らが率いる、奴隷解放百年を記念する二〇万人のワシントン大行進が差別撤退運動のクライマックスとして成功に終わった一年後、やっと一九六四年七月、ケネディ大統領の遺志でもあった「公民権法」（Civil Rights Act）が成立した。

しかし、同じ頃、北部では、以前に二回公民権法は成立しており、法律上の差別はなく平等であるはずであるが、ブラック・ゲットーに密集して住む貧困な黒人たちは、公民権法があろうとなかろうと全く関係ない絶望の世界に住んでいた。「あのめざましいワシントン大行進で得たと思えた誇りと勝利はゲットーの貧困と絶望の前では過去のものと化し、彼らの鬱積したやり場のない恨み、心の荒廃、不信は暴動という形をとって荒れ狂い、公民権運動の手の届かないところまで進展していった。北部では、政府のよりどころである公民権法や一切の公民権運動の限界が明らかになっていた。」（猿谷 231-32）。特に、一九六七年のデトロイト暴動は、元ヴェトナム帰還兵などがビルに立てこもり、ゲリラ戦さながらの様相を呈し、デトロイト都心は六分の一が破壊され、小内乱状態に達した。このデトロイト暴動をリアルタイムで描いた作品にJ・C・オーツの『かれら』(*them*, 1967. 全米図書賞受賞)がある。それまでデトロイトは黒人にとって住みやすい有数の都市であったのだが、炎上するデトロイトの終末的な光景を見ながら、貧しく教育もない白人労働者階級の家族のめいめいが離散しながらも必死で生き延びる姿と対比させ、取りつかれたように一年でこの作品を書き上げた。破壊され炎上する都市が発散するエネルギーは、しかしながら、度重なる逆境を生き延びるウェンデル一家の超越的な生きる力と融合する時、アメリカ文化に生得的にある破壊と再生が迫真性を持って達成されている。デトロイト暴動は当時のアメリカ市民に計り知れないほどの恐怖と衝撃を与え、破壊され一変したデトロイトは確かに悪夢であるが、同時に、自らの声を発することがなかった底辺の人々が変革を求める一九六〇年代後半のアメリカ社会を象徴する精神風景としてオーツは捉えている。デトロイト暴動の直接の原因ははっきりしないが、当時毎年一万人から一万五千人にのぼると言われたヴェトナムからの黒人帰還兵が戻れる場所は南部の安い日当の綿花畑か、絶望と貧困の不潔に満ちた北部のブラック・ゲットーしかなかった、という悲惨な現実が背景の一つにあった。これは黒人に対してアメリカ政府が繰り返してきたと同じ人権無視の過ちだった。故郷南部共同体社会を離れ、命を懸けて戦い、ある意味で軍隊や戦場で平等や人間としての尊厳を初めて味わったかれらにとって、政府の対応は余りに冷たく非道で、彼らは深い孤立感と幻滅感を抱いた。

二〇世紀初頭、約九〇％の黒人が南部、それもほとんどが農村に住んでいたが、二つの世界大戦で産業界が労働不足に陥ったとき、低賃金で働いている南部農村の黒人たちに仕事の機会を与えることとなり、膨大な数の人口が北部の都市に移住した。そして、ヴェトナム戦争では、人口比に対して、白人より多くの黒人が志願して戦った。戦争のたびに、低賃金の労働人口として、また、戦闘部隊として黒人が必要とされた。それでも、「ヴェトナム戦争は、アジアの国の自由のために戦うという大義名分のもとで黒人も白人も対等の人間として、時には、階級の秩序を保つ軍隊の中で黒人将校は白人兵士の礼を受け、彼らが初めて人間の威厳に目覚める機会でもあった。」（猿谷 229）。しかし帰還した彼らに母国アメリカが与えたものは、市民として最低の権利である「生きる場所」ですらなく、幻滅だけであった。

Ⅱ　公民権運動と南部女性作家の反応

ところで、公民権運動の時代に、北部や世界からの厳しい非難の嵐の中で、多くの南部女性作家が黒人問題を真正面から取り上げ、勇敢に、信念を持って、鋭い人間洞察に基づく作品を発表している。そのほとんどが秀作ぞろいである。にもかかわらず、個々の作家や作品としては論じられていたが、人種問題という共通の問題意識と捉えては、意外にも今までほとんど論じられていない。暗黙のうちに女性に強いられた、南部共同体社会の因習と拘束の中にあって、揺るがぬ倫理観と感性に支えられ、強靱な精神に生きる南部女性作家の「共に苦しみ生きる」ことの提言は地域や時代を超えて傾聴に値するものがある。そこには、憲法や政治、イデオロギーを超えた人間性の洞察や人間同士の信頼関係、倫理的勇気、そして同じ弱者・差別される者としての痛みの共感がある。

公民権運動の時代に書かれた白人南部女性作家の代表的な作品としては次のようなものがある。カーソン・マッカラーズ（Carson McCullers）の遺作『針のない時計』（*Clock Without Hands*, 1960）、ハーパー・リー（Harper Lee）の『アラバマ物語』（*To Kill a Mocking Bird*, 1960. ピュリッツァー賞受賞）、ユードラ・ウェルティ（Eudora Welty）の短編「声はどこから」（"Where is the Voice Coming From?" 1963）と「デモンストレイターズ」（"Demonstrators, "1966. オー・ヘンリー短編賞受賞）、シャーリー・アン・グロウ（Shirley Ann Grau）の『家を守る者』（*The Keepers of the House*, 1965. ピュリッツァー賞受賞）、フラナリー・オコナー（Flannery O'Connor）の最高傑作とも評される短編「作り物の黒ん坊」（"Artificial Nigger"）と

「裁きの日」(“Judgement Day,” 1965) などである。

公民権法成立後の現実は、しかしながら、人頭税や文盲テストの実施などで黒人を選挙から締め出すなどの不法行為を続け、対立と差別感情はさらに酷くなり、白人の暴力に対して暴力以外に解決の方法はないとする考えが各黒人団体の間で力を持つようにさえなっていた。SNCC (Student Non-Violent Coordinating Committee, 学生非暴力調整委員会) の委員長となったストークリー・カーマイケル (Stokely Carmichael) が叫んだ「ブラック・パワー」のスローガンは一九六六年の夏、非暴力に不満を感じていた若い黒人層にたちまちアピールし、全米に広がり、保守的な白人を恐れさせた。黒人女性作家アリス・ウォーカー (Alice Walker) の『メリディアン』(*Meridian*, 1976) はこのような公民権運動に自ら深く関わった作者のいわば自伝であり、時代の記録である。ウォーカーは『メリディアン』では現実に戦い、傷ついたが、『カラー・パープル』(*Color Purple*, 1982. 全米図書賞、ピュリッツァー賞受賞) では、「黒人女性の屈辱から自立」、そして人種を超えて「女性同士の連帯」を謳うまでに成長し、これは映画化されて、「世界的反響を呼んだ」(鈴江 207)。ウォーカーの「黒人であり女性であること」のテーマとそれと戦う姿勢は、世界規模の民族問題や女性差別の改革のうねりの中で、アメリカ黒人女性として先達の役割を果たしたと言える。公民権運動から三〇年を経てついに、アメリカ黒人女性作家として初めてトニ・モリスン（Toni Morrison）が一九九三年度ノーベル文学賞を受賞した。『ソロモンの歌』（*Song of Solomon*, 1977）や『ビラヴド』（*Beloved*, 1987）では、文字を読むことを知らない黒人の伝達様式である「語り」の伝統が取り入れられ、奴隷としてアメリカに強制連行されて以来、語り語られることのなかった黒人民族の長い苦難の道が初めて我々の前に記され、吐露されている。フォークナーに代表される南部の語りの伝統が、白人の側からの、あるいは、白人男性の側からの罪悪感と優越感の入り混じった、時として自己弁護的あるいは超然とした口調に聞こえるのに対して、モリソンの語りは黒人の服従と犠牲の生活から聞こえてくる彼らの悲痛な肉声であり、魂の叫びである。実際、『ソロモンの歌』の終結部あたりでは、読む者の耳に黒人の先祖の声が聞こえてきて、それは民族の声として重層し増幅され、糾弾や憤怒を超えたある種のリリシズムの境地にまで昇華され、民族の黎明がさしている。

一九七〇年代に入ると、政治、経済、文化のあらゆる面で南部は著しく変貌を遂げた。この「『新しい南部』の誕生に貢献したのは、一九六〇年代北部からの南部への大量の人口移動であった。産業は安い労働力を求めて南部へ移動し、サンベルトを中心に南部では産業が起こっていた。また、治安の悪化を恐れた人々が北部から移動していた」（井出・明石66）[2]。他方、工業化は南部農業の機械化を促進し、余剰人口とくに黒人の大量の失業者を生み出した。特に流入の激しかった一九六〇年代には、他の地域から南部へ移住してきた白人の数は、南部から流出していった黒人に比べて約四〇万人も多かったと言われている。この人口移動は、公民権法成立に次いで、南部の民主党一党支配の崩壊と共和党の進出をもたらした大きな要因である。北部からの移住者は南部の白人より、若い世代で、高い教育を受け、裕福で、共和党支持者が多い。また、南部社会でも世代交代が起こり、若い世代は年配層ほどは民主党に忠誠心はなく、公民権法成立への反発もあり、また、有権者登録資格の年齢が二一才から一八才へ引き下げられたことも加わり、共和党支持の傾向にあった。このように南部の工業化は南部の伝統的な農村文化の破壊をもたらし、いわば、南部の「北部化」が進行していった。一方、このことへの反発が、聖書を絶対視し、個人の魂の救済を説くファンダメンタリズム（根本主義）の台頭や、ＫＫＫ、禁酒運動などの歪んだ南部的現象を生むことになった（井出・明石 92-94）。

人種差別の面で変容した南部を司法の立場から記録した優れたノンフィクションがある。ヴァージニア州在住の女性ジャーナリスト Maryanne Vollers による *Ghosts of Mississippi : The Murder of Medgar Evers, the Trials of Byron De La Beckwith, and the Haunting of the New South*（1995）は、タイトルが示すように、新しい南部にまだ取りついている差別の亡霊を法の正義で裁く過程を追ったドキュメンタリーである。南部の中でも最も差別感情が強いミシシッピ州で起こった黒人公民権運動家の暗殺の裁判に三〇年を要した司法の最終判決は、ミシシッピ州における公民権運動すなわち人種差別の法的締結を意味するものである。「今こそついに神の黙示のとき、顕現のとき、審判のときがミシシッピを訪れようとしていた」（四）と記しているように、著者はこの判決を神の配剤と見た。一九六三年六月一二日深夜すぎ、州都ジャクソンで、ケネディ大統領の「人種統合」についての全国放送のすぐ後、帰宅した公民権運動の黒人リーダーでＮＡＡＣＰ（National Association for the Advancement of Colored People，全国黒人向上協会）のミシシッピ州地区書記、メドガー・エヴァースが玄関前で背後から射殺された。すぐに逮捕された白人容疑者バイロン・デラ・ベックイズ（Byron De La Beckwith）は一九六四年、一月と二月の二回の裁判で審理無効（mistrial）の判決が下ったままであったが、三〇年の執念の年月を経て、一九八九年エヴァース未亡人が三回目の裁判を要求し、一九九四年二月有罪が決定した。エヴァース未亡人から事件を引き受けた若い世代を代表する白人弁護士は、南部は変わらなければならないという強い信念のもと、自分たちの親や同郷の人々が犯した触れたくない間違った過去を掘り起こし、断罪した。黒人も加わることに見られる陪審制の改善や、法の正義を主張する若い世代の良心などにも南部の変化を知ることができる。

ジャクソン在住の作家ユードラ・ウェルティは、メドガー・エヴァースの暗殺当夜、怒りから一晩で短編「声はどこから」を書き上げた。法の正義が立証されるのに三〇年を要したが、人間の内面を追求する作家は、田舎育ちの貧しく無教育な生い立ち、母の思い出、夫を侮る妻との破綻寸前の結婚生活、ファンダメンタリズムの信仰、などを犯人自身が語る第一人称の語りのスタイルの中で、差別を生む文化の犠牲となった人間の心の弱さと正義の難しさを一瞬にして洞察している。ウェルティの人間洞察の鋭さは、原作が『ニューヨーカー』に送られてまもなく容疑者ベックウイズが逮捕されたが、あまりに作品の犯人像と酷似しているため「裁判の前に容疑者を有罪にすることになる」との編集長の判断でかなりの点を改正せざるを得なかったといういきさつにも見て取れる（Ascher 85）。公民権運動の最中、ウェルティはしばしば真夜中に見知らぬ人々から非難の電話、多くは北部からの電話、を受けた――「なぜ運動に加わらないで、ただ座って小説など書いているのか」「お前は黒人を理解していない」「黒人に同情していない」と。これらの非難に対してウェルティ「これは正しくない。私は今までずっと不正を描いている。この作品も人間の不正についてのものである」と繰り返し強調している（White 240）。

このような厳しい情勢と世論のただ中で、全ての作家に代わって作家としての立場を確固として論じた「小説家は改革運動に加わらなければならないか」(“Must the Novelist Crusade?” 1965)において、ウェルティは政治的改革のために小説を書くことに対して断固として「否」を唱えている。以下その主旨である。「社会改革派(crusader)は群集の声を結集し、代弁する。群集の声は互いの意志の伝達を求めず、脅迫、自己弁護、非難のための手段として振りかざされる。彼らは個々の人間をとらえず、人間を総体としてとらえ、総体論に終始する。問題点は整然として列挙され、最終的には「判決」が下され、解答が出る。一方、小説家は人間全体ではなく、個人の本当の生活を描く、換言すれば、「人間の内面の真実を見る」ことに深く関わるのである。小説を書くことは、内面との関わりである。社会改革派が提示する解決の青写真の代わりに、小説家は解明され得ない様々な神秘や驚異を人間や人生に見、「想像力」によってそれらを照らし出す。「作家と読者が想像力を共有すること」により意志の伝達が生まれるところが、社会改革派と小説家の根本的な相違点である(吉岡 26–27)。この創作論の明察を見事なまでに作品として具現したのが、二年後に書かれた「デモンストレイターズ」である。「公民権運動時代に書かれた中で最も優れた作品」と評されるこの短編には、文字どおり「デモをする人たち」もわずかに現れるが、全ての人々が自らの立場を主張する人たち=デモンストレイターズとして登場している（Kieft 143）。愛ゆえに殺し合う黒人の恋人たちと彼らを取り巻く黒人たち、北部人、公民権運動家、ヴェトナム反戦家、ジャーナリスト、町の少数の白人支配者、これらの支配者が兼ねる政治家、教会と牧師、そして主人公である医師と別居中の妻との家庭生活、などの複雑で互いに譲らない人間関係が、改革を求めてもがく一九六〇年代の、切り離しがたく入り組んだ南部の人種と階級の社会構造を浮き彫りにしている。人間の行為には絶えず紛糾や不正がつきまとい、人間性に巣くう悪の存在を認めざるを得ない、さもないと善を得ようと努力することの意味がなくなるとするウェルティであるが、こうした考えや、政治改革のために小説を使うことへの否の表明の根底には、揺るがぬ厳しい道徳律があることを忘れてはならない。南部作家キャサリン・アン・ポーター（Katherine Anne Porter）はこの点を「古代からある倫理体系、反論できない不可欠の道徳律、ウェルティの小説はこの上にしっかり立っている」と指摘している（Gretlund 224）。ウェルティの小説に根づく道徳性は、作家により程度や人間観・社会観に多少の相違はあるが、ポーター自身も含めて、マッカラーズ、ハーパー・リー、オコナー、劇作家リリアン・ヘルマン（Lillian Hellman）などのほとんどの白人南部女性作家に共通するものである。このことは「南部の宗教は、個人と同様に社会全体をイエスの教えに適合させるべきであるとする北部のリベラル神学の影響を受けなかったために、社会的性格より個人的性格が強く、個人の魂の救いを説く保守的な信仰であり、南北戦争後、屈折した南部の心理状態は、古き良き幻想的な旧南部に思いをはせ、ますます宗教に救いを求めるようになった」という一般的な歴史的背景を反映してはいるが、なぜ女性作家に顕著なのだろうか（井出・明石 92–93）。

Ⅲ　人種問題と女性

南部では人種問題に対して前向きな発言が女性作家の他に、最近では女性ジャーナリストや女性研究者によるものが多いのは偶然ではない。人種問題と女性は古今東西を問わず差別の枷を絶えず負わされてきている。近年フェミニズム批評の世界的なうねりの中で、南部出身の研究者が公民権運動を自分史あるいは自分の中の女性史の分岐点として捉えて発言しているのは興味深い。Gayle Graham Yates の *Mississippi Mind: A Personal Cultural History of an American State*（1990）はその一例である。この書が示唆するのは、南部にあっては人種と女性の性・ジェンダーの複雑な絡まりは人々の結束を生む一方で人々を分割しているということである。白人対黒人、男性対女性、さらに人種と性の交錯（とりわけ、白人女性と黒人女性）

といった幾層もの差別と被差別の関係が混在して、南部特有のヒエラルキー社会を形成している。国を巻き込んでの公民権運動の背景には、連邦政府の権限に優先するとする南部諸州の州権、白人優位主義（white supremacy）、父権制度、奴隷制度の擁護を聖書に根拠を置くファンダメンタリズムの熱狂などが周知の事実として挙げられるが、白人女性と黒人女性への性差別や混血の問題が奴隷制度以来ずっと暗黙の了解として、また忌むべき恐怖として南部社会を覆っていた。白人優位主義や「神聖で高貴な南部婦人」（Southern Belles）の根底には、うわべの社会的権威や役割とは裏腹に、女性の性の禁忌が隠されている。

（二）　南部家族神話

テネシー州チャタヌーガ生まれの南部人 Richard H. King は、一九六〇年代の公民権運動という「大変革」の時に促され着想し、書き始めたと言う *A Southern Renaissance: The Cultural Awakening of the American South, 1930-1955*（1980）の中で、人種間の性の禁忌を明かし、南部文芸復興（1929-1955）の原動力となった南部固有の文化背景を考察している。文化人類学的研究にフロイト理論を適応し、歴史的変化に対して南部人が反応する「地域的文化的シンボルとイメージ体系」＝「意識的表明」と「隠された意識下の支持」としてキングが提唱するのは、「南部家族神話」（'The Southern Family Romance'）の存在である（King 20-

38)。

「南部家族神話」とは、南部の文化的感情が生み出す「集合的幻想」(collective fantasy)であり、地域、家族、人種と性の関係、エリートと大衆に対する南部の白人の価値観や信念を形成した。南部は歴史的に農耕社会で、家庭以外のしっかりした公共機関が欠如していた。大農園(プランテーション)それ自体が家族構造を持つものと考えられていた。大農園は同族メンバーで構成され、強固な家父長制度をとっていた。とりわけ人口の少ない南部の田舎では、白人黒人を問わず、家族の姓も僅かなものに限られていて、同族間の結婚もありふれたことで、その結果、彼らは骨格や顔立ちもよく似ていた。社会というものを家族が拡大されたものと見る風潮は南部には強くあった。むしろ「家族としての社会」(society-as-family)は南部社会が目指す理想像であった。個人としての、地域としてのアイデンティティ、人間としての価値、社会的地位は家族関係によって決定づけられた。現実の家族は変えることのできない運命であり、地域とは巨大な比喩的家族で、擬血族関係で結ばれた階級制度で組織されたものと想像されていた。

再建時代(Reconstruction, 1865-1877)と第一次世界大戦の間に新たな人種差別の幻想が生まれた。解放後の黒人が従属状態にいることに反抗することを恐れて、南部白人は「従順で善良な黒人」を望んだ。その結果、無知な「子供としての黒人」と手に負えない「野獣としての黒人」という人種差別主義者が常套的に行う二分化されたレッテルが定着した。南北戦争後の立ち遅れた南部の工業化の現進行を盲信する「新南部」という名の「進歩」の神話は、黒人に対しても擬家父長主義的な理想像を生んだ。白人は黒人に対して自立と独立を説き、道徳上の指導や教育を施す責任がある、というものである。これは貴族階級の温情主義（paternalism）と道徳と教育の向上という中産階級の温情主義が混じり合ったものである。黒人に対するこの温情的理想像は、一八五五年から一八七五年の間に生まれ、一九〇〇年から第一次世界大戦の間に活動した新しい世代である「南部知性派」に引き継がれた（「穏健な進歩派」と呼ぶのが最もふさわしい。この進歩派の代表は南北戦争後南部が生んだ最初の大統領であるウッドロー・ウィルソン（Woodrow Wilson）である。彼はワシントン政府の建物内にさえ分離を命じた）。彼らは遅れた南部と進んだ北部の仲介者で、南部の生活の全てを激しく非難した、ただし白人優位主義の問題を除いて。彼らは、教育を受けた啓蒙的な中産階級の南部白人の「慈悲溢れる」父と従順な子供としての黒人、という封建主義的温情主義をなおも強調したのであった。

大農園での主人と奴隷の支配・被支配の関係は、父権制家族では父と息子の関係に受け継がれることになった。三世代の家族関係では、南北戦争前や戦争で武勇を立てた英雄世代を代表する祖父と比べると、父はその息子（孫）の目には、平凡で、味気なく、存在感が希薄に映った。父の前にはいつも祖父が聳え立ち、二人は心が通じ合わず対立し、一方、祖父と孫は愛情と敬意で結ばれていた。再建後、南部人が心に抱いていた「進歩」という楽観的福音は、しかしながら、現実の家族の中では英雄たちの時代はすでに過去のものであるという事実によって、強い懐疑の陰を帯びていた。父権制家族神話の中核にあったのは「崩壊」であった。

一方白人女性は、大農園の女主人として、黒人奴隷をも含む家族全員に衣食住に不自由させない恵み深い婦人であるべきだった。男性に対しては従順で、温和で優しく、子供や奴隷に対しては、また、家計のきりもりにおいても、有能で、率先力があり、かいがいしく働かなければならなかった。

母親の役割で重要な側面は、性的欲求や性的魅力が否定されている点である。極端になると、母親としての女性からは情感豊かな、子供を慈しみ育てる温かさが剝奪され、ついには、南部白人女性は南部の英雄の母親として擬聖女メアリーの役割を引き受けることになった。一九世紀後半、母親とは性や肉体と関わる全てのものから遮蔽された存在であり、彼女たちにとって性や肉体は嫌悪の対象であり、恥そのものであった。

［南部文学に描かれている南部女性には性的アピールの強い女性がほとんど見当たらないことや、よく見られる母なし子（motherless）の家族背景は、南部白人女性に対するこのような性の否定、育児する母性の温かさの否定が生む性的文化的歪曲さを投影している。例えば、カーソン・マッカラーズの作品にはこの点が顕著である。『結婚式のメンバー』（*The Member of the Wedding*, 1946）の一二才の女主人公フランキーと『悲しい酒場の唄』（*The Ballad of the Sad Café*, 1951）の三〇才のアミーリアは、共に母なし子である。とりわけアミーリアは、大男の父親に育てられたこと、世間と交渉を絶った天涯孤独で風変わりな身の上、一八五センチの男のような頑強な体軀、男勝りの仕事ぶり、自分の性への恥、結婚における性の拒否、性を強要する男と強要される女の決闘、といったアミーリアにまつわるどれもが、このような南部家族神話が生み出す女性の性に対する文化的歪曲と、社会的発言を抑圧された彼女たちの沈黙の歴史を背負わされている。アミーリアがどこか葬られた寡黙な伝説上の人物を感じさせるゆえんである。性を強要した夫との決闘という悲壮な挑戦に対してアミーリアが最終的に味わわされるのは単に深い敗北感という以上に、有罪の宣告、社会的断罪さえ負わされている（吉岡219–29）。］

ところで、南部家族神話では黒人の男女はどのような役割を負わされているのだろうか。黒人男性は非嫡出子の役割を負わされた。理想の黒人男性像は子供のような幼い知恵とキリスト教的慈悲をもつ忠実な人物、つまり、賢明なおじさん（wise uncle）であり、また子供のような愚直な家臣である。しかし黒人男性は一方で悪い黒ん坊（bad nigger）であり、性的抑圧に欠ける強姦者であり、暴徒とみなされた。

黒人女性は、南部の英雄が全ての恩恵を感じている「愛情溢れる育ての母」のイメージを、黒人の乳母（black mammy）として肩代わりさせられた。黒人の乳母の存在は、固定観念化した冷たくよそよそしい白人の母親に対する文化的非難として生じたものである。時には、黒人乳母は、リリアン・スミスの自伝にあるように、白人の子供にとって、彼らの生活の全てを世話し、育てる「本当の」母親として慕われた。しかし黒人女性は、野生動物のような本能で性的に男を誘惑し、激しく燃える官能的存在であり、欲望を満たしてくれる娼婦ジェズベル（Jezebel）でもあった。黒人女性に植え付けられたこのような矛盾したイメージと役割は、白人女性にはない、あるいは、あってはならないと否定された感情の衝動を黒人の属性として見出したがためである。

このように、南部の現実と文化的空想において、白人と黒人それぞれの親と子の役割は、是認され、否定され、歪曲された。家庭内で心情的に認められても、社会的には認められるものではなかったから、ますます複雑な錯綜心理を生んだ。この心理的文化的家族神話は、白人女性と黒人男性の上に最も重くのしかかった。白人女性は性的属性と養育の属性を否定され、これは黒人女性にすり替えられた。同様に、黒人男性は人種と性の差別の最悪を被った。象徴的男根像として、暴力の報復にいつも曝され、最も戦慄的なのは、リンチによる去勢の血祭りにあげられたのであった。また、賢明なおじさんとして、彼は真正の大人の男性になることを否定されたので、現実の黒人家庭では父親の存在が最も無力であった。黒人の父親は、現実においても象徴においても、生き残るための闘争力に欠けていたからである。他方、白人家庭では母親の立場が最も弱い。黒人男性は闘争力が否定され、白人女性は性が否定されていた。この結果、南部家族神話にとって究極の忌避は、黒人男性と白人女性の弱者同士の間に生じるかもしれない性的関係、つまり、姦通と混血の禁忌が犯されることであった。

（二）　二人の母親――黒人乳母の伝統

リリアン・スミスは、南部家族神話が内蔵する人種問題の悪しき根源として「二人の母親」(two mothers)＝白人の母と黒人乳母の存在を最初に指摘し、あらゆる分野のリーダーシップの欠如による南部文化の未熟さと不正の実体を南部人に厳しく訴えた南部女性であった。スミスは友人 Paula Snelling と共に雑誌 *Pseudopodia* を一九三六年に発行し、一九四五年の終刊まで約一〇年間社会的発言を続けた。スミスの活動や発言は、南部文化に対する治療的展望(therapeutic vision)を提供し、南部文化が道徳的盲目から目を開き、心の健康を取り戻し、南部文芸復興の土壌となった道徳的公正さにたどりつく過程で、セラピスト的存在であったと評価し、キングは *A Southern Renaissance* の中でスミスを大きく取り上げている。

スミスは「再建」の美言や歴史家の偏見に疑問を発し、アグレリアンズ(the Agrarians)、進歩派や穏健派を自称する知識人、経済人、そして聖職者たちが行った、白人と黒人の関係という南部の中心問題からの現実回避と伝統への退行を厳しく非難した。南部の伝統とは、否定、回避、分裂、合理化、理想化、抵抗の混合体、言い換えれば、地域と自己の過去と現在を隠蔽する防衛機構(defense mechanism)であった。

リリアン・スミス(1897–1966)はフロリダ州北部の小さな町 Jasper に生まれ、母方の先祖は南北戦争前には南カロライナの米の農園主であり、父方の先祖はスコッチ長老派教会に属し、多少の土地と比較的少数の奴隷を所有していた。父親は製材所、油工場、雑貨店など手広く経営し、気骨のある、情け深く、実直な人物であった。スミスは父親似で、口数少なく、沈みがちな性格の母親とは心が通じ合うことがなかった。母親は、自分の肉体を嫌悪した南部女性の世代の一人であった。何不自由なく育ったが、スミスは自分の家族の中で部外者としての自分を意識し、世界を旅行し、独身を通した。自分の両親——立派な父と典型的な南部女性の母——からスミスが受け継いだものは、「二分化され、疎外された存在」だった。心から肉体を、魂から肉体と心を、行動から良心を、南部の伝統からキリスト教を切り裂くことを両親から教えられた。この分裂の結果は心と感情の混乱だった。肉体と黒人は同等の劣ったものとなり、制圧には服従させられた。経済的、社会的変化がどれほど重要であろうと、南部人の心の防衛を解き明かし、変容させることがそれ以上に重要であるとスミスは説いた。自伝的要素をもつ小説 *Strange Fruit*（1944）と自伝 *Killers of the Dream*（1963 revised）の中でスミスが人種差別の元凶として指摘するのは、南部家庭における二人の母親の存在、とりわけ、黒人乳母の伝統である。裕福な白人家庭の中で白人の子供と黒人乳母の間に生まれるスキンシップ、心の交流や中毒的な依存関係は、家庭のすぐ外に張り巡らされている差別と暴力という非人間的な関係に取って代わられる。また、白人男性（父親）と黒人乳母、白人女性（母親）と黒人乳母、白人の夫と妻、黒人乳母に育てられ成人した白人（特に男性）と黒人（特に女性）などの様々な白人と黒人の関係は、人種と性と罪悪感の屈折した深層心理を生んだ。白人と黒人の人種関係は南部人の心の中で解き難く宗教、性と結びつき、「罪、性、そして分離」は南部人の心に強迫観念的複合体を形成した。白人と黒人の分離は南部の現代生活の中で疎外と非人間性の隠喩となった。

南部の上層階級や比較的裕福な階級の家庭ではふつう、白人の子供たちは白人の家庭で働く黒人乳母に養育され、授乳さえされた。貧しい白人女性は裕福な白人女性のこの地位を羨み、貧しい白人男性は黒人女性に対する上層階級の男の夢（黒人の女を自由にできること）を容認した。かくして、人種の伝統と夢想された理想が白人南部社会に浸透した。最も大きな犠牲を払わされたのは、スミスによれば、白人女性であった。白人女性の理想化と理想とは裏腹な彼女たちの希薄さのゆえに、夫や子供、特に息子は、黒人女性（黒人乳母）を心の温かさと安全の源として、官能と肉体の喜びの源として見ることになった。スミスの二冊の作品にも、実母に対する忠節心が黒人の乳母に移っていった事件が描かれている。スミスの下に子供が生まれたとき、実母の愛情がそちらに移り、そのことに反抗して食べることを拒むと、黒人乳母は食べ物をかんで自分の口に入れてくれた。実母は自分の命を脅かしたのに対して、黒人乳母は文字どおり命を救ってくれたと実感したと述懐している。黒人乳母の乳房のイメージや、そこにもどって飢え、スキンシップ、愛情を満たされたい欲望が繰り返し描かれている。さらに、白人女性は、子供の忠誠心を失ったばかりか、黒人女性の対抗心に絶えず脅かされた。スミスによれば、白人男性の黒人女性に対する欲望は、黒人の母親（乳母）に対する近親相姦的欲望に基づいている。自分の母親や妻が与えてくれない養育・授乳と性的満足を黒人女性の中に求めた。しかし黒人の母との養育上の和合も黒人女性との性的和合も社会的には認められない。このような亡霊のような影が南部の人種と性の関係に呪物のように取りついていた。結果的には、白人男性の黒人女性への欲望は、黒人女性を家庭内でやすやすと搾取するか、逆に、彼女たちに攻撃を加えるか、という形で処理された。黒人女性は白人の空想の中では全能であったが、白人男性の罪悪感から生じた憎悪と白人女性の無力感から生まれた怒りと恨みを被った。

しかし黒人乳母と白人の子供との密接な関係に有害な点もあった。黒人乳母の無条件の優しさと寛大さは、白人の子供をしばしば甘やかし増長させた。頼んだことに満足を得るのは子供しだいであることを、特に息子に教える結果となった。すぐに満足を得られないと、彼は南部男性の気質とされるわがまま、癇癪、移り気、残忍さを露にした。黒人の子供にとっては、自分たちの母親の無気力なイメージと白人の世界の冷酷さ（同じ母親が自分の黒人の子供にはしばしば残忍に殴りつけて教えた）との間の途方もないギャップに苦しんだ。

優しい育ての母である黒人乳母は事実上の母であり、白人の実母は公的社会的役割を保持していた。父親の主義主張は度を越して高尚とされ、それにはほとんど逆らえなかった。南部男性作家の作品の多くには、男性は女性との親交（companionship）にはっきりと不快を感じ、男性や動物との交友を好む傾向がある。彼らにとっては、性とはめめしく、決裂的で、非社会的で、激情的なものである。白人女性の性を正常なものとして公然とは認めることは許されないのであった。男らしさ（masculinity）とは女性とよりも他の男性との関係において立証されるはずのものであった。必然的に、文化面、内面、感受性の世界は白人女性の領域となった。これは彼女たちの慰めであった。しかしながら、文化、内面、感性は女性と同一視されたので、文化は威信や公的関与を欠き、気難しく、お上品で、感傷的なものとみなされた。

さらに、白人女性は自分の夫や自分自身の肉体から目をそむけ、宗教に没入したが、その宗教自体が性的、精神的、社会的疎外の慣習を強化したものだった。政治家が白人の結束と自分自身の力と地位を維持するためだけに人種の恐怖を煽ったように、聖職者は正義の追求や感性の喜びよりも永遠の罰の恐怖と肉体の罪を説いた。さらに、聖職者は人間の心の平等を政治的社会的平等から切り裂き、個人の責任を社会的責任から切り離した。それでも宗教もまた女性の領域となった。宗教は白人女性の白人男性への復讐となった。（と同時に、宗教の肉体嫌悪や宗教の教養化の目標に対する、白人男性の抵抗も生むことになった。）神は支配的で報復の父のままであったが、イエスは女性化され、聖女メアリーの代理となった。イエスは南部の女性が自分の夫に抱くイメージ——女性的で口うるさい、去勢された男——のモデルとなった。

キリストは女性と男性のモデルとして両者にとって不満なものであったので、イエスは決して人々を説得できなかった。アラン・テート（Allen Tate）が述べているように、南部では宗教は、社会的文化的秩序に適合するまでには決して発達しなかったのである。

このような宗教的社会的に複雑に入り組んだ矛盾をなんとか処理するために、南部人はマナーと礼儀（decorum）、ニュアンスとトーン、過敏性を発展させていった。マナーとは単に慣習ではなく、分割された存在の象徴そのものであり、社会的タブーを犯すことへの防衛、禁じられた衝動への防衛であった。このようなあらゆる分野で未熟な背景のもとでは、洞察、人間の権利への関心、知的清廉さ、自己批判は南部白人文化が評価しない質のものであった——彼らは自分自身を自嘲することもできなかった。

よく言われる南部の貧乏白人（poor whites）については、スミスはあまり言及していないが、要所を捉えている。彼らの人種差別や暴力への傾向は、自分の下にはまだ黒人がいるという自分の地位を失うことへの恐怖、拒まれた性、感情的な乏しさから生じたものであるとしている。彼らにはタフさとヴァイタリティもあり、彼らは病的でも、残忍なほど邪悪でもなく、貧しくて飢えていただけなのだ、と一般論と多少異なる見方を示している。

終わりに

以上、スミスが自己体験から分析した、とりわけ、黒人乳母と白人の子供のスキンシップ、心の交流などの根深い身体的心理的依存関係は、一歩家庭を出れば、社会全体に貫かれている白人と黒人の「分離」という紛れもない人種間の差別と対立を前にして、さらに複雑な屈折した愛憎の心理構造を再形成していった。南部は「家族としての社会」を理想の社会像としたが、その基本単位である家族そのものが内部崩壊をきたす時、キングの言う「南部家族神話」の幻想は正当化され、人種差別の温床となった。このような環境には、ほとんど全く公的教育機能が期待される余地はなかった。南部白人（男性）が評価しなかった洞察、内面の追求、自己批判、倫理性は、しかしながら、スミスと同じ鉄の意志と倫理的勇気を持った、彼女につづく南部女性作家が引き受けることになる。また、一九六〇年代当初から公民権運動を重く受け止め、南部はもとよりアメリカ社会全体の重要な問題として「黒人差別、暴力、性、家族、道徳」を描き続けている現代女性作家J・C・オーツは「アメリカ作家」を強く自認し、アメリカを俯瞰するその目は先見性があり、見誤らない。一九六〇年代の過酷な公民権運動時代に信念を持って書かれた彼女たちの作品が我々に問いかける女性としての、人間としての、南部人としての、現代人としての苦悩、良心、倫理的勇気、使命感、連帯感は世代や時代や国家を超えて学ぶべきものがあるだろう。

註・引用文献・参考文献一覧

1章

【引用文献】

Burwell, Rose Marie. "*With Shuddering Fall* and the Process of Individuation." *Joyce Carol Oates*. Ed. Harold Bloom. New York: Chelsea, 1987. 83-97.

Creighton, Joanne V. *Joyce Carol Oates*. Boston: Twayne, 1979.

Friedman, Ellen G. *Joyce Carol Oates*. New York: Ungar, 1980.

Oates, Joyce Carol. "Legendary Jung." *The Profane Art: Essays and Reviews*. New York: Dutton, 1983. 159-64.

——. *With Shuddering Fall*. New York: Vanguard, 1964.

ユング、C・G・『自我と無意識』松代洋一・渡辺学訳、第三文明社、一九九五。

オーツ、ジョイス・キャロル『新しい天、新しい地―文学における先見的体験―』吉岡葉子訳、開文社出版、二〇一二。

――『作家の信念―人生、仕事、芸術―』吉岡葉子訳、開文社出版、二〇〇八。

サミュエルズ、アンドリュー、バーニー・ショーター、フレッド・プラウト『ユング心理学辞典』山中康裕監修、濱野清志・垂谷茂弘訳、創元社、一九九三。

2章

【引用文献】

Bellamy, Joe David. "The Dark Lady of American Letters." *Conversations with Joyce Carol Oates*. Ed. Lee Milazzo. Jackson: UP of Mississippi, 1989. 17-27.

Creighton, Joanne V. *Joyce Carol Oates: Novels of the Middle Years*. New York: Twayne, 1992.

Germain, David. "Author Oates Tells Where She's Been, Where She's Going." *Conversations with Joyce Carol Oates*. 173-80.

Johnson, Greg. *Joyce Carol Oates: A Study of the Short Story*. New York: Twayne, 1994.

Oates, Joyce Carol. *By the North Gate*. New York: Vanguard, 1963.

——. *Contraries: Essays*. New York: Oxford UP, 1981.

——. *New Heaven, New Earth: The Visionary Experience in Literature*. New York: Vanguard, 1974.

——. *Upon the Sweeping Flood*. New York: Vanguard, 1966.

——. *(Woman) Writer: Occasions and Opportunities*. New York, Dutton, 1988.

Phillips, Robert. "Joyce Carol Oates: The Art of Fiction LXXII." *Conversations with Joyce Carol Oates*. 62-81.

Pinsker, Sanford. "Joyce Carol Oates and the New Naturalism." *Southern Review* 15.1 (Winter 1979): 52-63.

Sjoberg, Leif. "An Interview with Joyce Carol Oates." *Conversations with Joyce Carol Oates*. 101-18.

Taylor, Gordon O. "Joyce Carol Oates, Artist in *Wonderland*." *Joyce Carol Oates*. Ed. Harold Bloom. New York: Chelsea, 1987. 23-34.

Wesley, Marilyn C. *Refusal and Transgression in Joyce Carol Oates' Fiction*. Connecticut: Greenwood, 1993.

Zimmerman, Paul D. "Hunger for Dreams." *Conversations with Joyce Carol Oates*. 14-16.
ケイズィン、アルフレッド『アメリカ小説の現貌―ヘミングウェイからメイラー―』佐伯彰一・大友芳郎・小田基・北山克彦共訳、文理、一九七四。
オーツ、ジョイス・キャロル『エデン郡物語―ジョイス・キャロル・オーツ初期短編選集』中村一夫、文化書房博文社、一九九四。

3章

【引用文献】

Burwell, Rose Marie. "Joyce Carol Oates and an Old Master." *Critique: Essays in Modern Fiction* 15.1 (1973): 48-58.
Coale, Samuel Chase. "Joyce Carol Oates: Contending Spirits." *Joyce Carol Oates*. Ed. Harold Bloom. New York: Chelsea, 1987. 119-36.
Creighton, Joanne V. "Unliberated Women in Joyce Carol Oates's Fiction." *Critical Essays on Joyce Carol Oates*. Ed. Linda W. Wagner. Boston: G. K. Hall, 1979. 148-56.
Friedman, Ellen G. *Joyce Carol Oates*. New York: Ungar, 1980.
Johnson, Greg. *Joyce Carol Oates: A Study of the Short Fiction*. New York: Twayne, 1994.
——. *Understanding Joyce Carol Oates*. Columbia: U of South Carolina P, 1987.
Oates, Joyce Carol. *A Garden of Earthly Delights*. New York: Vanguard, 1967.
——. "How I Contemplated the World from the Detroit House of Correction and Began My Life Over Again." *The Wheel of Love*. New York: Vanguard, 1970.

——. "Pastoral Blood." *By the North Gate*. New York: Vanguard, 1963.

Phillips, Robert. "Joyce Carol Oates: The Art of Fiction LXXII." *Conversations with Joyce Carol Oates*. Ed. Lee Milazzo. Jackson: UP of Mississippi, 1989. 62–81.

Pinsker, Sanford. "Joyce Carol Oates and the New Criticism." *Southern Review* 15 (1979): 52–63.

Waller, G. F. *Dreaming America: Obsession and Transcendence in the Fiction of Joyce Carol Oates*. Baton Rouge: Louisiana State UP, 1979.

Wesley, Marilyn C. *Refusal and Transgression in Joyce Carl Oates' Fiction*. Connecticut: Greenwood, 1993.

——. "Transgressive Heroine: Joyce Carol Oates' 'Stalking.'" *Studies in Short Fiction* 27.1 (Winter 1990): 15–20.

4章

【引用文献】

Allen, Mary. "The Terrified Women of Joyce Carol Oates." *Joyce Carol Oates*. Ed. Harold Bloom. New York: Chelsea, 1987. 61–82.

Bellamy, Joe David. "The Dark Lady of American Letters." *Conversations with Joyce Carol Oates*. Ed. Lee Milazzo. Jackson: UP of Mississippi, 1989. 17–27.

Bloom, Harold, ed. Introduction. *Joyce Carol Oates*. New York: Chelsea, 1987. 1–6.

Coale, Samuel Chase. "Joyce Carol Oates: Contending Spirits." *Joyce Carol Oates*. 119–36.

Johnson, Greg. *Understanding Joyce Carol Oates*. Columbia: U of South Carolina P, 1987.

Kuehl, Linda. "An Interview with Joyce Carol Oates." *Conversations with Joyce Carol Oates*. 7–13.

Milazzo, Lee, ed. Introduction. *Conversations with Joyce Carol Oates*. Jackson: UP of Mississippi, 1989. xi-xvi.

Oates, Joyce Carol. *Contraries: Essays*. New York: Oxford UP, 1981.

——. *New Heaven, New Earth: The Visionary Experience in Literature*. New York: Vanguard, 1974.

——. *them*. New York: Fawcett Crest, 1969.

——. "Visions of Detroit."（*Women*）*Writers: Occasions and Opportunities*. New York: Dutton, 1988. 346-51.

The Ohio Review/1973. "Transformation of Self: An Interview with Joyce Carol Oates." *Conversations with Joyce Carol Oates*. 47-58.

Shinn, Thelma J. *Radiant Daughters: Fictional American Women*. New York: Greenwood, 1986.

Sullivan, Walter. "The Artificial Demon: Joyce Carol Oates and the Dimensions of the Real." *Joyce Carol Oates*. 7-17.

オーツ、ジョイス・キャロル『かれら』（上・下）大橋吉之輔・真野有裕訳、角川書店、一九七三年。

5章

【引用文献】

Bender, Eileen Teper. *Joyce Carol Oates, Artist in Residence*. Bloomington: Indiana UP, 1987.

Cologne-Brookes, Gavin. Introduction. *Dark Eyes on America: The Novels of Joyce Carol Oates*. Baton Rouge: Louisiana State UP, 2005. 1-18.

Creighton, Joanne V. *Joyce Carol Oates: Novels of the Middle Years*. New York: Twayne, 1992.

Daly, Brenda. *Lavish Self-Divisions: The Novels of Joyce Carol Oates*. Jackson: UP of Mississippi, 1996.

McCombs, Phil. "The Demonic Imagination of Joyce Carol Oates." *Washington Post* 18 Aug. 1986 : C11.

Oates, Joyce Carol. Afterword. *A Garden of Earthly Delights*. Rev. and Rewrit. ed. New York: Modern Library, 2003. 397–404.

——. *Marya: A Life*. New York: Dutton, 1986.

——. Preface to *Marya: A Life*. (*Woman*) *Writer: Occasions and Opportunities*. New York: Dutton, 1988. 376–78.

Schowalter, Elaine. "Joyce Carol Oates: A Portrait." *Joyce Carol Oates*. Ed. Harold Bloom. New York: Chelsea, 1987. 137–42.

Wagner-Martin, Linda. "Panoramic, Unpredictable, and Human: Joyce Carol Oates's Recent Novels." *Traditions, Voices, and Dreams: The American Novel since the 1960s*. Ed. Melvin J. Friedman and Ben Siegel. Newark: U of Delaware P, 1995. 196–209.

【参考文献】

伊藤邦武『プラグマティズム入門』ちくま新書、二〇一六。

ジェイムズ、ウィリアム『純粋経験の哲学』伊藤邦武編訳、岩波文庫、二〇〇四。

——『プラグマティズム』枡田啓三郎訳、岩波文庫、二〇一七。

——W・ジェイムズ著作集2『信ずる意志』福鎌達夫訳、日本教文社、二〇一五。

ロウ、スティーヴン・C・編『ウィリアム・ジェイムズ入門—賢く生きる哲学』本田理恵訳、日本教文社、平成二七年。

6章

【引用文献】

Creighton, Joanne V. *Joyce Carol Oates: Novels of the Middle Years*. New York: Twayne, 1992.

Daly, Brenda. *Lavish Self-Divisions: The Novels of Joyce Carol Oates.* Jackson: UP of Mississippi, 1996.
Germain, David. "Author Oates Tells Where She's Been, Where She's Going." *Conversations with Joyce Carol Oates.* Ed. Lee Milazzo. Jackson: UP of Mississippi, 1989. 173-80.
Johnson, Greg. *Invisible Writer: A Biography of Joyce Carol Oates.* New York: Dutton, 1998.
Oates, Joyce Carol. Preface to *You Must Remember This.* (*Woman*) *Writer: Occasions and Opportunities.* New York: Dutton, 1987. 379-82.
——. *You Must Remember This.* New York: Dutton, 1987.
Parini, Jay. "My Writing Is Full of Lives I Might Have Led." *Conversations with Joyce Carol Oates.* 152-60.
Strandberg, Victor. "Sex, Violence, and Philosophy in *You Must Remember This.*" *Studies in American Fiction* 17.1 (Spring 1989): 3-17.
クーンツ、ステファニー『家族という神話―アメリカン・ファミリーの夢と現実』岡村ひとみ訳、筑摩書房、一九九八。
岩井八郎「ジェンダーとライフコース：一九五〇年代アメリカ家族の特殊性を中心に」京都大学学術情報リポジトリKURENAI　教育・社会・文化：研究紀要（一九九七）4：1-16.

【参考文献】

オーツ、ジョイス・キャロル『オン・ボクシング』北代美和子訳、中央公論社、一九八八。

7章

本稿は日本英文学会中国四国支部第五四回大会（二〇〇一年一〇月二七日、於徳島大学）において口頭発表した原稿を加筆修正したものである。

【註】

（1） オーツのこの本の読者に対する献辞。「人格の変幻を追及する全ての人々に本書を捧げる」

（2） オーツの洞察は、高名な薬理学者スーザン・グリーンフィールド著『脳が心を生み出すとき』において、グリーンフィールドが脳と心の関係について最終的に示唆するものと極めて近いのには驚かされる（217–22）。

（3） オーツの“Legendary Jung”は簡潔に読み解くユング論と言える。オーツが引用しているユングの言葉には、不思議なほどオーツの人間の存在観や運命観に通じるものがある。またここでオーツがユングの傑作と呼んでいる『ヨブへの答え』は、ユング及びオーツのキリスト教観を知る上で必読書だろう（*Profane* 159–64）。河合隼雄は『ユング心理学入門』の中で、「個人に内在する可能性を実現し、その自我を高次の全体性へと志向せしめる努力の過程を、ユングは個性化の過程（individuation process）、あるいは自己実現（self-realization）の過程と呼び、人生の究極の目的と考えた」と述べている（220）。

【引用文献】

Bellamy, Joe David. “The Dark Lady of American Letters.” *Conversations with Joyce Carol Oates*. Ed. Lee Milazzo. Jackson: UP of Mississippi, 1989. 17–27.

Clemons, Walter. “Joyce Carol Oates at Home.” *Conversations with Joyce Carol Oates*. 3–6.

——. “Joyce Carol Oates: Love and Violence.” *Conversations with Joyce Carol Oates*. 32–41.

Friedman, Ellen G. *Joyce Carol Oates*. New York: Ungar, 1980.

Johnson, Greg. *Understanding Joyce Carol Oates*. Columbia: U of South Carolina P, 1987.

Oates, Joyce Carol. *The Assignation*. New York: Ecco, 1988.

——. *Contraries: Essays*. New York: Oxford UP, 1981.

——. "Legendary Jung." *The Profane Art: Essays and Reviews.* New York: Dutton, 1983. 159–64.
——. *Wonderland.* New York: Vanguard, 1971.
Schultz, Gretchen Elizabeth. "*The Assignation* and *Where Is Here?*: What's Happening in the Miniature Narratives of Joyce Carol Oates." *Joyce Carol Oates: A Study of the Short Fiction.* Greg Johnson. New York: Twayne, 1994. 202–12.
Showalter, Elaine, ed. "*Where Are You Going, Where Have You Been?*" New Brunswick: Rutgers UP, 1994.
クーンツ、ステファニー『家族という神話―アメリカン・ファミリーの夢と現実』岡村ひとみ訳、筑摩書房、一九九八。
河合隼雄『ユング心理学入門』培風館、一九九八。
トクヴィル、A・『アメリカの民主政治』（下）井伊玄太郎訳、講談社学術文庫、二〇〇〇。

【参考文献】


グリーンフィールド、スーザン『脳が心を生み出すとき』新井康允訳、草思社、一九九九。

ユング、C・G・『ヨブへの答え』野村美紀子訳、ヨルダン社、一九八九。

松尾弌之『民族から読みとく「アメリカ」』講談社選書メチエ、二〇〇〇。

岡田光世『アメリカの家族』岩波新書、二〇〇〇。

8章

【註】

（1）作品中に作家オーツを登場させて作家と作品との緊密性を表すのは、全米図書賞受賞作品『かれら』の中の「作者覚え書」においてすでに見られるオーツの特徴である。他には、『マーヤ』は「最も個人的」な作品で、

「『マーヤ』の中で最も自伝的な部分と言えば、感情の内面的な核心、つまりマーヤがとらえどころのない自己を半ば無意識で、しばしば必死の思いで探究している部分である」と語っている（(*Woman*) 377）。『扉を閉ざして』の主人公キャラの弾力のある長い縮れた髪、鋭い感受性と強い自意識と自立心、世俗や通念を跳ね返す反逆心はほぼアイリスのものであり、オーツ自身の特質でもある。

（2）オーツは白人と黒人を民族として互いに強く引き合う存在としてしばしば取り上げている。例えば、『マーヤ』の中の黒人シルヴェスターの存在は、マーヤの影として機能していて、意味深長である。

（3）オーツは、対象がいかなるものでも「他者」という概念に強く引かれ、探求し、肯定する。革新的な批評集『新しい天、新しい地』の「敵意のある太陽—D・H・ロレンス詩集」の中で、詩人ロレンスの全ての生命あるものへの崇拝の念にオーツは共感している。全ての生命の源である太陽は「他者」を代表するもので、太陽はいつも「敵対し、非人間的で、不従順」であるがゆえに詩人は太陽を畏れ崇拝している、とオーツは指摘し(68)、さらに、「人間を滅ぼすのは、この相いれない「敵」と思われる他者の存在ではなく、他者の排除にある」と洞察している(67)。また、個人の中の内なる他者もオーツの重要なテーマの一つである。批評集*Contraries*（1981）の中の「「これが、預言されたこの世の終わりか?」—リア王の悲劇」では、リア王が陥っている自分の内面、自然、女性という「他者」への恐怖とその「他者」を排除した歴史の誤った一面をフェミニズムの立場で看破している（52-53)。

（4）Wesleyは、社会学者Christopher Laschの家族と社会の因果関係についての見解はオーツの描く家族の構図にそのまま当てはまると指摘している（1-2)。『密会』では日常の中に永劫性や家族の絆を見出しているが、それ以前は家族というものを「そこから逃れることはできない。そして、もしこの小宇宙の内部で何かがおかしくなると、全てがうまくいかなくなる」と語っているように、家族の脆弱さ、孤立感、宿命感に呪縛されていた

（Taylor 25）。

（5）公民権運動の歴史の詳細は猿谷要『アメリカ黒人解放史』を参照。またアメリカ圏の黒人奴隷制度の発生や変遷の歴史、教会の所業などについては、タネンバウムの古典的名著『アメリカ圏の黒人奴隷』に詳しい。

（6）暴力と浄化、破壊と再生はオーツの作品を理解する上で重要な要素である。『かれら』では、結末のデトロイト暴動は黙示録的な光景に見えるが、再生をもたらすためのエネルギーに変容し、離散家族をその逆境から生き延びさせている。『ワンダーランド』では、結末に起こるケネディ暗殺の事件が、主人公ジェシーを抑圧されていた心から目覚めさせ、彼が命を懸けて人質に取られていた娘を救い出す契機となっている。

【引用文献】

Creighton, Joanne V. *Joyce Carol Oates: Novels of the Middle Years*. New York: Twayne, 1992.

Oates, Joyce Carol. *Because It Is Bitter, and Because It Is My Heart*. New York: Plume, 1990.

——. *Contraries: Essays*. New York: Oxford UP, 1981.

——. *New Heaven, New Earth: The Visionary Experience in Literature*. New York: Vanguard, 1974.

——. (*Woman*) *Writer: Occasions and Opportunities*. New York: Dutton, 1988.

Taylor, Gordon O. "Joyce Carol Oates, Artist in *Wonderland*." *Joyce Carol Oates*. Ed. Harold Bloom. New York: Chelsea, 1987. 23-34.

Wesley, Marilyn C. *Refusal and Transgression in Joyce Carol Oates' Fiction*. Westport, CT: Greenwood, 1993.

ケイズィン、アルフレッド『アメリカ小説の現貌―ヘミングウェイからメイラー―』佐伯彰一・大友芳郎・小田基・北山克彦共訳、文理、一九七四。

【参考文献】
猿谷要『アメリカ黒人解放史』サイマル出版会、一九七一。
タネンバウム、フランク『アメリカ圏の黒人奴隷』小山起功訳、彩光社、一九八〇。

9章

本稿は日本英文学会中国四国支部第五六回大会（二〇〇三年十月二五日、於高知大学）で口頭発表した原稿を加筆修正したものである。

【註】

（1）オーツ氏から筆者に宛てられた手紙には次のように書かれている。"The concept of 'soul-mate' in general fascinates me." (8 May 2002). "The theme of the 'soul-mate' is certainly integral to my writing." (9 November 2003). またオーツの作品の主人公として時おり登場する双子も、もう一つの 'soul mate' であり、オーツのこのテーマへの関心がうかがえる。筆者に送られてきた双子の姉妹の物語 *Starr Bright Will Be with You Soon* (1999) にも "a somewhat different version of the 'soul-mate'" と記されている。

（2）ピュリッツァー賞受賞者で同時代アメリカ女性作家である Ann Tayler がオーツの時代のはるか先を見通す先見性と人々の暗愚について、次のようにコメントしていることに Creighton は同意している (106)。「今から一〇〇年後、人々は我々がオーツを多少おろそかにしていたことを知って笑うことでしょう。」

（3）二〇〇三年九月一〇日、筆者がプリンストン大学の研究室でオーツ氏に初めて面会したとき、「Soul Mate の提唱—アイリスの修正としてのキャラ」という私見を述べると、オーツ氏はうなずき、即座に「私は直観的にそうしました」との答えが返ってきた。一九三八年生まれであるが、信じられないほど若く、軽快で、相変わらず精力的かつ情熱的な執筆・研究・教育活動を見るにつけ、不死身のように思われた。瘦身な容姿や静かなたたずまい、怜悧な知性はアイリスやキャラを彷彿させた。

（4）　精神科医 Boesky との往復書簡の中でオーツは「私の人物は総じて、彼らの中にある「より高次」の自己を開放させてくれる人々と恋に落ちます。恋愛の相手は、その個人の成長を明らかに決定するでしょう」と述べている。

【引用文献】

Bender, Eileen Teper. *Joyce Carol Oates, Artist in Residence*. Bloomington: Indiana UP, 1987.

Boesky, Dale. "Correspondence with Miss Joyce Carol Oates." *Joyce Carol Oates: Conversations 1970–2006*. Ed. Greg Johnson. Princeton: Ontario Review P, 2006. 49–63.

Bryant, Kristin "Oates's *I Lock My Door Upon Myself*." *The Explicator* 52 (1993): 61–63.

Creighton, Joanne V. *Joyce Carol Oates: Novels of the Middle Years*. New York: Twayne, 1992.

Gates, Henry Louis Jr. "Murder She Wrote." *The Nation* 2 July 1990: 27–29.

McPhillips, Robert. "The Novellas of Joyce Carol Oates." *Joyce Carol Oates: A Study of the Short Fiction*. Greg Johnson. New York: Twayne, 1994. 194–201.

Oates, Joyce Carol. *Because It Is Bitter, and Because It Is My Heart*. New York: Plume, 1990.

——. *Contraries: Essays*. New York: Oxford UP, 1981.

——. *I Lock My Door Upon Myself*. New York: Ecco, 1990.

Robinson, Marilynne. "The Guilt She Left Behind." *New York Times Book Review* 22 Apr. 1990: 7, 9.

Stout, Janis P. "Catatonia and Femininity in Oates's *Do with Me What You Will*." *International Journal of Women's*

Studies 6.3 (May-June 1983): 208-15.
Wesley, Marilyn C. "Love's Journey in *Crossing the Border.*" *Joyce Carol Oates: A Study of the Short Fiction.* 174-80.
クノップフ、フェルナン（Fernand Khnopff）『私は私自身に扉を閉ざす』（*I Lock My Door Upon Myself*）『世界美術大全集』24　小学館、一九九六。
山本哲「エデン郡ふたたび―オーツ『ドアーを閉ざして』を検証する―」押谷善一郎編『ひろがりと深み―英語世界をゆく―』大阪教育図書、一九九八。183-207.

10章

【引用文献】

Horeck, Tanya. "Lost Girls: The Fiction of Joyce Carol Oates." *Contemporary Women's Writing* 4.1 (March 2010): 24-39.
Johnson, Greg. *The Invisible Writer: A Biography of Joyce Carol Oates.* New York: Dutton, 1998.
Oates, Joyce Carol Oates. *Black Water.* New York: William Abrahams, 1992.
オーツ、ジョイス・キャロル『ブラックウォーター』中野恵津子訳、講談社、一九九二。

11章

【引用文献】

Araújo, Susan. "'I'm Your Man': Irish American Masculinity in the Fiction of Joyce Carol Oates." *Too Smart to be Sentimental: Contemporary Irish American Women Writers.* Ed. Sally Barr Ebest and Kathleen McInerney. Notre

Dame: U of Notre Dame P, 2008. 157–68.
Cologne-Brookes, Gavin, and Joyce Carol Oates. "Written Interviews and a Conversation with Joyce Carol Oates." *Studies in the Novel* 38.4 (Winter 2006): 547–68.
Johnson, Greg. *Invisible Writer: A Biography of Joyce Carol Oates*. New York: Dutton, 1998.
Oates, Joyce Carol. *What I Lived For*. New York: Dutton, 1994.
Sheridan, Julie. "'Why Such Discontent?': Race, Ethnicity, and Masculinity in *What I Lived For*." *Studies in the Novel* 38.4 (Winter 2006): 494–512.

付録

【註】

（1）猿谷要『アメリカ黒人解放史』公民権運動については，黒人問題の第一人者であられる猿谷氏の本書に負うところ大である。引用箇所以外にも所々部分的に借用させて頂いた。アメリカ圏の黒人奴隷制度の発生の歴史に関しては古典的名著，フランク・タネンバウム著，小山起功訳『アメリカ圏の黒人奴隷』（彩光社　一九八〇）に詳しい。

（2）井出義光・明石紀雄編『アメリカ南部の夢』公民権運動前後のアメリカ南部の社会背景については本書に負うところ大である。引用箇所以外でも所々部分的に借用させて頂いた。

【引用文献】

Ascher, Barbara Lazear. "A Visit with Eudora Welty." *More Conversations with Eudora Welty*. Ed. Peggy Whitman Prenshaw. Jackson: UP of Mississippi, 1996. 79–86.

Gretlund, Jan Nordby. *Eudora Welty's Aesthetics of Place*. Newark: U of Delaware P, 1994.
Kieft, Ruth M. Vande. *Eudora Welty*, Rev. Boston: Twayne, 1987.
King, Richard H. *A Southern Renaissance: The Cultural Awakening of the American South, 1930–1955*. Oxford: Oxford UP, 1980.
Vollers, Maryanne. *Ghosts of Mississippi: The Murder of Medgar Evers, the Trials of Byron De La Beckwith, and the Haunting of the New South*. New York: Little, 1995.
White, Clyde S. "An Interview with Eudora Welty." *More Conversations with Eudora Welty*. 231–42.
Yates, Gayle Graham. *Mississippi Mind: A Personal Cultural History of an American State*. Knoxville: U of Tennessee P, 1990.
井出義光・明石紀雄編 『アメリカ南部の夢』有斐閣選書、一九八七。
猿谷要『アメリカ黒人解放史』サイマル出版会、一九七一。
鈴江璋子『アメリカ女性文学論』研究社出版、一九九六。
吉岡葉子『南部女性作家論—ウェルティとマッカラーズ』旺史社、一九九九。

書誌

(1) 研究書（書誌・インタヴューを含む）

Allen, Mary. *The Necessary Blankness: Women in Major American Fiction of the Sixties*. Urbana: U of Illinois P, 1976.

Baker, Barbara, ed. and introd. *The Way We Write: Interviews with Award-Winning Writers*. New York: Continuum, 2006.

Bastian, Katherine. *Joyce Carol Oates's Short Stories: Between Tradition and Innovation*. Frankfurt: Lang, 1983.

Bender, Eileen Teper. *Joyce Carol Oates: Artist in Residence*. Bloomington: Indiana UP, 1987.

Bloom, Harold, ed. *Joyce Carol Oates*. New York: Chelsea, 1987.

Cologne-Brookes, Gavin. *Dark Eyes on America: The Novels of Joyce Carol Oates*. Baton Rouge: Louisiana State UP, 2005.

Creighton, Joanna V. *Joyce Carol Oates*. Boston: Twayne, 1979.

——. *Joyce Carol Oates: Novels of the Middle Years*. New York: Twayne, 1992.

Cushman, Keith and Dennis Jackson, eds. *D. H. Lawrence's Literary Inheritors*. London: Macmillan, 1991.

Daly, Brenda. *Lavish Self-Divisions: The Novels of Joyce Carol Oates*. Jackson: UP of Mississippi, 1996.

Friedman, Ellen G. *Joyce Carol Oates*. New York: Ungar, 1980.

Grant, Mary Kathryn. *The Tragic Vision of Joyce Carol Oates*. Durham, NC: Duke UP, 1978.

Hamalian, Leo. *D. H. Lawrence and Nine Women Writers*. Cranbury, NJ: Associated University Presses, 1996.

Johnson, Greg. *Invisible Writer: A Biography of Joyce Carol Oates*: New York: Dutton, 1998.

——, ed. *Joyce Carol Oates: Conversations 1970–2006*. Princeton, NJ: Ontario Review P, 2006.

——. *Joyce Carol Oates: A Study of the Short Fiction*. New York: Twayne, 1994.

——. *Understanding Joyce Carol Oates*. Columbia, SC: U of South Carolina P, 1987.

Kessler-Harris, Alice, and William McBrien, eds. *Faith of a (Woman) Writer*. Westport, CT: Greenwood, 1988.

Lercangee, Francine. *Joyce Carol Oates: An Annotated Bibliography*. Preface and Annotations by Bruce F. Michelson. New York: Garland, 1986.

Loeb, Monica. *Literary Marriages: A Study of Intertextuality in a Series of Short Stories by Joyce Carol Oates*. New York: Lang, 2002.

Mayer, Sigrid, and Martha Hanscom. *The Critical Reception of the Short Fiction by Joyce Carol Oates and Gabriele Wohmann*. Columbia, SC: Camden House, 1998.

Mickelson, Anne Z. *Reaching Out: Sensitivity and Order in Recent American Fiction by Women*. Metuchen, NJ: Scarecrow, 1979.

Milazzo, Lee, ed. *Conversations with Joyce Carol Oates*. Jackson: UP of Mississippi, 1989.

Norman, Torborg. *Isolation and Contact: A Study of Character Relationships in Joyce Carol Oates's Short Stories, 1963–1980*. Goteborg, Sweden: Acta Universitatis Gothoburgensis, 1984.

Pearlman, Mickey, ed. *American Women Writing Fiction: Memory, Identity, Family, Space*. Lexington: UP of Kentucky, 1989.

Severin, Hermann. *The Image of the Intellectual in the Short Stories of Joyce Carol Oates*. Frankfurt: Lang, 1986.

Shinn, Thelma J. *Radiant Daughters: Fictional American Women*. New York: Greenwood, 1986.

Showalter, Elaine, Lea Baechler, and A. Walton Litz, eds. *Modern American Women Writers*. New York: Macmillan, 1991.

——. *Sister's Choice: Tradition and Change in American Women's Writing*. Oxford: Clarendon, 1991.

——, ed. "*Where Are You Going, Where Have You Been?*" New Brunswick, NJ: Rutgers UP, 1994.

Sreelakshmi, P. *Effective Affinities: A Study of the Sources and Intertexts of Joyce Carol Oates's Short Fiction*. A Foreword by K. Narayana Chandran. Madras: T. R. Publications, 1996.

Wagner, Linda W., ed. *Critical Essays on Joyce Carol Oates*. Boston: G. K. Hall, 1979.

Waller, G. F. *Dreaming America: Obsession and Transcendence in the Fiction of Joyce Carol Oates*. Baton Rouge: Louisiana State UP, 1979.

Watanabe, Nancy Ann. *Love Eclipsed: Joyce Carol Oates's Faustian Moral Vision*. Lanham, MD: UP of America, 1998.

Wesley, Marilyn C. *Refusal and Transgression in Joyce Carol Oates's Fiction*. Westport, CT: Greenwood, 1993.

「公民権運動と南部女性文学」の研究書

Gretlund, Jan Nordby. *Eudora Welty's Aethetics of Place*. Newark: U of Delaware P, 1994.

Kieft, Ruth M. Vande. *Eudora Welty*, Rev. Boston: Twayne, 1987.

King, Richard H. *A Southern Renaissance: The Cultural Awakening of the American South, 1930-1955*. Oxford: Oxford UP, 1980.

Vollers, Maryanne. *Ghosts of Mississippi: The Murder of Medgar Evers, the Trials of Byron De La Beckwith, and the Haunting of the New South*. New York: Little, 1995.

Yates, Gayle Graham. *Mississippi Mind: A Personal Cultural History of an American State*. Knoxville: U of Tennessee P, 1990.

(2) 論文・書評・記事、オーツの引用作品と引用批評書

Allen, Mary. “The Terrified Women of Joyce Carol Oates.” *Joyce Carol Oates*. Ed. Harold Bloom. New York: Chelsea, 1987. 61–82.

Araújo, Susan.“‘I'm Your Man’: Irish American Masculinity in the Fiction of Joyce Carol Oates.” *Too Smart to be Sentimental: Contemporary Irish American Women Writers*. Ed. Sally Barr Ebest and Kathleen Mclnerney. Notre Dame: U of Notre Dame P, 2008. 157–68.

——. “Space, Poetry, and the Psyche: Violent Topographies in Early Oates's Novels.” *Studies in the Novel* 38.4 (Winter 2006): 397–413.

Araújo, Susan, and Joyce Carol Oates. “Joyce Carol Oates Reread: Overview and Interview with the Author.” *Critical Survey* 18.3 (2006): 92–105.

Ascher, Barbara Lazear. “A Visit with Eudora Welty.” *More Conversations with Eudora Welty*. Ed. Peggy Whitman Prenshaw. Jackson: UP of Mississippi, 1996. 79–86.

Bellamy, Joe David. “The Dark Lady of American Letters.” *Conversations with Joyce Carol Oates*. Ed. Lee Milazzo. Jackson: UP of Mississippi, 1989. 17–27.

Bloom, Harold, ed. Introduction. *Joyce Carol Oates*. New York: Chelsea, 1987. 1–6.

Boesky, Dale. "Correspondence with Miss Joyce Carol Oates." *Joyce Carol Oates: Conversations 1970-2006*. Ed. Greg Johnson. Princeton, NJ: Ontario Review P, 2006. 49–63.

Bradley, Jacqueline. "Oates's *Black Water*." *Explicator* 56.1 (Fall 1997): 50–52.

Bryant, Kristin "Oates's *I Lock My Door Upon Myself*. *Explicator* 52 (1993): 61–63.

Burwell, Rose Marie. "Joyce Carol Oates and an Old Master." *Critique: Essays in Modern Fiction* 15.1 (1973): 48–58.

——. "*With Shuddering Fall* and the Process of Individuation." *Joyce Carol Oates*. Ed. Harold Bloom. New York: Chelsea, 1987. 83–97.

——. "*Wonderland*: Paradigm of the Psychohistorical Mode," *Mosaic* 14.3 (Summer 1981): 1–16.

Clemons, Walter. "Joyce Carol Oates at Home." *Conversations with Joyce Carol Oates*. Ed. Lee Milazzo. Jackson: UP of Mississippi, 1989. 3–6.

——. "Joyce Carol Oates: Love and Violence." *Conversations with Joyce Carol Oates*. Ed. Lee Milazzo. Jackson: UP of Mississippi, 1989. 32–41.

Coale, Samuel Chase. "Joyce Carol Oates: Contending Spirits." *Joyce Carol Oates*. Ed. Harold Bloom. New York: Chelsea, 1987. 119–36.

Cologne-Brookes, Gavin. Introduction. *Dark Eyes on America: The Novels of Joyce Carol Oates*. Baton Rouge: Louisiana State UP, 2005. 1–18.

——. "Introduction: Humility, Audacity and the Novels of Joyce Carol Oates." *Studies in the Novel* 38.4 (Winter 2006): 385–94.

Cologne-Brookes, Gavin, and Joyce Carol Oates. "Written Interviews and a Conversation with Joyce Carol Oates." *Studies in the Novel* 38.4 (Winter 2006): 547–68.

Creighton, Joanne V. "Unliberated Women in Joyce Carol Oates's Fiction." *Critical Essays on Joyce Carol Oates*. Ed. Linda W. Wagner. Boston: G. K. Hall, 1979. 148–56.

——. "'What Does It Mean to Be a Woman?': The Daughter's Story in Oates's Novels." *Studies in the Novel* 38.4 (Winter 2006): 440-56.

Daly, Brenda. "Sexual Politics in Two Collections of Joyce Carol Oates's Short Fiction." *Studies in Short Fiction* 32 (1995): 83–93.

Dean, Sharon L. "History and Representation in *The Falls*." *Studies in the Novel* 38.4 (Winter 2006): 525–42.

Friedman, Ellen G. "Feminism, Masculinity, and Nation in Joyce Carol Oates's Fiction." *Studies in the Novel* 38.4 (Winter 2006): 478–93.

——. "Joyce Carol Oates." *Modern American Women Writers*. Ed. Elaine Showalter, Lea Baechler, and A. Walton Litz. New York: Macmillan, 1991. 229–45.

Gates, Jr., Henry Louis. "Murder She Wrote." *Studies in the Novel* 38.4 (Winter 2006): 543–46.

Germain, David. "Author Oates Tells Where She's Been, Where She's Going." *Conversations with Joyce Carol Oates*. Ed. Lee Milazzo. Jackson: UP of Mississippi, 1989. 173–80.

Horeck, Tanya. "Lost Girls: The Fiction of Joyce Caro Oates." *Contemporary Women's Writing* 4.1 (March 2010): 24–39.

Kimble, Cary. "Touched in the Head by God." *New York Times Book Review* 11 Nov. 1990: 68.

Kuehl, Linda. “An Interview with Joyce Carol Oates.” *Conversations with Joyce Carol Oates*. Ed. Lee Milazzo. Jackson: UP of Mississippi, 1989. 7–13.

McCombs, Phil. “The Demonic Imagination of Joyce Carol Oates.” *Washington Post* 18 Aug. 1986: C11.

McPhillips, Robert. “The Novellas of Joyce Carol Oates.” *Joyce Carol Oates: A Study of the Short Fiction*. Greg Johnson. New York: Twayne, 1994. 194–201.

Milazzo, Lee, ed. Introduction. *Conversations with Joyce Carol Oates*. Jackson: UP of Mississippi, 1989. xi-xvi.

Nodelman, Perry. “The Sense of Unending: Joyce Carol Oates's *Bellefleur* as an Experiment in Feminine Storytelling.” *Breaking the Sequence: Women's Experimental Fiction*. Ed. Ellen G. Friedman, and Mariam Fuchs. Princeton NJ: Princeton UP, 1989. 250–64.

Oates, Joyce Carol. Afterword. *A Garden of Earthly Delights*. Rev. and Rewrit. ed. New York: Modern Library, 2003. 397–404.

——. *The Assignation*. New York: Ecco, 1988.

——. *Because It Is Bitter, and Because It Is My Heart*. New York; Plume, 1990.

——. *Black Water*. New York: William Abrahams, 1992.

——. *By the North Gate*. New York: Vanguard, 1963

——. *Contraries: Essays*. New York: Oxford UP, 1981.

——. *The Faith of a Writer: Life, Craft, Art*. New York: Ecco, 2003.

——. *The Falls*. New York: Fourth Estate, 2004.

——. *A Garden of Earthly Delights*. New York: Vanguard, 1967.

——. "How I Contemplated the World from the Detroit House of Correction and Began My Life Over Again." *The Wheel of Love*. New York: Vanguard, 1970.

——. *I Lock My Door Upon Myself*. New York: Ecco, 1990.

——. "Legendary Jung." *The Profane Art: Essays and Reviews*. New York: Dutton, 1983. 159-64.

——. *Marya: A Life*. New York: Dutton, 1986.

——. *New Heaven, New Earth: The Visionary Experience in Literature*. New York: Vanguard, 1974.

——. "Pastoral Blood." *By the North Gate*. New York: Vanguard, 1963.

——. Preface to *Marya: A Life*. (*Woman*) *Writer: Occasions and Opportunities*. New York: Dutton, 1988. 376-78.

——. Preface to *You Must Remember This*. (*Woman*) *Writer: Occasions and Opportunities*. New York: Dutton, 1988. 379-82.

——. *them*. New York: Pawcett Crest, 1969.

——. *Upon the Sweeping Flood*. New York: Vanguard, 1966.

——. "Visions of Detroit." (*Woman*) *Writer: Occasions and Opportunities*. New York: Dutton, 1988. 346-51.

——. *What I Lived For*. New York: Dutton, 1994.

——. *With Shuddering Fall*. New York: Vanguard, 1964.

——. (*Woman*) *Writer: Occasions and Opportunities*. New York: Dutton, 1988.

——. *Wonderland*. New York, Vanguard, 1971.

——. *You Must Remember This*. New York: Dutton, 1987.

The Ohio Review/1973. "Transformation of Self: An Interview with Joyce Carol Oates." *Conversations with Joyce*

Carol Oates. Ed. Lee Milazzo. Jackson: UP of Mississippi, 1989. 47–58.

Parini, Jay. "My Writing Is Full of Lives I Might Have Led." *Conversations with Joyce Carol Oates*. Ed. Lee Milazzo. Jackson: UP of Mississippi, 1989. 152–60.

Phillips, Robert. "Joyce Carol Oates: The Art of Fiction LXXII." *Conversations with Joyce Carol Oates*. Ed. Lee Milazzo. Jackson: UP of Mississippi, 1989. 62–81.

Pinsker, Sanford. "Joyce Carol Oates and the New Naturalism." *Southern Review* 15.1 (Winter 1979): 52–63.

Robinson, Marilynne. "The Guilt She Left Behind." *New York Times Book Review* 22 Apr. 1990: 7, 9.

Schultz, Gretchen Elizabeth. "*The Assignation* and *Where Is Here?*: What's Happening in the Miniature Narratives of Joyce Carol Oates." *Joyce Carol Oates: A Study of the Short Fiction*. Greg Johnson. New York: Twayne, 1994. 202–12.

Sheridan, Julie. "'Why Such Discontent?': Race, Ethnicity, and Masculinity in *What I Lived For*." *Studies in the Novel* 38.4 (Winter 2006): 494–512.

Showalter, Elaine. "Joyce Carol Oates's 'The Dead' and Feminist Criticism." *Faith of a (Woman) Writer*. Ed. Alice Kessler-Harris and William McBrien. New York: Greenwood, 1988. 13–19.

——. "Joyce Carol Oates: A Portrait." *Joyce Carol Oates*. Ed. Harold Bloom. New York: Chelsea, 1987. 137–42.

Sjoberg, Leif. "An Interview with Joyce Carol Oates." *Conversations with Joyce Carol Oates*. Ed. Lee Milazzo. Jackson: UP of Mississippi, 1989. 101–18.

Stout, Janis P. "Catatonia and Femininity in Oates's *Do with Me What You Will*." *International Journal of Women's Studies* 6.3 (May-June 1983): 208–15.

Strandberg, Victor. "Sex, Violence, and Philosophy in *You Must Remember This*." *Studies in American Fiction* 17.1 (Spring 1989): 3-17.

Sullivan, Walter. "The Artificial Demon: Joyce Carol Oates and the Dimensions of the Real." *Joyce Carol Oates*. Ed. Harold Bloom. New York: Chelsea, 1987. 7-17.

Taylor, Gordon O. "Joyce Carol Oates, Artist in *Wonderland*." *Joyce Carol Oates*. Ed. Harold Bloom. New York: Chelsea, 1987. 23-34.

Wagner-Martin, Linda. "Panoramic, Unpredictable, and Human: Joyce Carol Oates's Recent Novels." *Traditions, Voices, and Dreams: The American Novel since the 1960s*. Ed. Melvin J. Friedman and Ben Siegel. Newark: U of Delaware P, 1995. 196-209.

Waller, G.T. "Joyce Carol Oates's *Wonderland*: An Introduction." *Joyce Carol Oates*. Ed. Harold Bloom. New York: Chelsea, 1987. 35-44.

Warner, Sharon Oard. "The Fairest in the Land: *Blonde* and *Black Water*, the Nonfiction Novels of Joyce Carol Oates." *Studies in the Novel* 38.4 (Winter 2006): 513-24.

Wesley, Marilyn C. "Love's Journey in *Crossing the Border*." *Joyce Carol Oates: A Study of the Short fiction*. Greg Johnson. New York: Twayne, 1994. 174-80.

——. "The Simultaneous Universe: The Politics of Jamesian Conversion in Joyce Carol Oates's Fiction." *Essays in Literature* 18.2 (Fall 1991): 269-75.

——. "Transgressive Heroine: Joyce Carol Oates' 'Stalking'" *Studies in Short Fiction* 27.1 (Winter 1990): 15-20.

——. "Why Can't Jesse Read?: Ethical Identity in *Wonderland*." *Studies in the Novel* 38.4 (Winter 2006): 414-26.

White, Clyde S. "An Interview with Eudora Welty." *More Conversations with Eudora Welty*. Ed. Peggy Whitman Prenshaw. Jackson: UP of Mississippi, 1996. 231-42.

Zimmerman, Paul D. "Hunger for Dreams." *Conversations with Joyce Carol Oates*. Ed. Lee Milazzo. Jackson: UP of Mississippi, 1989. 14-16.

別府恵子「ジョイス・キャロル・オーツ——深層の原風景」渡辺和子・中道子編『現代アメリカ女性作家の深層』ミネルヴァ書房、一九八四。209-37.

クーンツ、ステファニー『家族という神話——アメリカン・ファミリーの夢と現実』岡村ひとみ訳、筑摩書房、一九九八。

グリーンフィールド、スーザン『脳が心を生み出すとき』新井康允訳、草思社、一九九九。

井出義光・明石紀雄編『アメリカ南部の夢』有斐閣選書、一九八七。

伊藤邦武『プラグマティズム入門』ちくま新書、二〇一六。

岩井八郎「ジェンダーとライフコース：一九五〇年代アメリカ家族の特殊性を中心に」京都大学学術情報レポジトリKURENAI 教育・社会・文化：研究紀要（一九九七）4：1-16.

ジェイムズ、ウィリアム『純粋経験の哲学』伊藤邦武編訳、岩波文庫、二〇〇四。

——『プラグマティズム』枡田啓三郎訳、岩波文庫、二〇一七。

——W.ジェイムズ著作集2『信ずる意志』福鎌達夫訳、日本教文社、二〇一五。

ユング、C・G・『自我と無意識』松代洋一・渡辺学訳、第三文明社、一九九五。

——『ヨブへの答え』野村美紀子訳、ヨルダン社、一九八九。

河合隼雄『ユング心理学入門』培風館、一九九八。

ケイズィン、アルフレッド『アメリカ小説の現貌——ヘミングウェイからメイラー——』佐伯彰一・大友芳郎・小田基・北山克彦共訳、文理、一九七四。

クノップフ、フェルナン『私は私自身に扉を閉ざす』『世界美術大全集』24、小学館、一九九六。

松尾弌之『民族から読みとく「アメリカ」』講談社選書メチエ、二〇〇〇。

オーツ、ジョイス・キャロル『新しい天、新しい地——文学における先見的体験——』吉岡葉子訳、開文社出版、二〇一二。

——『作家の信念——人生、仕事、芸術——』吉岡葉子訳、開文社出版、二〇〇八。

岡田光世『アメリカの家族』岩波新書、二〇〇〇。

ロウ、スティーヴン・C・編『ウィリアム・ジェイムズ入門——賢く生きる哲学』本田理恵訳、日本教文社、平成二七年。

佐渡谷重信編集『アメリカ小説研究』3号（J・C・オーツ特集）泰文社、一九七四。

サミュエルズ、アンドリュー、バーニー・ショーター、フレッド・プラウト『ユング心理学辞典』山中康裕監修、濱野清志・垂谷茂弘訳、創元社、一九九三。

猿谷要『アメリカ黒人解放史』サイマル出版会、一九七一。

鈴江璋子『アメリカ女性文学論』研究社出版、一九九六。

タネンバウム、フランク『アメリカ圏の黒人奴隷』小山起功訳、彩光社、一九八〇。

トクヴィル、A・『アメリカの民主政治』（下）井伊玄太郎訳、講談社学術文庫、二〇〇〇。

山本哲「エデン郡ふたたび——オーツ『ドアーを閉ざして』を検証する——」押谷善一郎編『ひろがりと深み——英語世界をゆく——』大阪教育図書、一九九八。183-207.

吉岡葉子『南部女性作家論——ウェルティとマッカラーズ』旺史社、一九九九。

ジョイス・キャロル・オーツの著作

長編小説

With Shuddering Fall (1964)
A Garden of Earthly Delights (1967)
Expensive People (1968)
them (1969)
Wonderland (1971)
Do with Me What You Will (1973)
The Assassins (1975)
Childwold (1976)
Son of the Morning (1978)
Unholy Loves (1979)
Bellefleur (1980)
Angel of Light (1981)
A Bloodsmoor Romance (1982)
Mysteries of Winterthurn (1984)
Solstice (1985)

Marya: A Life（1986）
You Must Remember This（1987）
American Appetites（1989）
Because It Is Bitter, and Because It Is My Heart（1990）
Black Water（1992）
Foxfire: Confessions of a Girl Gang（1993）
What I Lived For（1994）
Zombie（1995）
We Were the Mulvaneys（1996）
Man Crazy（1997）
My Heart Laid Bare（1998）
Broke Heart Blues（1999）
Blonde（2000）
Middle Age: A Romance（2001）
I'll Take You There（2002）
The Tattooed Girl（2003）
The Falls（2004）
Missing Mom（2005）
Black Girl/White Girl（2006）

The Gravedigger's Daughter (2007)
My Sister, My Love (2008)
Little Bird of Heaven (2009)
Mudwoman (2012)
Daddy Love (2013)
The Accursed (2013)
Carthage (2014)
The Sacrifice (2015)
Jack of Spades (2015)
The Man Without a Shadow (2016)

短編集

By the North Gate (1963)
Upon the Sweeping Flood and Other Stories (1966)
The Wheel of Love and Other Stories (1970)
Marriages and Infidelities (1972)
The Hungry Ghosts: Seven Allusive Comedies (1974)
The Goddess and Other Women (1974)
Where Are You Going, Where Have You Been? Stories of Young America (1974)

The Seduction and Other Stories（1975）
The Poisoned Kiss and Other Stories from the Portuguese（1975）
Crossing the Border（1976）
Night-Side: Eighteen Tales（1977）
All the Good People I've Left Behind（1979）
A Sentimental Education（1980）
Last Days（1984）
Raven's Wing（1986）
The Assignation（1988）
Oates in Exile（1990）
Heat and Other Stories（1991）
Where Is Here?（1992）
Where Are You Going, Where Have You Been? Selected Early Stories（1993）
Haunted: Tales of the Grotesque（1994）
Will You Always Love Me? and Other Stories（1996）
Demon and Other Tales（1996）
The Collector of Hearts: New Tales of the Grotesque（1999）
Faithless: Tales of Transgression（2001）
I Am No One You Know（2004）

High Lonesome: New and Selected Stories 1966-2006 (2006)
Wild Nights! (2008)
Dear Husband, (2009)
Sourland (2010)
The Corn Maiden and Other Nightmares (2011)
Black Dahlia & White Rose (2012)
Lovely, Dark, Deep (2014)

中編小説

The Triumph of the Spider Monkey (1976)
I Lock My Door Upon Myself (1990)
The Rise of Life on Earth (1991)
First Love: A Gothic Tale (1996)
Beasts (2002)
Evil Eye: Four Novellas of Love Gone Wrong (2013)

「ロザモンド・スミス」のペンネームによる小説

Lives of the Twins (1987)
Soul/Mate (1989)

Nemesis（1990）

Snake Eyes（1992）

You Can't Catch Me（1995）

Double Delight（1997）

Starr Bright Will Be with You Soon（1999）

The Barrens（2001）

Take Me, Take Me with You（2003）

研究書／評論／日記／エッセイ

The Edge of Impossibility: Tragic Forms in Literature（1972）

New Heaven, New Earth: The Visionary Experience in Literature（1974）

Contraries: Essays（1981）

The Profane Art: Essays and Reviews（1983）

On Boxing（1987）

（*Woman*）*Writer: Occasions and Opportunities*（1988）

George Bellows: American Artist（1995）

Where I've Been, and Where I'm Going: Essays, Reviews, and Prose（1999）

The Faith of a Writer: Life, Craft, Art（2003）

Uncensored: Views &（*Re*）*views*（2005）

The Journal of Joyce Carol Oates 1973–1982（2007）
A Widow's Story: A Memoir（2011）

詩集

Anonymous Sins（1969）
Love and Its Derangements（1970）
Angel Fire（1973）
The Fabulous Beasts（1975）
Women Whose Lives Are Food, Men Whose Lives are Money（1978）
Invisible Woman: New and Selected Poems（1982）
The Time Traveler（1989）
Tenderness（1996）

劇作

Miracle Play（1974）
Three Plays（1980）
Twelve Plays（1991）
In Darkest America（*Tone Clusters and The Eclipse*）（1991）
The Perfectionist and Other Plays（1995）

New Plays (1998)

児童書

Come Meet Muffin! (1998)
Where Is Little Reynard? (2003)

ヤングアダルト小説

Big Mouth & Ugly Girl (2002)
Freaky Green Eyes (2003)
Small Avalanches and Other Stories (2003)

翻訳

『愛の車輪』村上博基訳、角川書店、一九七二。

『かれら』(上・下)大橋吉之輔・真野明裕訳、角川書店、一九七三。

『贅沢な人びと』古沢安二郎訳、早川書房、一九七八。

『オン・ボクシング』北代美和子訳、中央公論社、一九八八。

『ブラックウォーター』中野恵津子訳、講談社、一九九二。

『エデン郡物語――ジョイス・キャロル・オーツ初期短編選集』中村一夫訳、文化書房博文社、一九九四。

『フォックスファイア』井伊順彦訳、DHC、二〇〇二。

『アメリカ新進作家傑作選2003』（ジョイス・キャロル・オーツ編）宮島奈々他共訳、DHC、二〇〇四。

『アグリーガール』神戸万知訳、理論社、二〇〇四。

『生ける屍』井伊順彦訳、扶桑社、二〇〇四。

『フリーキー・グリーンアイ』大嶌双恵訳、ソニー・マガジンズ、二〇〇五。

『作家の信念——人生、仕事、芸術——』吉岡葉子訳、開文社出版、二〇〇八。

『新しい天、新しい地——文学における先見的体験——』吉岡葉子訳、開文社出版、二〇一二。

『とうもろこしの乙女、あるいは七つの悪夢』栩木玲子訳、河出書房新社、二〇一三。

『二つ、三ついいわすれたこと』神戸万知訳、岩波書店、二〇一四。

略歴

1938　六月一六日、フレデリック・オーツとキャロリーナ・オーツの三人の子供の長女として、ニューヨーク州ロックポートに生まれる。ロックポートの奥地にあるエリー郡の田舎にある母方の祖父母の農場で育つ。

1945—52　ニューヨーク州ミラーズポート付近の田舎にある一教室学校に通う。

1956—60　ウィリアムズヴィル・セントラル高校を卒業後、ニューヨーク州の奨学金でシラキュース大学に入学し、卒業生総代で卒業。英語で学士、副専攻は哲学。

1959　大学三年生の時、マドモアゼル誌主催の大学生フィクション・コンテストで、「旧世界にて」でI位を共同受賞。

1960—61　奨学金でウィスコンシン大学大学院に入学。一九六一年、ウィスコンシン大学の博士課程の学生レイモンド・ジョセフ・スミス（Raymond Joseph Smith）と出会い、結婚。英語で修士号。

1961—62　テキサス州ボーモントに住む。ヒューストンにあるライス大学でPh.D.に取りかかるが、偶然ある文芸雑誌に有望な作家の一人に自分の名前が入っているのを見つけて、作家になる決心をする。

1962—67　デトロイトに住む。デトロイト大学で英語を教える。

1967—68　グッゲンハイム奨学金を得る。

1967　カナダのオンタリオ州にあるウィンザー大学の英文科で教え始める。「氷の世界」でオー・ヘンリー賞I位。

1968　『悦楽の園』でローゼンダール財団賞。

1970　『かれら』で全米図書賞。オー・ヘンリー特別功労賞。
1971―72　一年間の有給休暇で夫とロンドンに住む。
1973　「死者たち」でオー・ヘンリー賞I位。
1974　夫レイモンドと文学雑誌『オンタリオ・レヴュー』を創刊。
1978　「アメリカ芸術文学協会」会員に選出される。米ソ作家会議に出席。
ニュージャージー州プリンストンに移る。プリンンストン大学の「大学付き作家」として創作講座を教え始める。
1980　アメリカ合衆国広報文化交流局の後援で、ポーランド、ハンガリーなどの東ヨーロッパを訪問。『ベルフラー』がオーツとしては初めてニューヨークタイムズのベストセラーリストに入る。
1986　オー・ヘンリー功労賞。
1987　プリンストン大学人文科学部の特別教授となり二〇一四年まで教える。
1990　短編「密会」でRea Award、短編集『密会』でAlan Swallow Award受賞。
『苦いから、私の心臓だからこそ』が全米図書賞の候補。この小説が約二〇年ぶりに主要な賞の候補になったことをオーツはとても喜んだ。「賞とはとても不思議なものだ。受けないと、無視されたように感じる。受けると、気恥ずかしく、少し悪い気がする」と一九九〇年八月一七日の日記に記している。
1993　『ブラックウォーター』がピュリッツァー賞候補。アメリカ合衆国広報文化交流局の後援で、ヨーロッパ訪問。
1995　『生きる意味』がPEN/Faulkner賞とピュリッツァー賞、の共に候補。
1996　PEN/Malamud Award受賞。『生きる屍』でブラム・ストーカー賞。

2000 『ブロンド』が全米図書賞とピュリッツァー賞、の共に候補。
2001 *We Were Mulvaneys* が Oprah Book Club に選ばれ、ニューヨークタイムズのベストセラーリストの一位になり、二〇〇万部売れる。
2003 文学における勲功に対して Common Wealth Award 受賞。
2005 *The Falls* でフランスのフェミナ賞。
2008 夫レイモンド死去。
2009 プリンストン大学医学部教授チャールズ・グロス（Charles Gross）と再婚。
2010 National Humanities Medal 受賞。
2011 短編集『とうもろこしの乙女、あるいは七つの悪夢』でブラム・ストーカー賞。そのうちの「化石の兄弟」が世界幻想文学大賞。
ペンシルベニア大学より名誉博士号を授与される。
2013 短編集 *Black Dahlia and White Rose* でブラム・ストーカー賞
2019 エルサレム賞。夫チャールズ死去。

あとがき　J・C・オーツ雑感

ジョイス・キャロル・オーツは膨大な著作に加えて、いとわずに数多くのインタヴューに答え、しばしば、内容によっては真摯に文書で返答している。そこでの発言には、重い題材と過激な描写で知られるオーツの小説を理解する上で手がかりとなるものが多々ある。文学全般に関して、また自分の作品に関して、できうる限り、緻密で周到な発信や取り組みをする作家なので、読者に理解の糸口を提供する必要性を感じて、インタヴューに答えている側面が少なからずあるように思われる。オーツは常々自分のことを「アメリカ作家」であると発言し、そのことを強く自認している。大いなる謙遜であろうが、比較的最近のインタヴューでも、自分はアメリカという場所がなければ一片の小説も書けないだろうとまで語っている。彼女はアメリカの社会や時代の絶え間ない変化に鋭敏に反応し、主に小説では、常に変化が求められ、変化に取りつかれているかのようなアメリカ社会の実態、アメリカの夢ではなく、「アメリカの悪夢」を描き続けてきた。変化や多様性が活力の源であり、社会的な改善や前進をもたらしているとはいえ、政権が変わるたびに変化するアメリカでは「永続的」という概念や現象がないのではないかと思われほどである。しかしながら、彼女の作品の舞台となる場所はほとんど変わらず、彼女の故郷であるニューヨーク州北部の田舎町や小さな工場町である。政治的社会的変動や経済発展から取り残され、過疎の土地に閉じ込められて生きている貧しく無学で、孤立した無口な人々の存在は、オーツにとって、故郷の忘れ得ぬ原風景の一部である。彼女の労働者階級の親族の中には大学教育を受けた者は一人もおらず、自伝的小説である『マーヤ——ある人生』にもあるように、女性主人公は辺地の閉塞的な生活から必死で逃げ出すのだが、新しい知的環境では、アメリカの別の側面であるすさまじい「競争文化」に没入し、それを生き抜いている。アメリカの底辺層の貧困、疎外、差別と暴力の過酷さとアメリカの成功の夢の両面を経験している作家であるからこそ、アメリカを全体として俯瞰したうえで、経済弱者や人種差別や性差別が歴然とあるアメリカの悪夢的な現実を公的に知らしめ、「(願わくば)そこから個人が出口を見つけ、目覚め、蘇り、未来に向かって進めるように」提言を続けてきた。根源的にはおそらくはオーツは文明や資本主義がもたらした不平等や差別に満ちたこの世界のひずみや闇に救いようのなさを見てはいるのだが、だからこそ「個人がこの世界を生き抜くことは価値がある」と生きる意味を肯定している。ただオーツの世界の先を見る鋭い目も近年は暗くなりがちで、格差（disparity）という言葉がまだ聞きなれない頃、アメリカ社会を覆いつつあった格差の現実を深く憂いていたことを思い出す。

「自分が経験していないことを作家が書けるとは思わない」という作家としては正直すぎる、大胆な発言をオーツはしている。アメリカにおける個人の人格に対する個人の経験の優位性に関しては、『マーヤ——ある人生』の序文で、アメリカの哲学者・心理学者ウィリアム・ジェイムズの「プラグマティズム」の概略を述べていることが示唆するように、オーツのウィリアム・ジェイムズへの傾倒は念頭に入れておくべきである（いつも先鋭的な分析を続けているオーツ研究者Marilyn C. Wesleyは随分早い時期から、オーツの作品におけるウィリアム・ジェイムズの影響を論じている）。しかしながら、オーツの小説では作者は主人公の経験に次ぐ経験を追うのだが、最終的には、家族や共同体や他者との関りにおいての経験がもたらすであろう多面的、内面的、道徳的な意味を問うている。主人公は、多くの場合、環境によって突き動かされて様々な経験をするのだが、そのような厳しい経験が、家族や他者との関りにおいて、彼／彼女の人格（personality）にどのように道徳的人間的な意味を持ち得ているか否かを自らが認識できるかという一点が、実はオーツの小説の中で重要な部分を占めている。それゆえ、人格が経験を導くという一般的なとらえ方ではなく、アメリカ社会における「経験が人格を生み出す」という真の経験主義に求められる個々人の良心や道徳の絶対的な必要性をオーツは説いている。経験主義・実利主義の国アメリカでは、人格（形成）という概念、人格と向き合う姿勢、『ワンダーランド』でオーツが読者に対する献辞として使っている言葉「人格の変幻の追求」などは、アメリカ人の苦手とする領域であり、それゆえ作者は人々に認識や自覚を促しているのではないかと思う。

世界の不正や汚濁に対して破壊、過激性、違反性といった革新的な手法で訴えながら、個々人の粘り強い忍耐力、良心・倫理的な勇気に基づいた生き方が世界の失地回復につながることを祈願するオーツの文学は、彼女自身が主張するように、基本的には伝統的な文学の流れに属するのだろう。教会という制度から離反して久しいオーツであるが、カトリック信仰の家庭に育った者にとって聖書は心身に染み込んでいるのだろう。作品の中で、苦難を乗り越えようともがく個人に作者は常に寄り添い、伴走していると感じさせる感覚、不意に差し出される救いの手や慈愛、痛みへの共感、隣人愛、深い悔悟と光明といった要素はあまり知られていないが、これらはおそらくはオーツが育った宗教的な家庭背景に由来するものであり、オーツの文学の根底にある温かさと人間味であり、生きることへの我々への励ましでもある。

他方、オーツの短編を読めば今まで述べたことはほとんど当てはまらないかもしれない。創作論『作家の信念――人生、仕事、芸術――』やインタヴューでも答えているように、オーツは短編と小説の領域を次のように明確に区分している。短編では、心の深層や無意識から未分化のままぼんやり現れるヴィジョンを描き出し、小説では、アメリカ社会に巣くう重大な問題とそれを生きる個人の生き方を模索する、というように意図的に描き分けている。カズオ・イシグロ氏との対談で、イシグロ氏が短編を書いたことはないが書きたいと言ったことを引き合いに出して、オーツは自分にとっては短編と書評はとても簡単な領域だと答えている。オーツの才能の領分は短編だろうと思う。私とオーツの最初の出会いも短編だった。一九七五年、大学で教え始めた年に出版社から送られてきた教科書をたまたま手にして、その緊迫感ある冒頭のシーンと文体があまりに鮮烈だったので、「大洪水の中で」(一九六六)を授業で読んだのが最初だった。アメリカの経済発展から取り残された過疎地の農場、父母に捨てられた少女と弟、二人を救い出そうとする利他主義に駆られた現代人の心の欺瞞と疎外感、彼らの窮状に全く関係のない大自然の猛威……。出会ったことのないアメリカの暗い側面が短編に投げ込まれていた。さらに少女の強い怒りと洞察力、大洪水の不吉な活性……この短編の世界をどう理解したらいいのか戸惑った。ただ、女性作家によるものとは到底思えない、カトリックのエクソシスト(悪魔祓い師)さながらの懲罰するようなカミソリのような鋭利な文体となみなぎる筆力が実感として残った。二〇年近くたってもう一度読み返しても謎は解けず、恐る恐るオーツの研究に手を出してしまったという感じであった。とりわけ短編では、オーツは我々には見えないとところへ、我々が知りたくないところへ、知り得ない摩訶不思議な心の深淵へ、恐怖の世界へと我々を連れて行く。未読だが、*I'll Take You There* のタイトルはオーツの世界を端的に言い表しているのではないだろうか。「あなたをそこに連れて行ってあげよう」の「そこ」とはどこなのだろう。オーツの愛読者にはこの幻想的な恐怖の世界に引かれる方が多いのでないかと思うのだが、オーツのアメリカを取り上げているこの本では触れていない。

八才の誕生日に祖母から贈られた『不思議の国のアリス』と『鏡の国のアリス』の出会いを「初恋」と呼んでいることからも分かるように、オーツの熱烈な文学への愛や、世界のあまたの作家や詩人たちが体験した創作にまつわる種々相に関心のある方は、『作家の信念——人生、仕事、芸術——』を参考にされたい。多才な文学者である上に、博学で卓越した研究者であるオーツに関心のある方は、世界の文豪の作品群を網羅して論じた啓発的な批評書『新しい天、新しい地——文学における先見的な体験——』を参考にされたい。

以上の概略からも分かるように、オーツの才能の領域は多彩で、表現の内容・表現の手法は変幻自在である。拙著では、オーツの文学のいくつかの特質の中で家族、女性、性、自我と自己形成、黒人問題といった筆者の関心を優先させて読み、その対象となっている作品はオーツの膨大な作品群の中で微々たるものである。詩人・小説家 Erica Jong が読者を弁護して語ってくれたように、その多彩さゆえに、読者はどこからでも全く別のオーツに接することができるのかもしれない。だが多作の作家として知られるジョイス・キャロル・オーツは全く真剣に、本気で、底辺層・中間層・富裕層から成る「アメリカ社会の縮図」を提示し、白人・黒人・その他の民族で構成される「全てのアメリカ人」に肉薄し、人間の「全貌」――脳と心、深層心理、肉体と精神、知性と感情、生命力・回復力、経験と人格、民族性――に迫り、文学にできうる、文学が関与する「あらゆる可能性」を追求し、実践しているのではないかと思う。

プリンストン大学のオーツ氏の研究室で二度お会いし、シラキュース大学にある彼女のアーカイヴを訪問したこと、同大学での氏による小講義と同日行われたシラキュース文化会館での巧みな話術による講演を聞けたこと、彼女の故郷ロックポートにあるエリー運河クルーズに加わったことなどが懐かしく思い出される。初対面の二〇〇三年時、六五才であられたオーツ氏の印象はといえば、とても若々しく、人間離れした雰囲気を漂わせていて、妖精か、はたまた美しい魔女（？）のような超自然的な存在を思わせた。その声はとても柔らかく甘く、返答はささやくように静かに、一瞬で要点が返って来た。メールを送らせてもらった時、ほとんど同時に返信が返ってきたのには目を疑ったが、文字どおり一分一秒の寸暇を惜しむ日常なのだろう。

二〇〇〇年までに書かれた作品を自分のテーマにそって読むという当初の計画の区切りがついて、本書を上梓するに至った。拙者が今後オーツの文学が研究されることへのきっかけになればと願っている。

なお、本書をまとめるに当たり利用した既刊論文は次のとおりである。

(1) "Joyce Carol Oates's *them*: Modes of Survival in the Spiritual Landscape of Detroit."『土佐女子短期大学紀要』第三巻、一九九六年。

(2)「Joyce Carol Oates の初期短編小説の『エデン郡』：家庭崩壊に見る旧世界と新世界の対立のアレゴリー」『土佐女子短期大学紀要』第四巻、一九九七年。

(3) ジョイス・キャロル・オーツのアメリカ物質社会批判――女主人公たちの欲望と拒絶の視点から――」『フィクションの諸相――松山信直先生古希記念論文集――』英宝社、一九九九年。

(4)「公民権運動と南部女性文学――人種と性のせめぎあい」『土佐女子短期大学紀要』第八巻、二〇〇一年。

(5)「白人と黒人の soul mate の希求 ――Joyce Carol Oates の *Because It Is Bitter, and Because It Is My Heart*」同志社大学英文学会『主流』第六四号、二〇〇三年。

(6)「*The Assignation* における Joyce Carol Oates の新たな家族像と人間群像――一九八〇年代後半のアメリカの家族再考を反映して――」『土佐女子短期大学紀要』第一一巻、二〇〇四年。

(7)「Joyce Carol Oates の 'Soul Mate' の提唱――アイリスの revision としてのキャラ――」『土佐女子短期大学紀要』第一二巻、二〇〇五年。

最後になりましたが、本書の出版を快諾して頂き、また細やかなご配慮の上に、随分とお世話もおかけした開文社出版社長丸小雅臣氏に深く感謝を申し上げたい。

二〇二一年三月

吉岡葉子

【ソ】

【タ】

【チ】

【ス】

【セ】

【カ】

【キ】